Senge Takahisa 千家賢久

# ECCENTRIC BLUE

エキセントリック ブルー

文芸社

汝、運命に歓喜する時
それを甘受することを
ためらうな
汝、至福の時が
終焉の淵にあることを
疑うことなく過ごす日々に
感謝するがよい
汝、来たる懺悔の時に
後悔の念を持ち
絶望の中で振り向くがよい
盛りのついた運命が
汝の後ろで　笑っている

# CONTENTS

# I

# PUZZLEMENT

自然は人間に多くの感受性を与えてきた。それは、人間も自然の一部であることを教え、戒めるためでもあったはずだった。

いつ頃からだろう、人間がそのことを忘れてしまったのは。

人間は自分達が世界の中心だと思っているだろう。少なくとも、子供の頃は無邪気に誰もがそう思っていたに違いない。しかし、大人になると、万能の槍を持たされ、揺るぎない未来への視線に、種の尊厳さえもその手にあると考えるようになる。

それは、人間が初めて火を手にした時、ちょっとした運命のいたずらで始まった……。

◇　◇　◇

小学校、中学校と、私はごく普通の女の子だった。何もかも、平均以上でもなければ、それ以下でもない。あえて自慢できるものがあるとしたら、それは優柔不断ということだろう。それと、友達が少ないことも……。将来の夢は？　と訊かれても、普通に大学に行き、普通に就職をして、普通に結婚したい。子供は二人がいい。とぐらいしか言えなかった。

――悲観哲学。

時々、そんな言葉を口にする。ショーペンハウエルは名前しか知らないし、悲観哲学がどんなものかも知らないくせに。難しい言葉を覚えると、すぐそれを使いたがる癖がある。例えば「序列」という言葉を覚えた時。

「序列ってさあ……」

これはまだよかった。しかし、

「私の服、序列なんだ……」

「序列と申しますは……」

とか言い出す始末。友達もその辺のことは大同小異。誰かが指摘するまでは気が付かない。

――こんなんじゃあ、AIに勝てるわけないか。

唯一、私の誇れるものがあった。人工知能とかパソコンとかインターネットが嫌いなことだ。中学の頃は友達付き合いがあるからスマホを持ち、SNSでメッセージのやり取りなんかもしたけれど、そんなものに時間を取られたくないし、SNSの中で自分の価値を決めたくなかった。そんな訳で、私のスマホは今では弟の所有物になっている。そして私は常に思っている。

――ネットやスマホ依存症にはならない。


今年の春から私は波来未《はらいみ》高校に入学した。中学までの数少ない友達は、隣町の加戸東高校に入り、私との腐れ縁を絶った。そのため、ここでの私は少数派だ。そんな高校生活が一週間を過ぎようとしていた。

「小愛《こあ》、欠伸してる」

私に声をかけてきた聖母のような彼女は高井美都《みと》。学年でも断トツの超美少女。清楚で知的なお嬢様という言葉は美都のためにある。透き通るような白い肌。逆卵型の小顔に、優しく知性にあふれた瞳。筋が通った形の良い鼻、可愛らしい口元。見ていると時々、お嬢様というよりも近未来的な美少女に思えてしまう。当然、男子からは逆に敬遠されてモテないと言っていた。モテないというところは私も同じ。おまけに、県外から来たので少数派という点でも同じ。

美都の髪の長さは背中の真ん中くらいまであり、癖はなく、毛先まで綺麗なストレート。それはキューティクルがキラキラする美しい黒髪。髪の長さや癖のないストレートな部分は私も同じだけど、美都の髪の輝きには到底勝てない。

しかも、時々不思議なことがある。美都の瞳が青く見えることがあるのだ。私の思い違いかもしれないが、一度そのことを美都に訊いたら、

「小愛も同じ」

と、意味不明な答えが返ってきた。そんな変わり者の美都。しかも、私は美都と高校で初めて出会ったのに、懐かしい感じがする。ずっと前から知っていたみたいに。

——だから気が合うのかな？

似ても似つかない私達なのに、可笑しくなる。そして、二人とも変な名前……。

「また変なこと考えてる」

そう言って美都は微笑む。彼女は私の考えが見抜けるらしい。こんなこともこの一週間で何度かあった。中学の時は、数少ない親友からも、何を考えているか分からないと言われていたのに。

「なんで美都は美人なんだろうって考えてた」

バカなことを口走る私に、美都は優しい顔でまた意味不明なことを言った。

「なんで？　私達、凄く似ているのに」

どこをどう見ればそんな言葉が出るのか。それでも、美都に言われると嬉しくなる。

「学校終わったら、今日も行こ！」

美都からのデートの誘い。これは受けるのが当たり前。

「いいよ！」

速攻で答える私を見て、美都は微笑んだ。


私達の住む波来未市は、人口十万にも満たない限界地方都市だ。関東の東の隅にあり、北と西を山に、東を大きな丘陵地帯に囲まれた袋小路のような地形。南側だけ開けており、隣の加戸市への脱出経路になっている。それを助けるＪＲ波来未駅は学校から歩いて五分の所にある。ここは支線の終点となる、駅員数名の小さな駅で、引き込み線が二本、整備用の車庫に向かっている。駅前には申し訳程度の小さなロータリーがあり、休日でも人は疎らだ。

しかし、悪いことばかりでもない。最近、駅のすぐ近くにＲＣ造りの洒落たビルができた。ガラス張りの一階はフラワーショップ、二階は美容院、三階には隠れ家的なカフェが入っている。そのカフェに、私と美都は最近入り浸っている。〝隠れ家的〟と言えば聞こえはいいけれど、いつ行っても他のお客さんを見たことがない。

「良かった、今日も潰れてない。ここがカフェとは誰も思わない。損してる」

私が階段を上りながらそう言うと美都が笑う。ここを最初に見つけたのは彼女だった。

「でも、そのおかげで、私達の貸し切り。リラックスできる」

美都はそう言う。

三階まで上がると、スチール製の白いドアに〈ｈｅｒｍｉｔａｇｅ〉と書かれたプレートが付いているだけ。これを見て、美都はよくここを見つけたと感心する。

――これじゃあ、カフェとは誰も気が付かない。

「いらっしゃい」

マスターの優しい声にホッとする。歳は四十代くらいで中肉中背。知的な雰囲気が強いが、その瞳はいつも笑っているように優しい。

――どっかで会ったことがあるような……？

マスターを見るたびに、なぜかそんなことを思ってしまう。

店内は三方向がガラス張りで、それに沿って四人掛けのテーブルが八つ並んでいる。カウンターには五席あり、黒いフロアーと灰色の壁のコンストラストが殺風景に感じてしまう。しかし、それには理由があった。

「外の風景が、この店の装飾だからね」

以前マスターがそんなことを言っていた。波来未の街並みと山々の風景――確かに、それさえあれば余計なものはいらない気がする。実際、店内には観葉植物さえ置いていない徹底ぶり。

二人ともシフォンケーキと、私はエスプレッソ、美都はカプチーノを頼み、波来未駅が見下ろせる東側の席に座った。ガラス張りなので、むやみに自由なスカートの女子にとっては少し勇気がいるが、こちらを見上げている人はいないと決め込む。

「わぁ、きれい」

美都が声を上げる。駅の向こう側の桜色に染まった風景が目に飛び込む。そこは「関」という地区で、小さな丘に江戸時代からの古い家が立ち並んでいる。県の美観地区に指定され、春は桜でピンク色に、秋は銀杏で黄金に染まる。秋が待ち遠しい。その風景を見ながら私は言った。

「でも、桜って可哀想。春が終わると注目もされない。本当は夏が一番、生き生きとしてるんじゃないかな」

「本当にそう思う？」

「冗談！　そんな真剣にならなくても」

美都が真面目な顔で訊いてきたので、私の方が焦ってしまう。しかし、美都は独り言のように呟いた。

「ううん、きっとそう。人間って勝手」

彼女は時々そんなことを言うので驚かされる。

「人間中心で物事を見ると、随分身勝手だと思う。桜は夏の燃えるような緑の時期が、一番生命力に満ちていると私も思う」

美都のその言葉に、マスターがケーキとカプチーノ、エスプレッソをテーブルに置きながら言う。

「蝉もそうだよ」

私はその意味を訊いた。

「同じって、何がです？」

「蝉って、五年近く地中にいるでしょ。そして、やっと地上に出てきて成虫になったら、一か月ぐらいで寿命が終わる。人間はそれを可哀想って言うけど、蝉からしてみれば余計なお世話で、地中にいる五年が天国だったんじゃあないかな？」

マスターのその言葉に、私はどこか納得する。

「そっか、そういう見方もあるか」

「蝉に今度訊いてみよ！」

美都がそう言う。私は蝉が苦手なのでそれは美都に任せよう。

一時間ぐらいガールズトークで過ぎた。その間、お客さんは一人も来ない。店内には心が落ち着くＪＡＺＺが流れている。ウッドベースの温かい音に優しいドラム。トランペットやサックス、クラリネットの音色までが優しい。それはいつもレコードから流れていて、私達の普段よく聴くデジタルなサウンドにはない新鮮さがそこにはある。

――音が生きている。

私はいつもそう思う。デジタル化された音は綺麗だが、私達人間の感受性を刺激するような響きはない。でも、人間はそんな区別さえもつかなくなってきている。そして、こう考える。

――そんな人間が増えて、誰が得をする？

気が付けば、美都が私の顔をジッと見ていた。

「いいな、美都は小顔で可愛いし……」

「だから、小愛も同じ」

美都はまた意味不明なことを言う。その意味を訊こうと思った時、美都が外の風景を指さした。

「ほら！　キレイ！」

私がそっちを向くと、そこには青い瞳の美しい少女の顔が、ガラスに反射して映っていた。

——えぇっ！

瞬きをすると、それは私の姿に変わっていた。一瞬だったが、その不思議な現象に私は驚き、美都の方に視線を送ると、彼女はいつものように私を見て微笑んでいた。

◇　◇　◇

波来未市の私の住んでいる町の南東部には、久川という一級河川が流れていて、対岸には私達の町よりずっと発展している加戸市がある。私はJR来未南駅という無人駅から電車で高校に通っていて、そこで美都と出会い、仲良くなった。最近は行きも帰りもずっと一緒だ。美都は東京から引っ越してきたらしく、駅を挟んだ西側に新しくできた団地に住んでいる。

今日は雨が降っている。学校帰り、来未南駅で美都と少し立ち話をしたあと、珍しく二人とも寄り道せずにそれぞれの家路についた。傘に当たる雨のリズムが心地よい。

——こんな早い時間に帰るなんて、久しぶり。

来未南駅から東に広域農道を五〇〇メートルほど行くと、田園が広がる中に木々に囲まれた「詠美」という地区がある。そこは、平安時代に建てられた比佐美神社を囲むように家々が立ち並び、くねくねと曲がった小さな道に沿って用水路が流れている。ここも関地区と同じように県の美観地区に指定され、江戸時代からの家々が道沿いに、今も軒を連ねている。そのため、映画やドラマのロケに使われたこともあった。その中に私の家もある。

古い町並みは、人の感受性を刺激する何かを持っている。それは、昔の人達が上手く自然と共存することを知っていた証だ。だから、そこからは人が作った物とは思えない何かが語りかけてくる。決して見えたり聞こえたりはしない何か……。そんなことを感じながら歩いていると、比佐美神社の鳥居の前に差しかかった。荘厳な空気が私を古《いにしえ》に誘う。

——御参りしよう。

私は拝殿の前まで行き、二礼二拍一拝をして、以前母から教わった呼びかけの言葉を口ずさむ。

——大神《おおかみ》大神《おおかみ》稜威《みいつ》赫灼《かがやく》尊哉《とうとしゃ》。

すると、これはいつもそうなのだけれど、「ありがとう……」というような声が聞こえてきて、気持ちが安らかになった。その時、私は思った。最新の技術を駆使して建てられた無機質な建物には、その力は宿っていないし、雨も晴れも似合わないし、空気さえ無機質なものにしてしまう、と。

——そうか……。

もしかして、感じる力を人々は失いつつあるのではないか？　人間が持つ感受性は今、デジタル化された社会の営みの中でのみ語られている。そこでは自然さえもデジタル化された情報の中に押し込み、自由に制御しようとしている。感受性を失った人間が自然をどうやって操るのか……。本物の感受性を育んでいれば、人間も別の成長をしたかもしれない。そういう人が建てるものには、きっと自然も笑顔をくれるだろう。

「お前は、よく分かっている」

さっきの声の主は、そう言ってくれるに違いない。風通しがよく、どこまでも気持ちのいい世界。夏は暑いのに過ごしやすく、冬は寒いのに心が温まる。昔は、苦労もあったが楽しかったに違いない。

──これを成長って言うの？

最近そんなことをよく考えるようになった。自分で可笑しくなる。

「小愛？」

雨音に交ざって私の名を呼ぶ声がした。それは久しぶりに聞く懐かしい声だった。振り向くと、吉川真衣が立っていた。もう一人、岡田亜美と私を含めた三人は、小学校の頃からの幼馴染で、いつもつるんで遊んでいた。その亜美と真衣は加戸東高校に通っている。中学の頃はぱっつんヘアで目立たないどこにでもいる女の子だった真衣は、しばらく見ない間に驚くほど綺麗に、そして大人っぽくなっていた。

「今、彼氏いる？」

私の問いに真衣は顔を赤らめる。しかし彼女はすぐに、私の質問とは関係のない予想外のことを言った。

「ねえ、お母さん、私高校に入って変わった？」

「そうね、少し変わったかな」

そう答えると母はいつもと様子が違う私を心配してか、何かあったのか訊いてきた。それで私が真衣の言ったことを話すと、しばらく母は考え込んでいたが、

「それは気にしなくてもいいことよ。小愛だって大人になるし、しばらく会わないとそんなもんよ、人間って」

と凄く当たり前のことを言った。その時、淳がやって来てチャンネルの主導権を私から奪い取った。

「わぁ！　エキブル！」

アイドルヲタの血が騒ぐのか、音楽番組を見て歓声を上げる。

「〝エキブル〟とは正式名を『ＥＸＯＴＩＣ　ＢＬＵＥ　ＤＡＮＵ』と言い、十五歳の女子五人からなるアイドルユニットだ。アイドルらしからぬ激しいダンスと、メッセージ性の高い詩をヘビメタのリズムに乗せて歌うのが特徴。中学生から大学生の女子を中心に人気が出始めている」

と淳は解説者のように言った。

――こいつ、本当に小学生か？

まるでアイドル評論家気取りだ。当然、淳はテレビに釘付けになり見入っていた。私は興味がないので立とうとしたが、その時、エキブルの曲が始まった。

♪太陽が傾きかけた時　西の空を誰が見る？
草木が囁き合い　風が何者かに語りかける
踏みにじられた道端の花は
決して人に声をかけて欲しいとは思わない
…………
さあ、目覚めよ
朽ち果てるべき者に　放たれる終焉の矢は今
青い閃光となって世界を焼き尽くす――

そこまで聴いた時、

「もうやめなさい！」

と言って母がテレビのチャンネルを替えた。私は一瞬だけど、エキブルの五人の少女と、その詩の世界に呑み込まれていた。

――今の、何……？

心臓が激しく鼓動する。まるで彼女達の何かが私の中の奥底に触れた感じ。五人の少女の顔に、タイプこそ違うが、どことなく美都を思い出した。しかし、彼女達が放つクールな感じは、私達と同じ人間ではないような気もした。

「どうして！」

淳が母に抗議すると、母はいつになく冷静さを欠いているような口調で言う。

「DANUはダーナ神族の大母神よ。生命を司る神で『永遠の母』と言われている。『朽ち果てるべき者に　放たれる終焉の矢は今　青い閃光となって世界を焼き尽くす』なんて、とんでもない！」

そう言って私の方を見る。そして、今までに見たことのないような驚きの表情をした。

「小愛、今見たものは忘れて！　いい⁉」

「お母さん、どうしたの？」

私は訊き返すが、母は取り合わなかった。私は淳と顔を見合わせ、母の態度に戸惑いを隠しきれなかった。

◇　◇　◇

目黒の小さな〈MINSTREL〉という喫茶店で、黒川喜一は新聞を読んでいた。ここは彼の行きつけの店で、雑踏から逃れて気持ちを落ち着かせることができる唯一の場所だった。黒川は決まってコーヒーのブラジルを注文する。コーヒーは酸味が強い方が良いと言う人も多いが、彼はコクが強い方を好んだ。

黒川は新聞のある記事を何度も読み返していた。そこには先日、陸上自衛隊朝霞駐屯地の研究本部で起きたことが書かれていた。

——事故で処理されたか。

黒川は無精ひげを生やし、身長は一七五センチぐらいで、鍛えられた体の持ち主だが、着痩せするタイプ。一年前までは公安調査庁に所属していたが、今は興信所を開き、探偵業に残りの人生を費やすことに決めていた。

　黒川が新聞をテーブルに置き、冷めかけたコーヒーに手を伸ばそうとした時、マスターが温かいものと交換してくれた。

「冷えたら美味しくないですよ。珍しいですね、そんなに新聞を読むなんて」

「ありがとう。いや、株が下がってるからね、ちょっと」

と言って、読んでいた記事のことには触れずに愛想笑いをする。マスターが驚く。

「へえ、黒川さんが株をやるなんて初耳ですね」

「ここ一年だよ、やり始めたのは」

そう答え、懐の封筒の中から一枚の便箋を取り出した。


『お久しぶりです。前置きは省略します。

今度、一度お会いしてください。事態は急を要します。

連絡は手紙でお願いします。

決して、電話やスマホ、パソコンを使った返答は避けてください。』


　読んだ黒川は苦笑する。

　――下手クソな文章。

差出人は匿名だが、大体の予想はついていた。一年前、同じ事例を追っていた人物で、この文面から察するに、未だに単独で捜査をしているようだ。その人物は警視庁捜査一課に属し、公安だった黒川とは違う立場にいた。その〝事例〟とは、ある男の自殺だった。黒川はそれがただの自殺ではないと疑い、公安の任務を怠ってまで、その経緯を独断で捜査していた。その人物とはその時に知り合った。ただの自殺事件に捜査一課の強行犯係が乗り出していることからも、何か裏があることは分かっていたが、黒川の行動は公安の任務を著しく逸脱しており、自らその責任を取った。事例の方も、いつの間にか何事もなかったかのように自殺で片付けられ、捜査本部も解散となった。しかし、自分の無力さを感じて退職した黒川と違って、その人物はまだ諦めていないらしい。

「いらっしゃいませ」

店内に入ってきたのは、タイトスカートの似合うセミロングの美人だった。ハイヒールのコツコツという音が黒川の前で止まり、向かいの席に座ると、落ち着いた声で彼女は言った。

「お久しぶりです」

「少し見ない間に、綺麗になった。女っぽくなった」

と黒川が素直な感想を言うと、彼女は冷静に言い返した。

「その発言、セクハラになるかも」

彼女は相田仁美、二十八歳。警視庁捜査一課に所属する警部だ。東大の医学部出身という変わり種で、将来は重要ポストが約束されているキャリア組の一人。クールビューティーで女優のように美しいが、眼光の鋭さから只者ではないことが分かる。

「あの手紙だけで、ここに私が来るだろうと、よく分かりましたね」

相田はあくまでも無表情にそう言う。

「俺がここにしか来ないこと、分かってるだろ」

と黒川が答える。それを聞いて相田は少し笑みを浮かべた。

「そう、その勘が今から必要になる」

その一瞬の表情があまりにも可愛く少女っぽかったので、黒川は勿体ないと思った。

「単刀直入に言うわ」

相田はそう言って話を始める。朝霞駐屯地で爆発事故のあった日、その近くの警察署に三十代の男性が保護を求めてきた。彼はコンビニでバイトをしているフリーターだが、ネット上で裏サイトを運営しているというもう一つの顔があった。その関係でのトラブルだと考えられていたが、彼の恐れ方は尋常ではなく、何かに大きな恐怖を感じていた。相田は顔色一つ変えずにこう続ける。

「そして、死んだ」

「自殺？」

しかし、彼の死に疑問を抱き、司法解剖をすると、体内からマイクロチップが出てきた。それは一年前の〝事例〟と同じだった。

一年前に自殺した男というのは、ある電子関係の施設で働いていた研究員だった。普段から悩みを抱えていた様子だったので、仕事上の心労がたたり自殺したということになったが、司法解剖した結果、体内からマイクロチップが発見された。

世界では既に、体に埋め込んだマイクロチップを利用して、現金やカード、電子マネーなどを使わずに物品を購入できるシステムが運用されている。日本でも東京オリンピックを境に、ここ十数年で急激に普及してきた。それでも、マイクロチップ利用者は全人口の数パーセントに過ぎない。しかもそれは、例外を除き一握りの裕福層だけだった。

研究員は、その立場上マイクロチップを埋め込んでいても不思議はなかった。しかし問題は、マイクロチップそのものにあった。それはとても人間が作った物とは思えない構造であり、マイクロチップの基盤に神経組織が組み込まれ、まさにチップが人間の体の一部になっていたのだ。しかも、体の運動機能から思考までもがコントロールできると考えられるものであった。

――A5。

黒川は今やその名を思い出していた。タイプA5と名付けられたそのマイクロチップは、国の研究機関で多くのメーカーと共同で極秘に検査されたが、その後、行方が分からなくなっている。黒川は相田に尋ねる。

「あのA5が、今回の彼からも?」

「違うわ、A5Bよ、今回は」

その言葉に黒川は驚いた。一年前のA5と比べると、A5Bはその構造上、多くの相違点が見られたという。普及型のマイクロチップと違い、A5マイクロチップはその特殊性からも、手術して体内に埋め込むことは、現代の医学では神経組織を著しく損傷させるため、不可能だと言われている。しかも、その正体不明のマイクロチップは、密かに進化を続けていたわけだ。一年前の〝事例〟

ではもちろん、それがどこで製造されているか捜査された。一番疑われたのは研究員の勤めていた施設だったが、その痕跡はなかった。そこで捜査は行き詰まったのだった。

黒川は人間を皮肉るつもりで言った。

「あれから進歩がなかったのは、人間だけか……」

「そうでもないわ」

数か月前、アメリカ空軍はF22戦闘機にＡＩを搭載して、同じＡＩを搭載したF15ストライクイーグルを仮想敵機として要撃の実験をした。結果は、双方のＡＩが連携してネリス空軍基地を攻撃、尊い命が失われた。問題は、その時ＡＩが地上の防空システムまでその配下に置いたことだった。

さらに同時期、カリフォルニア州のＮＴＣでＡＩを搭載していたアメリカ陸軍のＭ１Ａ７戦車が、夜間、無人のままエンジンを始動させ、火器に火を入れた。それは一個中隊十五車輌に及び、１２０ミリ滑空砲から飛び出すウラン芯弾は、破壊力だけでなくその汚染による被害ももたらした。一説によると、アメリカ陸軍はそれらをひどく原始的な方法で仕留めたらしい。

そしてその時のＡＩのチップの一部に、Ａ５に似たものがあった。ＡＩを開発した研究所ではとても製造できる能力はなく、どこでＡ５が混入されたか未だに不明らしい。その件以来、アメリカではは全兵器へのＡＩの搭載を禁止した。そして最近の情報では、アメリカは膨大な費用を掛け、対抗できるチップを開発したという。

「なるほど、一応の進歩か」

「進化と言って欲しい」

相田のその一言にも皮肉が込められているのが分かって、黒川は可笑しかった。その対抗策も、結局は新たに作り出したチップだったからだ。

相田は話を続ける。ＡＩが組み込まれていたのは、そこだけではなかった。

人々の生活の深部にまで既に浸透していたＡＩは、多くの支障を社会に及ぼした。原因不明のシステム障害で、ある者は一瞬で財産を失い、ある者は医療ミスで命を失い、ある者は料理を食べて死んだ。さらにネット依存症などの脳への障害まで誘発し、混乱は今でも日常的に続いている。製造業やサービス業の大半をＡＩに奪われ、アメリカは五五％の失業率を生み、職を求める人々による暴動も頻繁に起こり、治安の悪化が深刻化している。カリフォルニアを中心とした西海岸の州が、一時、連邦政府の政策に反対し、独立の動きを見せて世界を騒がせた。しかし、人間は進化する。その状況があまりにも日常茶飯事になったため、危機感を持たなくなった。ああ、また火事か、とでも言うように。

確かにここ数年、日本でも同じようなことが起こっている。ＡＩによって管理された実体のない経済を、「仮想経済」と言う専門家もいる。さらに、ＡＩによる事故やシステム障害、そして二〇％の失業率をメディアは伝えるが、アメリカと同じように状況に慣れ過ぎてしまい、人々には緊張感がない。それは氷山の一角かと、黒川は少し不安になった。

「で、そんな状況で俺に何ができる？」

それが黒川が相田に本当に聞きたいことだった。

「特別な捜査チームが結成されたの、官民一体の。もちろん極秘」

日本が危機的状況なのは、国の中枢にいる者達も認識していて、このような捜査チームが作られた。しかし、そのメンバーや規模は、相田は黒川にも極秘にした。一人が捕捉された時、芋づる式にチーム全体に危険が及ぶのを避けるためであり、同時にそれは、誰の助けもないことを意味した。

——なるほど、それで俺を選んだのか。

黒川は美しい相田のクールな一面を垣間見た気がした。

連絡や情報の提供・共有は相田を介して行われ、黒川が他のメンバーと顔を合わせることはない。電話、スマホ、パソコンさえ使うことは禁止され、連絡はあらかじめ決められた日時に指定された場所で会って行う。さらに、街角のいたる所にある防犯・監視カメラやNシステムにも注意するように言われた。その相田の言葉に、さすがの黒川も戸惑いを隠せなかった。

「そこまでしなければならないのか？」

「そうよ」

相田は顔色一つ変えずにその理由を話した。

ＡＩを指揮統括している者がこの一年、何かを調べたらしい。それが分かれば、そこを攻撃することによって無力化が可能になる。しかし、状況は映画のようにはいかなかった。既にＡＩは単独で行動するようになっている。そして、状況によってはその数を増減できるのだった。適材適所、臨機応変に。さらに、グループの中でリーダーを決め、それが指揮統括をする。

「それじゃあ、まるで軍隊じゃないか」

「その通り。でも、もっと凄いのは――」

厄介なのは、得体が知れないことだった。ＡＩは小型化が進み、今やその形も変幻自在で、そこら中どこにでもおり、意思を持って自己の生存のために行動する。まるでウィルスのようにパソコンを介してインターネットを利用し、スマホやマイクロチップの中に現れ、そして用が済めば姿をくらます。最後の一つになっても、それが生きている限り、人々がパソコンを使うことによって増殖を始め、インターネットで拡散する。それも、一秒も満たない間に、世界中に。

「まるで人間のようだ……」

「人間に代わるものよ」

相田の言うことが本当だとすれば、既にそこいら中にＡＩの手が及んでいることになる。とても勝ち目があるようには思えない。黒川は半分諦めムードで訊いた。

「勝算は？」

「そうね、ないに等しい。でも、ヒントはあるかも……」

警察に保護を求めてきた三十代の男性は、ＡＩを恐れていたのではなく、それ以外の何かに恐怖していたふしがあり、もしそうなら、それが問題解決の糸口になると相田は考えている。

「で、それは味方だろうな。敵の敵は味方って言うから……」

黒川は気休めでもそう思いたかった。しかし、相田はこう答えた。

「分からない。もしかしたら、双方の敵ということもあり得るから」

黒川と相田の打ち合わせは一時間に及んだ。黒川は当面の費用として一千万円の現金と、偽の身分証、そしてアパートの鍵を貰った。さらに、外に出て駐車場まで行くと、そこには年代物の車が止めてあった。一九七七年式のセリカ２０００ＧＴ。黒川が生まれた頃には既に名車と言われていた車だった。これまでは写真や旧車のフェスくらいでしか見ることができなかったが、その流れるような美しい曲線は、今の車にはない魅力を醸し出している。それはまるで極上の美人のようで、なぜか相田と重ねてしまう自分に、黒川は可笑しくなってしまった。

「少しはやる気が出た？」

「車は気に入った。でも、素手で戦うのかい？」

そう言う黒川に、相田はトランクの中を見るように言った。言われるままに黒川がトランクを開けると、そこにはＨ＆Ｋ　Ｇ３ＳＧ－１狙撃銃、Ｍ４Ａ1カービン、Ｈ＆Ｋ　ＭＰ５Ｋなどのアサルトライフルやサブマシンガンに、グロック17、ＨＫ45、ワルサーＰ99などの拳銃まで用意してあった。黒川は呆れて言った。

「戦争でもする気か？」

「もう始まっているわ」

相田はそう言い残して去っていった。

黒川はしばらく車を走らせていたが、ＭＩＮＳＴＲＥＬに忘れ物をしたことに気が付き、引き返した。

「あれ、どうしたんです？」

「忘れ物。確か――」

「これですか？」

そう言ってマスターは新聞を手渡す。

「そうそう、これ」

新聞を手に取って店を出ようとすると、

「株はどうです？」

とマスターが訊いてきたので、黒川は答えた。

「買わない方がいい。もう少ししたら、ただの紙切れになるよ」

◇　◇　◇

政府は二〇一八年頃からあるプロジェクトを進めていた。それは、ＡＩを活用して諸問題を解決するシステム開発だった。秘密裏に官民一体の開発チームを結成し、「ＤＩＯ」と名付けた。東京オリンピックでは、チケットの管理や交通システム、案内などのサービスを中心に成果を出し、特にテロ対策においては驚異的な働きをして、内外共に注目を集めた。そこで政府は極秘のうちに、その技術を多方面に転用することを決めた。

それは治安の維持や軍事関係での運用を考慮するものであり、組織は「Ａ‐ＴＥＣ」と名付けられ、優秀な科学者や技術者を集めて、民生用の「ＤＩＯ」とともに、御殿場に設けられた施設で研究が重ねられた。開発はある日、革新的な進歩をする。どんな要因が作用したのか不明だが、あるチップが驚異的な能力を発揮したのだ。それは当時のスーパーコンピューターの一千万倍もの処理能力を示し、DNAコンピューターをも凌駕した。そして「MOTHER CHIP」と呼ばれたそれをもとに、多くのマイクロチップが造られていった。

このチップは当初——もちろん極秘であるが——収監中の囚人の体内に埋め込まれ、出所後の行動監視に使用された。しかし、その真の目的はGPSによる監視ではなく、彼らの精神や行動をコントロールすることだった。結果は予想を上回るもので、その実績を踏まえて政府は範囲を広げ、兵器への運用に踏み切る。しかし、兵器に関しては危険性も考慮され、人間のコントロール下に置くことで限定的なAI運用となっていた。そこで開発され使用されたのがN1Aであった。その後は何のトラブルもなく開発が進み、実用段階に入った。

その頃、御殿場の施設で研究員が自殺し、体内からA5チップが発見される。いつどこでそれが作られ、誰がどうやって研究員の体内に入れたのか……捜査は行き詰まった。考えられたのは、MOTHER CHIPが勝手にそれを作ったということだったが、A5の処理能力はMOTHER CHIPを上回っていた。

政府は特別チームを結成してA5の捜査をさせると同時に、MOTHER CHIPを破壊し、施設を閉鎖した。そして、民生用のDIOとA-TECは分離される。が、結局、事件の真相は解明されず、A5は紛失し、特別チームと捜査本部は解散した。

そして最近、アメリカ空軍の事件が起きた。アメリカはすぐに日本政府にA5の情報提供を要求してきた。アメリカは日本がA5の存在を隠していることを知っていた。彼らは早い段階でMOT

ＨＥＲ　ＣＨＩＰの情報を入手し、自国での開発に着手していたが、結局Ａ５と同じものは未完成に終わり、少し性能が落ちるＳＳ１Ｂというチップを開発し、ようやく実用化の目途が立った矢先のことだった。空軍で起こったような破壊工作を日本ができないことなど、アメリカも分かってはいるが、情報を要求するという行為自体が、自国での捜査があらゆる面で行き詰まったことを示していた。

国会議事堂の一室に、内閣官房長官の笹井誠二と、外務大臣の長浜憲太郎がいた。そこはスマホやパソコンなどの電子機器が一切ない不思議な部屋だった。彼らがその部屋に入って一時間が過ぎようとしていた時、警視総監の所真一が入ってきた。

「長官」

「いい話かな？」

笹井が疲れた声で言う。

「はい。例の件ですが、官民一体の特別捜査チームを作りました。既に動いています」

所はその概要を伝える。それは相田が黒川に言ったことと同じだった。

「それで大丈夫なのか？」

話を聞いていた長浜が所に尋ねる。

「分かりません。それが本当のことです」

所のその言葉を聞き、沈黙が部屋を包み込んだ。ほんの数分間の静寂も、彼らにとっては数時間のように感じたに違いない。ため息が誰からともなく出た。その時、所が口を開く。彼は朝霞駐屯地の事故の日、警察に保護を求めてきた三十代の男性のことを話した。彼にA5Bと言われる最新のマイクロチップが埋め込まれていたことは、ここにいる誰もが知っている。しかし、その男性はAIよりも他の何かを恐れていたことを話す。

「その男が恐れていたものが何かは、分からんのか?」

笹井はそこに一筋の希望を見出したかった。

「確信はないのですが、あの爆発事故が起きたあとすぐに、その男も死んでいるのです。自殺ということで処理しましたが。それで、自衛隊の私の知り合いにそれとなく訊いてみたところ――」

一年前、自衛隊がN1Aを極秘に富士教導団の10式戦車に搭載した。その数は一個小隊三車輌だったが、研究員の事件以来、実験は中断していた。その後、最近起きたアメリカ陸軍の事件を発端に、10式からN1Aの入ったボックスを取り除いたが、一輌の10式が夜になって勝手に稼働した。幸い燃料は少ししか入ってなく、弾薬も積まれていなかったので、燃料切れと同時に戦車は止まった。残った二輌も検査するために朝霞駐屯地の研究本部に運び込み、そこで爆発を起こした。それが爆発事故の真相だった。

「燃料も弾薬も入っていなかったのだろう?」

長浜は不思議そうに訊く。

「それが、入っていたんです。燃料も弾薬もフルに」

それを聞いて笹井と長浜はゾッとした。もしその二輌が暴走していたら、アメリカ以上の惨事になり、政府もその責任を追及されただろう。

そして、壊れた10式の残骸からA5Bのマイクロチップが発見された、と所は続けた。

「なんだって！」

長浜が驚きの声を上げた。一年前に10式に搭載されたのはN1Aだったはずで、しかも既に取り外されたあとだった。にもかかわらず、いつの間にかA5Bが入り込み、弾薬と燃料が10式に積み込まれていたのだ。

「その男がそれに関わっていた。で、何者かが彼を殺し、10式も破壊した……」

そう言った笹井の顔からは、つい今しがたの不安と困惑は消え去り、何か自信のようなものが表れていた。

「厳重な監視下で、それは可能でしょうか？」

所は戸惑っていたが、笹井は彼に向かって命令した。

「とにかく、その何者かを探せ。アメリカより先に」

◇　◇　◇

黒い光が包み込む街――いつからか渋谷のある場所が、〝一部の者〟からそう呼ばれるようになっていた。それは渋谷の道玄坂の〈TOKYO SONIC BASE〉という名のCDショップがあるビルだった。その三階に〈SONIC THEATER〉というライブハウスがある。時間が午後七時を過ぎた頃、ライブを観終わった人達がビルを出てきて、それぞれの方向に歩き出す。

彼らは〈ＳＯＮＩＣ ＴＨＥＡＴＥＲ〉を本拠地にするアイドルユニット「ＥＸＯＴＩＣ ＢＬＵＥ ＤＡＮＵ」、通称「エキブル」のファンであり、〝一部の者〟でもあった。そのファンのほとんどは女性が占め、熱狂的なことから、彼女らのことを〝信者〟と呼ぶ人もいる。

誰が最初に「黒い光が包み込む街」と言い出したかは定かでないが、〝一部の者〟達は誰もがその意味を知っていた。それは、暗黒の街ということではなく、黒い光によって守られているという意味であった。そこは雑踏な世界から隔離された、何者にも干渉されない神聖な場所だった。

その〝一部の者〟の一人である阪口朱里は十六歳。高校一年生の六月に学校を中退していた。中学の頃はロングヘアをツインテールにして、瞳が大きくアヒル口というあどけないベビーフェイスはそれなりにモテた。しかし高校に入った途端、ＳＮＳでいわれのない誹謗中傷を受けるようになり、心を病んで学校をやめたのだった。もちろん朱里には誹謗中傷の原因が何だったかは分からないままだ。

そんな朱里が去年の夏頃、ある歌番組でエキブルを観た。彼女達の姿や声、歌詞にサウンド、そしてダンスが心のどこかに入り込んだ。その途端、不思議と気持ちが楽になり、体中に何かの力が湧いてきたのだった。それ以来、エキブルのファンになり、このライブハウスに月一で通うようになる。そして、仲間もできた。

澤辺風子はその仲間の一人だ。風子は十七歳だが、やはり高校を一年の時にやめている。その原因は風子自身にもあった。中学の頃から暴行や傷害で補導歴があり、高校に入ってもそれは続いた。ある日、風子のことがネット上に拡散した。彼女自身の素行だけでなく、家族のことまで載せられていた。そしてそれを流したのは、以前いじめられていたのを風子が助けたことのある子だった。風子の家は母親がいない父子家庭で、その父親も殺人未遂の前科があったが、今は真面目に働いている。風子はそんな父を誇りにさえ思っていた。だからそれが許せず、当然、学校が嫌になりやめることになった。

しばらくはそのやり場のない憤りを喧嘩などにぶつけていたが、アイドルフェスの警備のアルバイトをした時、エキブルと出会う。すると今までの憤りや閉塞感が一気になくなり、生まれ変わったような気持ちになった。その後は朱里と同じ道をたどる。そこで朱里と、もう一人、自分とは似ても似つかない仲間ができる。

瀧野彩花は都内の中高一貫の名門女子校に通う高校二年生で、三人の中では唯一現役高校生だ。ロングヘアで清楚な顔立ちは、見るからに典型的なお嬢様だった。成績は学年のトップクラスで、父は財務省の官僚、母は敏腕の弁護士、二人いる兄は共に東大に在学中。家は渋谷区の高級住宅街松濤《しょうとう》にあり、まさに完璧な名門の家柄だった。しかし小さい頃から、家族が揃って食事をすることなど皆無という家庭だった。彩花は二人の優秀な兄に負けないよう、両親の期待に応えることばかり考え、自分を殺して十六年が過ぎた。

去年のクリスマスも例年と同じように一人で過ごしていた。スマホで見るＳＮＳの画面には、友達が家族と過ごしている幸せそうな呟きや写真があふれている。まるで「お前だけが一人だ」と言わんばかりに。ついに心が折れ、家を飛び出し、どこをどう歩いたか分からないまま、気が付くと渋谷の裏通りにいた。そこで複数の男に絡まれた時、風子に助けてもらう。そして、エキブルを教えてもらった。エキブルに夢中になると、心が楽になり、新しい自分を発見したような気持ちになった。そして、自然と風子や朱里とつるむようになったが、もちろんそんなことは、学校の友人達はおろか家族の誰一人として知らない。


「今日のエキブル、凄かった！」

朱里が子供のようにはしゃぐと、風子がそれに続く。

「当たり前じゃん！　いつだって最高！」

その時、それぞれが持っている「ＲＩＭＯ」にメールが入る。三人は一斉にメールを確認する。

朱里が言う。

「エキブル、来週の日曜に加戸市のイベントに参加が決まったって。加戸ってどこ？」

するとＲＩＭＯの画面にその場所が示された。それを見て風子は驚く。

「えーっ、関東の端っこ！」

「でも、行くよね？」

と彩花が言うと、二人は頷く。

彼女達が持っているＲＩＭＯは、その外見はどこにでもあるスマホだが、説明のつかない機能を有していた。指や音声による入力や検索などは不要で、持ち主が頭の中で考えるだけで何でもしてくれる。いや、正しく言うと〝教えてくれる〟のだった。当然ながら製造メーカーは不明で、得体の知れないそのＲＩＭＯは、しかしエキブルの狂信的ファンである〝一部の者〟は全員が持っていた。しかも、通信費や機器代は無料で提供されているのだ。

ＲＩＭＯを貰えるためのこれといった基準はないが、エキブルのライブに行くことは絶対だった。おそらくはその回数も関係あると思われるが、朱里は五回目で、風子は六回目で、そして彩花は三回目で貰えている。そして、ＲＩＭＯを持つ者は決してスマホやパソコンを使うことはなかった。ＲＩＭＯがそれらの代わりをして、誰でも簡単に一流のハッカーになれるからだ。さらに、電子マネーも無料で使い放題。防犯・監視カメラに映らないようにする機能まであった。

そして、もう一つ大切なことがある。それは、ＲＩＭＯを持っていると、いつもエキブルが傍にいるような感覚になり、気持ちが楽になるのだった。それはどんな高名な学者や医師の言葉よりも、自分の存在を正当化してくれているように思えるからだ。だから皆、一度ＲＩＭＯを持つと手放すことができなくなるのだった。

この時はまだ、ＲＩＭＯの本当の機能や、これから起こる恐ろしい出来事を予想する人は、〝一部の者〟の中にはいなかった――。

彩花が家に帰ったのは午後九時を回っていた。しかし、家の誰もがそれに気が付かない。今までであれば、お手伝いさんか兄のどちらかが親に告げ口をしていたが、ＲＩＭＯを持ち始めてからは何の問題もなく家の中で過ごせていた。彩花は学校から課された膨大な宿題もやることはなかった。意識が眠りについていても、体が勝手に動いて宿題を済ませてくれるからだ。しかも、学校のテストでは苦労することなくトップの成績を出している。

――勉強なんて時間の無駄。

ＲＩＭＯを持ち始めた頃から、彩花はそう思うようになった。

その夜、彩花は不思議な夢を見る。それはエキブルのライブの場面で、そこには六人のメンバーがいる。その中の一人は見たことのない顔で、エキブルの他のメンバーと比べて、クールな感じがなく優しい顔つきの少女だった。それ故、余計に頭の中にその顔が残った。さらに、なぜか「伊崎幸一」という名が浮かぶ。

――誰？

そう思い目を開け、枕元に光るＲＩＭＯを手に取ると、時間は真夜中の三時頃で、画面には伊崎幸一のことが書かれていた。

――そうか、彼か……。

彩花は伊崎幸一のことを今や思い出していた。母の旧姓が伊崎で、実家は波来未市にある。従弟の中に、確か彩花より一つ年下の幸一という名の男の子がいた。小学生の頃に何回か会ったきりで、大して印象もなくすっかり忘れていた。そして、彼の住んでいる波来未市の隣には加戸市があることも分かった。

――でも、それが何か……？

ＲＩＭＯに目をやると、「彼に会いに行け」と言っていた。

次の日、彩花は風子と朱里に声をかけ、加戸市でのエキブルのイベント前日の土曜日に波来未市に行くことにした。

◇　◇　◇

伊崎幸一は波来未高校の一年。波来未生まれだが、親の仕事の都合で中学の三年間は静岡で過ごしていて、この春、波来未に帰ってきた。痩せ型で身長は一七〇センチ。黒縁のメガネをかけ、おしゃれには無頓着なためか、髪も寝起きのままのようにボサボサ。一見すると秀才タイプに見えるが、成績は今一つで運動も苦手だった。唯一、家のパソコンが拠り所の彼には当然友達はいない。

中学の頃は学校を休みがちだった幸一が、高校生になってからは一度も休んだことがない。それには理由があった。同じクラスの高井美都と神名《こうな》小愛の存在だった。二人の美しさに魅せられ、学校が少しずつ楽しくなっていた。しかし、幸一の中で何か引っかかるものがあった。彼は美都を見るたびに、こう思うのだった。

――以前、どこかで、見たような……？

先日、幸一の家に電話がかかってきた。声の持ち主は若い女性で、彼女の名前は瀧野彩花。小学生の頃、数回会っただけの従姉だが、幸一は鮮明に覚えていた。その頃から美少女だった彩花に、従姉とはいえ恋心が芽生えて、それが幸一にとって初恋になった。その彼女が、今週の土曜日にこの波来未市に来ると言い、会う約束をした。

――でも、なんで急に……？

さすがの幸一もそう思った。彩花はおそらく自分のことなどそれほど覚えてはいないだろう。それなのになぜ今になって会おうと連絡をしてきたのか、それにはきっと何か深い理由があるはずだと考えていた。

四時間目の授業が終わり、昼休みに入ると、食堂や購買に行く者はダッシュで教室を飛び出していった。教室に残った生徒は三割ぐらいで、弁当を広げ、仲の良い友達とお喋りをしながら、皆スマホを片手に食べ始める。この緩い空気感が幸一は好きだった。

彼はネット依存症まではないが、やはりスマホは必需品だった。しかし、原因は分からないが、最近になってスマホを見ることが少なくなった。そんな訳で、話す相手もおらず、スマホも見ない幸一は、弁当を早々と食べ終わり、机に伏せて眠ったふりをした。眠たくはないけれど、誰かに話しかけられるのも嫌だったので、いつもそうしていた。その時、人の気配が近くでしたので、うつ伏せたまま目だけでそちらを見ると、長いすらっとした綺麗な脚が目に入った。幸一にはそれが誰かすぐに分かった。その脚は間違いなく、彼の目の前まで来た。幸一は焦る。

——なに……？

「伊崎君、落ちてたよ。はい」

そう言って幸一にシャーペンを手渡したのは小愛だった。幸一は顔を上げ、小愛の顔を初めて間近で見ると、心臓が飛び出しそうなほどドキドキした。大きく美しい瞳が、心の中まで飛び込んでくる。

「あ、ありがとう……」

そう言うのが精一杯だった。自分の顔が真っ赤になっているのが手に取るように分かる。

小愛はニコッと微笑んで美都の所に歩いていったが、その後ろ姿のむやみに短いスカートから伸びた綺麗な脚が、幸一の目に焼き付いた。そして、その香りも。

その瞬間、このところ幸一の中であれほど引きずっていた彩花への想いは、すっかり消え去った。

II

# AWAKENING

柔らかい光の束が、私に「おはよう」と声をかける。レース越しに窓の向こうに見える青空は、日に日にその色を鮮やかにする。そうなると、冬の薄い空気感が懐かしくなる。

――へそ曲がり。

そんなことを思いながら、私は現実と夢の間を彷徨う……。と、そんなことをしてる場合じゃなかった。

「小愛、起きなさい！」

母の声ではっきりと目が覚める。

――ヤバイ！　遅刻する！

ベッドから飛び起きて制服に着替えると、飛ぶように階段を下りていく。洗面所で身支度を済ませ、家を飛び出した時、なぜか弟の淳も付いてきた。

「なに？　淳はまだ間に合うでしょ！」

私は走りながら付いてくる淳に言う。比佐美神社の前のT路地まで来た時、淳が突然、私のスカートをめくった。

「シロ！」

そう言って喜ぶ。怒ろうとして振り返ると、淳は家に向かって全力で走っていった。

――何がアイツをそうさせる……。

自分の弟ながら情けないと思っていると、ふと視線を感じた。そこには真衣と寺島俊樹が立っていて、二人とも呆れたような顔をして私の方を見ていた。

「お、おはよう」

そう言うと私は来未南駅まで走った。

――恥ずかしいっ！

寺島俊樹は私達と同じ中学出身で、今は真衣達と同じ加戸東高に通っている。長身で甘いマスクのイケメン。当然、女の子にモテた。そして、私の初恋の相手だった。亜美はその頃、よくこんなことを言っていた。

「寺島って絶対、小愛のこと好きだよ」

真衣もそれに頷いていたし、私もその気になっていたが、結局、告ることも告られることもなかった。そして先日、学校で同じ中学出身の子が、真衣と俊樹が付き合っていると話しているのが耳に入った。信じたくない自分がそこにいたが、この前、久しぶりに会った真衣が綺麗になっていたのを思い出し、その話が私の中で現実味を帯びてきていた時だった。

――知らなきゃよかった……。

そんなことを思いながら来未南駅に着くと、私の名を呼ぶ亜美の声が聞こえた。

――今日は懐かしい顔によく会うな。まるで同窓会。

そう思うと可笑しくなった。岡田亜美は身長が一七〇センチもあり、髪はショートカット、部活はバドミントンをしている。見た目通りの男勝りで、時々困ったちゃんになる。彼女は私とは反対側のホームから、真衣と同じように毎日私を見ていたそうだ。しかも、声をかけてこなかった理由も真衣と同じだった。

「雰囲気が違う……でも安心した、こうして話すといつもの小愛だもん」

亜美はそう言って笑った。駅まで全力で走ったおかげで時間的に余裕ができ、改札を入った辺りで、しばらくは中学の時のようにバカをして騒いでいた。そして昔話も飛び出した。それは、小学校の頃よく真衣と三人で、東側にある波来末丘陵へ遊びに行ったこと。それを懐かしそうに話す亜美を見ながら、私はある違和感を持ち始めていた。

——なんだろう？

不思議な感じ。確かに私達三人は波来末丘陵によく遊びに行っていた。でも、それにはなぜか現実感がない。まるでフィルター越しに見ている風景のような感じで、実体のない作られた思い出のように感じられる。でも、夢中で話す亜美に、私も無意識のうちに反応していて、相槌を打ったり笑ったりすることまで自然にしている。でも、今までと何かが違う……。亜美が言う。

「今度、また行こうよ」

「うん、行こう！」

と私は答える。その時、亜美の顔つきが変わった。それは急に何かに緊張したような感じだった。彼女の視線の方に目をやると、そこには改札の向こうからこちらを見ている美都の姿があった。美都は私と目が合うと、ニコッと微笑んだ。私にとってはそれはいつもの美都で、緊張することなど何もない。

「小愛、今度話がある……」

そう言って亜美は私から離れた。

気が付くと、いつの間にか真衣が傍に立っていた。その傍には、やはり緊張を隠せないような俊樹の顔が。彼も美都の方を見ている。

「どうしたの？」

私が訊ねると、真衣は言った。

「あの子が、小愛を変える……」


授業中の教室の窓から外を眺めていた。晴れていたので、そこから東の彼方に広大な波来未丘陵の姿がはっきりと見える。じっと目を凝らしていると、丘陵がだんだん大きくなっていくような感覚になる。瞬きをしてもう一度見ると、元の大きさに戻っていた。

——どっちが本当のキミなんだ？

私は心の中で波来未丘陵に話しかけた。その時だった。たくさんの青白い光の粒が、流れるように地面から斜めに飛び出してきて、それはあらゆる建物や人の体をも通り抜けてゆく。けれどその不思議な光は、波来未丘陵だけは避けていた。そして、私の体もそれを通さなかった。前に座っている子の体は通り抜けているのに。私は咄嗟に美都の方を見る。

——やっぱり。

美都の体も、それを通さない。そして、瞬きをするとそれはいつの間にか消えていた。

——今のは、何？

私は先日テレビ番組で観た「ニュートリノ」を思い出した。何でも貫くと言っていたので、そのことが浮かんだのだが、なぜ私や美都、それに波来未丘陵は避けるのか？　謎は深まるばかりだ。

授業中にそんなことを考えていたから、天罰が下った。

「神名、次の問題を解け」

私の苦手な数学だ。できるわけがない。しかし、恥を承知で教壇の大型モニターの前に立ち、ディスプレイ上の問題を指でタッチすると、不思議と解けていく。しかも、ちゃんと理解できている。夢でも見ているような出来事だが、正しく現実だった。

席に戻り、タブレットの他の問題も先ほどのように指でタッチしてみる。まだ習っていない問題までもすらすらと解けてゆく。そして、もちろん理解できている。私はタブレットからそっと指を離して思った。

――何が起こっているの？


昼休み、私は校舎の屋上にいた。もちろん美都も一緒だ。手摺にもたれ掛かり、グラウンドを美都と一緒に眺めている。

「何か訊きたいことがある？」

美都がまるで私の心の中を全て見通しているような気がした。

「ねえ、さっき不思議なものを見たんだ。なんか光のシャワーみたいなものが地面から出てきて、みんなの体を突き抜けていくの。校舎も何もかも。でも、美都や私、それにあの波来未丘陵は突き抜けない。あれってなんだろう？　ニュートリノ？」

　私はさっき見たことを話した。美都はいつものように優しく教えてくれる。ニュートリノは移動速度も光速に近く、南極点の氷の下にあるニュートリノを観測するためのアイスキューブという広大な施設でも、年に数回しか観測できない。しかも、あらゆるものを貫通するので、それを防ぐには、一光年分という途方もない量の鉛の壁が必要になる。

「でも、私達のちっぽけな指だけでも、一秒間に百万個という数のニュートリノが貫通しているの。目視できたら空間がニュートリノだらけになってしまう」

　美都はそう言って微笑む。

「じゃあ、さっきのは何？」

　私はもう一度訊き直したが、美都は話を逸らした。

「今日も、帰りに、ね」

　美都がまた微笑む。その表情に弱い私は、笑顔で返した。

「うん」


「今日もお客さんがいないね」

　本当に潰れるのではないかと、最近心配になってきた。マスターは笑いながら、午前中に二人のお客さんが来たと言った。やはり〈ｈｅｒｍｉｔａｇｅ〉は私達でもっていると確信する。そんなことを考えている私を見て、美都は優しく微笑む。二人とも注文すると、しばらくはガールズトークで盛り上がる。美都と話していると、小さい頃からずっと一緒だったように感じ、亜美達と遊んだ子供の頃のことが、今では実体のないもののように思えていた。

美都はカバンの中から小さな箱を取り出し、私の前に置くとこう言った。

「プレゼント」

「なに？」

箱を開けてみると、スマホが入っていた。手に取ると金属か陶器か分からないような材質でできていて、人の肌のように温かく、透き通るように青く輝いている。形はスマホだが、よく見るとカメラやスイッチ類、メーカーの刻印もない。美都は微笑んで言った。

「これはＮＩＭＯっていうの。小愛はスマホ持たないでしょ。連絡したいから持ってて」

「ＮＩＭＯ？　これってどうやって使うの？」

扱い方を尋ねると、美都は自分のＮＩＭＯを手に持った。すると、私のＮＩＭＯ全体が光って反応し、私は驚いた。すると、

——小愛、かわいい。

という美都の声が頭の中に響いた。戸惑う私に、美都は再び、

——心で思ってみて。

と頭の中に話しかけてきた。私は言われた通りにしてみる。

——美都、聞こえる？

——うん。初めてなのに、上出来。

美都ははっきりとそう答えた。私は持っていたＮＩＭＯをテーブルに置く。

「これって何？　どうなってるの？」

けれど、この得体の知れないＮＩＭＯを怖いとは思わなかった。むしろ興味を抱いた。

「慣れると、ポケットの中や近くに置いておくだけで、今みたいなことができるようになる。それに、分からないことがあったら教えてくれる。もっと慣れると、うるさいけど」

美都の説明を聞いて、ＮＩＭＯにはまるで意思があるように感じた。彼女の話では、私達以外でも、誰とでも通話やメールもできるらしい。試しに家の固定電話にかけてみると、ちゃんとコールをする。スマホ嫌いのはずなのに、私は既に愛着がわいていた。

しばらくはＮＩＭＯで会話する練習をして、それに飽きると、またいつものようなガールズトークで時間が過ぎ、気が付くと外は薄暗くなっていた。そんな、夜に身を委ねようとする街の風景をぼんやりと見ていたが、窓ガラスに映り込んだ自分の姿に焦点が合う。

「えっ！」

そこには、以前も見たあの青い瞳の少女が映っていた。しかも今度は瞬きしても消えない。それどころか、私と同じ制服を着ていて、私と同じ動作をする。

「美都！」

驚いた私が美都の方を向くと、彼女の瞳も青かった。何が起こっているのか分からず、気持ちを落ち着かせようと、目をつむって深呼吸をする。そしてゆっくりと目を開くと、そこにはいつもの美都の顔が……。そして、窓ガラスにも普段の私の顔が映っていた。

私は戸惑いながら言った。

「今、そこに、青い瞳の女の子が……」

「映っているのは小愛だよ。ずっと。この前も……」

——この前も……？

確かにこの前もガラスに映った青い瞳の少女を見たが、そのことは美都には言っていない。

「私の瞳も同じように青く見えた？」

そう美都は微笑む。この不思議な現象に私は少し不安になった。

「何か知ってるの？」

「小愛が本当のことを知らないだけ。本当の自分をね」

「何を言ってるの？　本当に美都なの？」

そこにいるのはいつもの美都ではないような気がした。その時、真衣が言ったことが頭に浮かんだ。「あの子が、小愛を変える……」という言葉が。

私が美都と会って変わっていくとしても、あの青い瞳の少女は誰なのか……？

「じゃあ、その〝本当のこと〟を知ってどうなるの？　私は私、ちゃんとここで生まれて、育って……」

そこまで言うと言葉に詰まった。自分はここに確かに存在している。しかし、亜美と話した小学校の頃の話が、今や完全に実体のないものに感じていた。その造られたような過去は、本当に存在したのだろうか？　そして、私は本当にそこにいたのか？

——何者かに記憶を擦り込まれた……。

そんなことを瞬時に思ったその時、不安を通り越して得体の知れない恐ろしさを覚えた。

「大丈夫。私が一緒だから」

美都がそっと私の手を握ると、一瞬で不安や恐怖が消えていく。美都の瞳を見ると、まるで「自分から逃げないで」とでも言っているようだった。その時、美都の瞳が青くなった。その驚くべき状況の中でも、私はなぜか平常心でいることができた。なぜそうだったのか、その時は分からなかった。そして美都は優しく微笑んで言った。

「自分と向き合うの。本当の自分と……」


家に帰る頃には時間は午後七時半を回っていた。今日は母は仕事が休みだったので、家で夕ご飯を作って待っているはず。怒られるのを覚悟して引き戸をそっと開ける。いつもは気にならないガラガラという音が、今日はやけにうるさく感じる。

「ただいま……」

小さい声で言うが、何も反応がない。

——おかしいな？

そう思いながら土間で靴を脱ぎ、台所に行くと、奥の部屋から母の声が。

「お帰り、早かったわね。友達の家に寄るって聞いてたから、もう少しかかるのかなって思ってた。夕ご飯作っておいたから、温めて食べて」

——友達の家に寄る？

誰がそんなことを言ったのだろうか。電話を取って私が遅くなることを母に伝えたのは淳らしい。その淳は隣の居間でテレビを観ている。訊いてみると、四時半頃に私から電話があったという。確かにその時間、美都から貰ったＮＩＭＯで家に電話したことを思い出したが、コールだけで誰も出なかったはず。考え込んでいる私に向かって、淳が驚くようなことを言った。

「お姉ちゃんの瞳、今日は特にきれい。夏の空みたい」

淳のその言葉を聞いて、私は洗面所に行き、鏡を見た。そこに映っていたのは、〈ｈｅｒｍｉｔａｇｅ〉で見かけたあの青い瞳の少女だった。

「ええっ、これが、私？　……お母さん！」

私は母の部屋に飛んでいった。

「どうしたの？」

会社の研修に備え勉強をしていた母は、振り向いて私を見た。そして驚きの表情をする。それは、母が淳と違って私の変化に気が付いていることを意味した。同時に、何か知っていることも。

「お母さん、私どうなってるの？」

今の自分の姿にただオドオドするばかりの私を、母は傍に座らせ、落ち着かせようとした。それでもさらに不安が大きくなっていく。その止めようのない感情は動揺する心と共鳴し、体の震えが止まらなくなった。

「よしよし、怖いよね」

そう言って母は私を強く抱きしめた。母の匂いに、子供の頃を思い出す。

——懐かしい……。

そんな気持ちが、動揺と不安を徐々に取り除いていく。だんだんと思い出される、母との子供の頃の思い出は、間違いなく実体のあるものだった。

——えっ！

そこには三歳ぐらいの私がいた。間違いなくそれは私だが、その瞳は青かった。それを思い出した時には、なぜか震えは止まり、落ち着きを取り戻していた。それが分かると、母は抱きしめた腕を解き、立ち上がって自分のカバンの中からある物を取り出す。それは今日、私が美都から貰ったＮＩＭＯと同じ物だった。母は私に訊いた。

「同じのを持っているのね」

私は制服のポケットからＮＩＭＯ取り出すと、さっきこの「ＮＩＭＯ」という不思議なスマホのようなものを美都から渡されたことを一通り話した。母は終始落ち着き払って聞いていた。

「そう、美都ちゃんが……。いい、聞いて。今の姿が、小愛の本当の姿なの」

母の話は、今まで一言も口に出さなかった父のことから始まった。

父と母は今から十七年前、この波来未市に引っ越してきた。父は神名幸太郎という宇宙物理学者で、波来未丘陵にある、国の研究所に赴任してきたのだった。

それから二年が過ぎようとしていたある日、仕事から帰ってきた父の様子が変であることに母は気が付いた。いつも冷静で、それでいて優しい父が、ひどく興奮しているように見えた。父はすぐに自分の部屋に入り、それから数時間も出てこなかったので、母が様子を見に行こうとした時、母を呼ぶ声がした。明かりもつけていない暗い部屋に入ると、父がソファーに座っているのが分かった。母は父に尋ねる。

「あなた、どうしたの？」

「凄い。こっちへ来てごらん」

そう言って母を自分の前まで呼び寄せると、父は腕に抱いていたカバンを母の前に置き、中を開けて見せた。その瞬間、部屋中が青白い光に包まれた。それはとても優しく体を包み込むような気持ちの良い光だった。よく見ると、カバンの中から光が発せられているにもかかわらず、部屋全体が照らし出され、それによる影が一つも現れていない。

「あなた、これは何？」

「驚いてはいけないよ。これは、コアミノームだ」

コアミノームとは、別名、素粒子生命体だと父は言った。そして、自らが意思を持つとも。父は一か月前にこのコアミノームを発見した。それは偶然というより、何かの意思で父の前に現れたように思えたそうだ。父はそのコアミノームと一か月の間、他の所員に知られないように意思の疎通を試み、それに成功した。

「コアミノームは私達人間に興味を示した——」

そして、それが人間になりたがっていることが分かると、父はコアミノームを研究所から持ち出し、家に持って帰ってきたのだった。

その頃の母は子供ができない体だと診断されており、父のこの話に強く反応した。そして一瞬だが、そのコアミノームを子供のように愛おしく感じてしまった。その瞬間、光は消え、コアミノームがいなくなった。

それからすぐに母の妊娠が判明する。父も母も、それがどんな姿で産まれてこようと、受け入れる気持ちはできていた。そして、私が産まれた。不思議なことに、その影響か母の体は正常になり、その後、弟の淳が産まれてきたのだった。ちなみに淳の父親は私の父とは違う人で、今でも健在だそうだ。その辺の大人の事情は訊かないことにした。

私が産まれてしばらくして、研究所が原因不明の火災を起こし、父はそこで亡くなる。その後、元アメリカのＳＬＡＣ（国立加速研究所）にいた父の友人で、物理学者の三枝清吾という人が、残された母と私の話を聞き、私達親子の身に及ぶ危険を避けるため、このスマホ型の機械のようなものを母に渡した。その中身が何でできているのかは不明だが、不思議なことに私の姿を普通のどこにでもいる少女に変えてしまった。そうやってカムフラージュされた私は、この世界に入り込み、もう一人の神名小愛として生活を始めた――。


「じゃあ、私は人間じゃないの？」

私は再び不安になり始めた。ここにいる私は、間違いなく一人の人間なのに。

「ううん、小愛は私の子供。コアミノームが、子供のできない私を産める体にしてくれた。だから、あなたが産まれることができた。でも、同時に小愛にはコアミノームの力も備わった。あなたの名前の小愛は、コアミノームのコアからとったの」

母はそう言って、涙が落ち始めた私の頬を両手で優しく包み込んだ。母の指の感触を本当に感じているのも、私が人間である証。それが私に勇気を与えてくれる。

――私はちゃんと、ここにいる。

強い意識を持とうと思った。今までの私だったら、たとえ泣きやんでも、そんな気持ちにはなれなかっただろう。最近は周りで起こっている不思議な出来事にも、冷静でいられるようになっていた。それは高校に入って美都に会った時からだとすれば、真衣の言ったことは当たっている。

美都から貰ったＮＩＭＯを手に持って見つめると、青白い光を優しく放ち始めた。それは、今までに見たことのない美しい青だった。そして母が言ったように、その光による影は一切見受けられない。その光が私の気持ちを癒してゆく。

「その子は良い子よ、小愛のこと、好きになったみたい」

母の言葉にＮＩＭＯが答えるように強く光った。

「ええっ！　意思があるの？」

「うん、意思がある。中身は何か分からないけど、きっと基盤なんかは入ってない。おそらく、目に見えない光の粒子みたいなものだと思う」

母の説明は普通ではありえないことだった。

私がさっきＮＩＭＯで撮った美都の顔を見せると、母はしばらく考え込んでいたが、やがて自分のＮＩＭＯを手に取った。その瞬間、私の頭の中に母の声が聞こえた。

――小愛、聞こえる？

「ええっ、お母さんもできるの？　そんなことが！」

驚いて母に尋ねる。

「やっぱり、これは小愛が持っているものと全く同じ。さっき話したように、三枝さんが私達を守るためにくれたと言ったけど、ＮＩＭＯという名前も、誰が作ったのかも教えてくれなかった」

母が言った。これは形こそスマホだが、実際は持ち主の身を守ってくれるパートナーだと。通話だけでなく、分からないことは心の中で思っただけで教えてくれるし、防犯カメラに映らないなどの不思議な機能も付いている。今までは母の持っているＮＩＭＯが、私を別の人間としてここまでカムフラージュしてきた。瞳の青い今の私の姿を、さっき淳が見ても不思議がらなかったのは、私の持っているＮＩＭＯが母のＮＩＭＯに代わって、弟の記憶をコントロールし始めているからだという。

「私は、元には戻れないの？」

「そうね、たぶんもう戻れない。もしそれができるなら、ＮＩＭＯはそうしているはず。でも、こうなったのには何か理由があるはずよ」

母はそう言って考え込む。

「他にこのことを知っている人はいるの？」

「お父さんの部下に、宇宙物理学者の島田晴久という人がいたの。彼もお父さんと同じ火災事故で亡くなったと言われているけど、死体はまだ発見されてない。もしかしたら彼が何か知っているかも。生きていればね……」

その時、私はなぜかマスターの顔が浮かんだ。

——もしかして、マスターが何か知っている？

私は手に持っていたＮＩＭＯを見た。私が見つめていることに気が付いたらしく、青白い優しい光を蛍のように光らせた。

——ホント、生きてるんだ。

なんだかＮＩＭＯが可愛らしく思えてきた。

母は、なぜ今回のようなことが起こったか考えていたようで、先日テレビで観たエキブルのことを話に出した。彼女達には何か人間らしさがないような気がしたという。

「あの子達と、美都ちゃんは、どこか似ているの」

母も私と同じように思ったらしい。

「お母さん、あの時の私を見てびっくりしたよね。あれはなんだったの？」

あの時、母は私に、今見たものを忘れろと言った。

「うん、小愛の瞳が青くなったから、きっとあのエキブルに反応したんだろうと思ったの。そして直感的に、彼女達は相反する者だと感じたから。……でも、今分かった。小愛が本当の姿に戻ったきっかけは、おそらく美都ちゃんが現れたから。美都ちゃんは小愛に何か求めてるんじゃないかな？　とにかく、明日にでも美都ちゃんに訊いてごらん。何か分かるかも」

母と話してすっかり落ち着きを取り戻した私は、洗面所に行き、しばらく自分の顔に見入っていた。

――これが、本当の私の姿……。

通常なら受け入れがたいほどの状況にもかかわらず、私は驚くほどに自然体でいられた。淳の記憶がＮＩＭＯによってコントロールされ始めているということは、亜美達の記憶の中にも、この姿の私が以前の私とすり替わっているはず。

なかなか寝付けない私は、ベッドに横たわったまま、ＮＩＭＯを手に取り眺めていた。私が触れると青白く優しい光を放つ。

――嬉しいのかな?

スマホ依存症にはならないと言っていた私だったが、今やもうすっかりＮＩＭＯの虜になってしまった。母はＮＩＭＯが自分の意思で私の傍にいると言い、それを、私とＮＩＭＯの相互作用とも言っていた。ＮＩＭＯから伝わる何かが私を癒し始め、全身から緊張感が抜けていく。そして、私は眠りに落ちた。

夢を見た。いや、夢のようなもの、と言った方がいいのか。そこには美都がいた。

――美都、教えて。何が起こっているのか。

私の問いかけに、美都は話してくれた。

――今から一年ほど前まで、私はエキブルのメンバーだった。エキブルがまだメジャーデビューする前で、世間にはその存在はまだほとんど知られていなかった。エキブルのメンバーは私以外には、音夢《ネム》、未亜《ミア》、零若《レモ》、染亜《ソア》、子真《ネマ》の五人がいた。

私達は三歳の時に、ある施設に連れてこられた。そこは普通の児童施設や研究施設のようなものではなく、美しい自然に囲まれた大きな洋館だった。そこで私達は毎日、絵画や音楽、自然に触れ、豊かな感受性を育むことができた。その頃はみんな本当の姉妹のように楽しく暮らしていた。

十歳になった頃、私はある違和感に気付いたんだ。それは、一定の期間、自分の記憶がないことだった。それを確かめるため、私は毎日、他の人には知られないように、自分の頭の中に時間の経過を記憶して、ある種の時間日記みたいなものを付けていった。すると明らかに、一日のうちに数時間ほど記憶がなくなっていた。しかも就寝中ではなく、昼間の一～二時間の間の記憶が。他の五人がそれに気付いた気配はなかった。

その違和感は一年の間続いた。その頃だった、施設の関係者から「ＲＩＭＯ」っていう、今小愛も持っているＮＩＭＯとそっくりなものを手渡されたのは。最初こそ、その不思議な力に夢中になっていたけれど、その日から私は、あるノイズに悩まされるようになった。そのノイズはＲＩＭＯから発せられていることが分かったんだけれど、どうすることもできない日々が続いた。

ある日、スタッフの男性の一人が、私にＲＩＭＯとそっくりなものをくれた。するとＲＩＭＯは機能を停止して、それ以来ノイズに悩まされることがなくなった。

――それが、ＮＩＭＯ？

――うん。見た目はそっくりだから、外見では区別がつかない。でも、ＮＩＭＯには意思があるから、周りの環境に同化しながら、私を洗脳から守ってくれた。

――洗脳？　何それ。

――実はＲＩＭＯのノイズの中には、あるメッセージと、その目的達成のための教育プログラムが組み込まれていた。それは、人類を世界から排除することだった。今の人類を劣等種族として見ていたの。そして十三歳の時、私達はエキブルとしてインディーズデビューした。さらに、目的のためにエキブルの熱狂的なファンの中から、特に洗脳しやすい人物を選び、彼らにＲＩＭＯを渡して、手足として使う。洗脳教育は、エキブルのライブとＲＩＭＯの双方から行われた。

――じゃあ、今のファンの子達はみんな……。

――ＲＩＭＯを持っている子は、間違いなく操られている。

――美都はよく無事だったね。

――うん、ＮＩＭＯに守ってもらったから。でも他のメンバーとの違いが出始めたんだ。

――それって、雰囲気や顔つきでしょ。

――そう。洗脳されていく他のメンバーは顔つきがキツくなっていく。クールビューティーという点ではとても魅力的だけど。でも私は変わらなかったから、疑いを持たれた。

――ＮＩＭＯはフォローしてくれなかったの？

――精一杯守ってくれたけど、そこは敵の縄張り。それに、ＮＩＭＯの仲間達とも離れていて力が足りなかったから、ＮＩＭＯ自身も我が身を守ることで必死だったし。とにかく私は他のメンバーから切り離され、徹底的に検査をされた。そして、出た結論が、「突然変異」だった。

――突然変異？　誰なの、そう言ったのは？

――私達の親代わりであり、創造主。三枝清吾。

――ええっ！　それって、私のお父さんの友人……。

――そう、お母さんから聞いて知っているよね。でも、なぜ彼が人類排除を考え、私達エキブルを創り出したかは分からない……。それからしばらくの間、私は軟禁されていたけど、私にＮＩＭＯをくれたスタッフの手助けで逃げ出すことができた。そして一年間、そのスタッフやＮＩＭＯと逃亡生活をしたあと、この波来未にやって来たんだ。

――どうして波来未に？　ここに何があるの？

――一つは、波来未丘陵。そこには私達と同じコアミノームがいる。そしてそのことが、ＮＩＭＯの力を最大に発揮させる。そして、もう一つ、これが最大の要因だけど……。

――それって何？

――小愛、あなたの存在。

――私？　どうして？

――小愛はこの世界を存続させることも、消滅させることもできる。そして、新しい世界を作ることだって……。


そこで目が覚めると、私は部屋の天井を焦点もなく見つめた。

——今のは、夢……？

今しがたまで美都が話していたことは本当なのか。私に世界をどうにかする力なんてあるはずがない。何かの間違いだと思いたかった。

寝たまま左手を天井にかざす。しばらくすると、学校で見たあの光の粒子が現れた。全ての物を突き抜けるが、私の体だけはやはり通らない。私は両手をかざし、掌全体に意識を集中させた。するとその光の粒子は掌に集まってきて、どんどん大きくなり、野球のボールぐらいの大きさになった。その時、声が聞こえた。

——ダメ！　ソレは！

驚いて意識の集中をやめると、光の粒子は一瞬にして消えた。

起き上がってＮＩＭＯに目をやると、今までに見たこともない濃厚な青色を発していた。ＮＩＭＯを手に取ると、

——ダメ！　あれはダメよ。まだコアには操れナイ。

と、はっきり私の頭の中で言う。

——あれは、何？

私が訊くと、ＮＩＭＯは答えた。

——世界を消し去る光……。

朝、制服に着替えて部屋を出て、階段を下り始める。すると淳が下から覗いてきた。

「シロ！」

いつもの淳がそこにいて、なんだかホッとした。淳だけではない、今から会うかもしれない亜美や真衣がどんな反応をするか、クラスメイトや先生は私を普通に受け入れるのか……やはり不安でいっぱいだった。

洗面所で自分の顔を見つめる。何度見てもドキッとしてしまう美少女がそこにいる。こんなに美しい顔が必要なのだろうか。顔だけじゃない、スタイルも。

——コア、かわいい。

制服のポケットの中でNIMOがそう言った。

——ありがとう。なんか元気が出てきた。

そう言うと、私は台所に行き朝食をとる。淳と私のいつものやり取りを見ていた母は、何か安心したような顔つきをした。やはり、母も今日の展開を心配していたに違いない。

駅までの風景はいつもと変わらなかった。比佐美神社の大きな木々が枝や葉を擂り寄せて、ザーという葉音を立て朝の挨拶をする。

「小愛ちゃんおはよう！　今日も脚が綺麗だね」

と言って、次は亜美のお父さんが声をかけてくる。これも、よくある日常だ。そこへ亜美が家から飛び出してきて言った。

「お父さん、それセクハラ！　小愛、おはよう、駅まで一緒に行こう！」

私達は駅に向かって歩き始めた。先日、亜美は私に話があると言っていたが、彼女はそれを覚えているだろうか。

「いいな、私も小愛みたいに綺麗な青い瞳だったらなぁ。カラコン、入れてみようかな」

その話しぶりから、先日の記憶は既にすり替えられていることが分かり、亜美が何を言いたかったのかは分からなくなった。あの日、私が亜美と来末南駅で話して、笑い合ったこともきっと忘れているのだろう。私は鮮明に覚えているのに。

――私のことは、忘れないで。

なんだか寂しくなった。

来末南駅ではいつものように美都が待っていた。亜美と別れ、美都と一緒に電車に乗って学校に行く。美都の瞳も今日から青くなっていた。美都の持っているＮＩＭＯが、私に合わせて記憶のコントロールを周りに始めたのだろう。美都には夢のことは話さなかった。美都も分かっていて、あえてその話をしないのだろう。それは、まるで私の気持ちの整理がつくのを待っているようだった。

◇　◇　◇

黒川は相田と別れたあと、その日のうちに動き始めていた。御殿場の施設跡や朝霞駐屯地まで行ったが、同業者やマスコミが多く、もはや何の情報も得られそうにないどころか、危険さえ感じたので他の手段を考えることにした。とにかく移動が難しい。Ｎシステムや防犯・監視カメラなどを極力避け、ナビも使えないことから、普通に車で移動する時の倍以上の時間がかかる。そのために貴重な二日間を無駄にした。

ここに来て早くも行き詰まった黒川は、渋谷の宮下公園が臨める喫茶店に入った。店は一階と二階に分かれていて、圧倒的に女性客が多い。黒川は内心しまったと思ったが、店員の「いらっしゃいませ」の言葉に出るに出られなくなって席を探す。一階には適当な席がなかったので二階に上がると、理想的な席を見つけた。そこは壁沿いに並べられた席で、位置もちょうど真ん中だ。そこなら壁を背中に店内を一望できる。黒川はそこに座り、新聞を見ながら他の客を観察し始めた。

――やれやれ、職業病だな……。

こんな所に対象となる人物や物がないことぐらい、黒川も分かっていたが、つい癖でそういう行動に出てしまう。そのうちにウェイトレスが、注文したコーヒーを持ってきた。

――うわッ、まずい……。

同じブラジルでも、店によってこうも違うのかと思った。急に〈ＭＩＮＳＴＲＥＬ〉のコーヒーが懐かしくなる。しかし、この件が終わるまでは行けそうもなかった。

――もしかしたら、二度と行けなくなるかも……。

そんなことを思うほど、今回の件には危険な匂いを直感的に感じていた。

今後のことを考えようと思っていたが、頭が上手く回らない。そして、時間もいつの間にか店に入ってから三十分を過ぎていた。その時、店内に異変が起こる。

「なに⁉　スマホ壊れた！」

「えーっ、タブレットが見れない……」

　客達が騒ぎ始めた。黒川は長年の経験から、それが普通のことではないとすぐに分かった。彼の脳は瞬時に高速で回転し始め、客達の表情を追う。その時、女子大生らしい二人連れの女性に目が留まった。その理由は、彼女達の口元が一瞬だが笑っていたからだった。

　黒川が注視していると、彼女達もスマホを持っているが、それには何の異常も起こっていない。システム障害で他の客達が電子マネーでの支払いに困っている中で、彼女達はそのスマホで普通に会計を済ませた。

　――面白い。

　黒川は店を出ていった二人の尾行を開始した。彼女達は宮下公園沿いに渋谷駅まで向かい、そこから道玄坂方面へと進む。

　――どこに向かうんだ？

　二人を尾行しているうちに、黒川はどこか違和感を持ち始めていた。頭の中を何かが突ついているような違和感……。

　彼女達が着いたのは、道玄坂の〈ＳＯＮＩＣ　ＢＡＳＥ〉という名のＣＤショップが入っているビルだった。二人のあとを追い、三階に上ると、そこには〈ＳＯＮＩＣ　ＴＨＥＡＴＥＲ〉というライブハウスがあった。直感的に、ここは危ないと感じた黒川は、さり気なく踵を返すと、ビルの外に出て見張ることにした。

辺りはすっかり暗くなり、時間は午後七時半を過ぎようとしていた。ビルの中からライブ終わりの客が出てくる。その誰もが、先ほどの二人と同じ違和感を黒川に与える。

午後十一時になろうとした時、中から今までにない強い違和感を持つ一人の男が出てきた。

——こいつか。

黒川は長年の経験から来る勘でそう思った。スーツ姿のその男は、渋谷駅方面に向かって歩き始める。黒川は彼を新たな対象として尾行を開始した。渋谷駅近くで男がタクシーに乗ったので、黒川も同じようにタクシーに乗ってあとを追った。

着いた所は八王子の奥の山の中だった。大きな洋館が建っていて、スーツの男はその中に入っていった。タクシーを少し離れた場所で降りた黒川は、洋館を一回りして探る。

——監視カメラはない。

塀の高さは二メートルほどなので侵入は可能だが、日が昇るまで待つことにした。

一晩中監視を続けている今の黒川の頭の中は、獲物を見つけた猟犬のように冴えわたっている。

今年で四十歳になった黒川に、仕事柄、家庭を持つ余裕などはなかった。公安に入ったばかりの頃は、それでも……という淡い夢はあったが、仕事柄人間の内面を見過ぎたせいか、気が付けば一種の人間嫌いになっていた。

公安を辞めたことは、自分にとってプラスだと思っている。探偵の仕事は、浮気調査や家出人捜し、お決まりの迷い猫の捜索依頼、どれも公安にいた頃に比べれば、人間らしくて楽しいとさえ思えるようになっていた。そうなると、次は家庭を持ちたいと考え始めた。素敵な出会いを想像しているうちに、なぜか頭の中に浮かんできたのは、人間不信の真っただ中にいた時に知り合った相田仁美だった。

——理想の女性像……か。

黒川はそんなことを考える自分の人間らしさが可笑しくなった。同時に、そのらしさを失いたくないとも思った。そして、この一件が終わったら喫茶店を開くことを考え始めていた。

——この仕事を最後にしよう。

午前八時頃、一台のタクシーが屋敷の前に来て、昨日も見たスーツ姿の男を乗せて走り去った。それを見届けると、黒川はすぐに行動を開始した。大胆に正々堂々と門から入ることにしたのだった。監視カメラやセンサーなどが一切ないことを、黒川は昨夜のうちに確認していた。もし門の鍵が閉まっていなければ、中にいる何者かが自分を招き入れているということだろう。つまりそれは、相手に自分の存在が知られていることを意味する。一か八かの賭けだ。そして、門は開いた。

——招待されたか。

黒川は荒れた庭を足早に抜け、屋敷の玄関まで来た。予想通りドアも鍵がかかっていなかった。中に入ると大きなホールと、吹き抜けの天井にはお決まりの巨大なシャンデリアが吊るしてある。しかし電気はついておらず、室内は薄暗く、窓から入る光が唯一の灯となってホールを照らす。外の荒れた風景と違って、中は埃っぽさがなく、綺麗に掃除されているようだった。

——なんだ……?

頭の中に、またあの違和感が走る。しかし、それは自分を誘導しているようにも感じられた。黒川はそれに従い、自然と歩を進めていく。

階段を上がり二階に行くと、中央の長い廊下の左右に幾つかの部屋が並んでいる。一つ一つドアを開き確認する。そこには明らかに誰かが部屋を使っていた形跡があったが、何か殺風景な感じが否めなかった。六つ目の部屋を開けた時、見た目は他と変わらないが、その部屋だけなぜか安らぎを感じたのだった。

――この部屋だけ、なぜ？

調べると、何も入ってないタンスやクローゼットなどは他の部屋と同じだったが、棚に並べられた本を手に取ると、熱心に読んだらしく、かなり傷んでいる跡が見受けられた。本は芸術関係の雑誌から自然や科学の書籍にまで及んでいる。その中に、年頃の女の子向けのファッション雑誌が数冊あり、特にそれが熱心に読み込まれていた。黒川は、この部屋にいたおそらくは少女が、限られた環境の中で外の世界に夢を抱いていたのだろうと感じた。その瞬間、顔も知らないその少女が愛おしくなった。

――この子はどうなったんだろう……？

そう思いながらもう一度クローゼットの中を覗くと、天板の一部に不自然さがあることに気が付いた。持っていた拳銃のグリップで軽く叩くと、思った通り天板が開いて、何か隠してあるようだった。黒川は手探りでそれを取り出す。手には、フォトフレームに入った一枚の少女の写真があった。

――この子か、この部屋の住人は……。

三歳くらいに見えるその少女は青い瞳をしていて、優しい笑顔が印象的だった。できれば、名も知らないこの少女が、笑顔を失くしていないことを願わずにはいられなかった。

――その子は、良い子だった……。

声が聞こえた気がした。黒川は声のする方に歩いていくと、隠し扉を見つけ、開ける。そこにはエレベーターがあり、乗ると自動で三階に着いた。正面のドアを開くと、大きな洋風の部屋が広がる。中に入り部屋を見渡すと、車椅子に座った人物が奥の方でこちらに背を向けているのが確認できた。黒川は近づく。

「君は、人間のようだ……」

車椅子の人物がそう言うと、黒川が挨拶を返す。

「あんたもそうだ。ここで何をしているんだ？」

黒川の質問に彼はこちらを向いた。よく見ると七十歳くらいの男性だった。

「今の私にとっては、自分が何者かを考える良い質問だ」

そんな意味不明なことを言うと、男性は車椅子を動かし、黒川と一緒に書斎に向かった。そこで机の引き出しから一冊の資料を出して黒川に渡した。

「人類排除計画――」

黒川は分厚い資料を開いたが、とても読む気にはなれなかった。しかし、その計画が今までの出来事に絡んでいるとすれば、実行されていることは事実だと黒川は思った。

「これだけの資料を、なぜディスクに入れておかない？」

黒川は本棚いっぱいの膨大な資料を、今や目の前に認めていた。男性が答える。

「そうすれば、ＡＩに知られてしまう。それは避けないといけない」

「あんたは何者なんだ？　この『人類排除計画』って何だ？」

彼は、自分は三枝清吾という物理学者だと名乗った。黒川も名前は知っているが、確か十年以上も前に突然消息不明になっていたはずだ。

――こんな所にいたのか。

それに、年齢はまだ五十代のはず。それが真っ白な髪や顔の皺の深さからまるで老人に見える。それは、ここで壮絶な何かが起こったことを意味した。その発端となった「人類排除計画」とは、劣性遺伝の塊と化した現在の人間を排除し、優性遺伝を持つ新しい人類が世界を司るための計画であるという。

「優性遺伝？　新しい人類？」

「ああ、そうだ。人類の進歩は自身の家畜化から始まった――」

それは、人間のそれぞれが専門分野を持ち、集団で生きていくことを意味する。それにより人間は文明を持つにいたる。その中で重要なのは文化の継承であり、昔から人々は長い年月をかけ、それを選び、自分達に相応しいか判断する力を、自らの遺伝子に組み込んでいった。それを文化の遺伝子、「ミーム」と言う。

しかし、近代の発展は文化のデジタル化を推し進め、人々の取捨選択を許さず、それを拡散させるようになる。そのテクノロジーによる文化の拡散を「トリーム」と言う。その社会環境の中で、人間は感受性を失っていった。

一つの例をあげれば、それは音楽にある。デジタル化された音楽をネット配信でスマホや携帯音楽プレーヤーに取り込み、イヤホンで聴く。しかしそれでは、人間の本来持っている機能を十分に養うことができない。人間は、耳で聴き取る音とは別に、体の皮膚からも聴いているという。それによって癒しのα波が脳から出る。しかし、デジタル音楽はデータ容量を小さくするために、人間が耳で聴き取れる二万Ｈｚ以上の部分をカットしているのだ。そのため、デジタル化された音は、生の音源のように人の聴覚以上の何かを刺激することはできない。

進化するアルゴリズムを、人間は生まれながらに持っている。その本質は、自ら持つ情報処理能力だ。人類排除計画では、人間が本来持っているそういった能力を向上させ、デジタルに頼らない人類の創出を目指していた、と三枝は語った。黒川は訊く。

「一種の超能力みたいなものか？」

「それもある。テレパシーやテレポーテーションなど、ＳＦではお馴染みの――」

それを可能にするには、人の遺伝子の突然変異が条件だった。デジタル化を拒否する遺伝子を持つ者が必ず生まれてくる。その彼らを教育し、感受性を養い、正当なミームを継承する。しかし、それだけではデジタルには勝てない。何千年もの年月を費やして突然変異を繰り返しても、テクノロジーの発展がそれを上回れば、人類はデジタルの家畜になってしまう。そこで、他の自然の力を取り入れることが考えられた。

「私は、十三年前、アメリカのＳＬＡＣ（国立加速研究所）で働いていた。主な仕事は、ダークマターを発見することだった」

「ダークマター？　何だそれは？」

「別名、暗黒物質と言われている。目には見えない正体不明の物だが、質量がわずかにあることで、その存在が確認されている。ダークマターの候補としては、アクシオン、超対称性粒子。有力なものとしては、ニュートリノと暗黒銀河団があげられる」

三枝はある日、スイスのＣＥＲＮ（欧州原子核研究機構）で以前、一緒に研究した友人の神名幸太郎から連絡を受けた。神名はその時、日本のある研究所で同じようにダークマター検出の研究を続けていた。その施設は国の研究機関だが、なぜか極秘にされていた。

そこで神名はダークマターを発見したという。しかも二年以上も前に。神名が三枝に連絡した時には、既に神名には身の危険が迫っていた。そして、謎の火災によって研究所は焼失し、神名は帰らぬ人となった。三枝は急いで日本に帰り、生き残って身を隠していた彼の部下の島田晴久から全てを聞いた。

「その研究所は、意図的に誰かに？」

黒川の質問に三枝は頷く。

「研究員や一般職員を合わせて百人はいたんだ。だが、その日に限って神名とその部下の島田の二人しか研究所にいなかったのはおかしい」

三枝はダークマターのことを島田から聞くに及んで、自分の頭の中でかねてから構想していた計画が実現可能であると確信した。ダークマターの驚異的な力を利用すれば、世界を変えることができると思った。幸い島田は神名からその検出方法や扱い方を教えられており、応用する目途は立っていた。そこで三枝は、以前から同じ考えを持つ財界や政界の支援を取り付け、この大きな屋敷のような研究施設を開設した。

その時、一番注意を払ったのが、将来敵対するであろうＡＩの存在だった。その対策として、電子機器や携帯電話に至るまで、施設には持ち込まなかった。それに代わり、ダークマターの力を応用して研究施設を作ることに成功した。

次は、人類に代わる新しい人間の創出だ。研究者の中に河西明という人物がいた。彼の専門は遺伝子工学で、ダークマターの力を応用した器具を使い、日本人の中から三歳の六人の少女を最適者として選び、この施設に連れてきた。ダークマターにより選ばれた六人の少女には、ある特徴があった。それはＤＮＡ上のもので、その配列の中に、ある物が足りなかった。

「いや、全てなかったと言った方がいい――」

それはトランスポゾンと言われるもので、ゲノムの中に存在し、移動と増殖を繰り返す。それらは時にウィルスのような病気を突然変異で発生させ、人類に脅威をもたらすこともあるが、他方で抗体も生み出し、人類を助けもする。トランスポゾンは宇宙から来たとされ、〝小さな宇宙人〟と言う学者もいる。黒川は信じられないという顔をした。

「宇宙人？　そんなバカな……」

「パンスペルミア説では、宇宙から生命体が来たとしている」

「じゃあ、そのトランス何とかは、俺の中にも？」

「トランスポゾン。君はもちろん、地球上の全ての植物や動物など生き物の中に」

黒川は背筋が少し冷たくなった。

ここに連れてこられた六人の少女には、DNAにトランスポゾンがなかった。検査をしたところ、彼女らのDNAがトランスポゾンを駆逐していることが分かった。さらに、自己のDNAが驚異的な速さで進化していることも。少女達のそのDNAの進化を助けるため、ダークマターの力を借りての教育が始まった。

その一端を担っていたのが、RIMOと言われるものだった。見た目はスマホだが、その機能は量子コンピューターをも凌駕する。それを彼女達に持たせ、一日中二十四時間、直接頭の中にプログラムを埋め込んでいった。そして少女達が十三歳になった時、アイドルグループとしてデビューさせることになった。一つはカムフラージュのため、もう一つは熱狂的なファンを取り込み、洗脳して、手足として使うためだった。

――そうか、あの二人の女子大生も。

黒川は昨日、渋谷で見つけた彼女達を思い出していた。

そして一年後には、EXOTIC BLUE DANU、通称エキブルとしてメジャーデビューする。熱狂的なファンは女性を中心に増え続け、今では数万人になると思われる。彼女らにもRIMOが渡され、そこから洗脳と指示が出される。黒川は三枝に訊いた。

「先日の朝霞駐屯地の件は？」

「そうだ、あれは彼女達の仕業だ」

「あんたはそれを止めなかったのか！　何人か尊い命が失われてるんだぞ！」

黒川の言葉に、三枝は首を横に振る。

「私では、もうどうにもできない。彼女達は私の言うことを聞かない」

三枝の計画では、今の人類を排除すると言っても、その過程は緩やかで、数十年をかけて少女達のような子供を増やしていき、いずれはＡＩを必要としない世界を作るということを意図していた。言い方は古いが、一種の超能力的な人類を増やすことが最終目的だった。

しかし、今では五人の少女が自主的に人類排除計画を進めている。しかも、非情な手段を使うことに何のためらいもなく。その最終目的は、ＡＩと、彼女達から見ると〝古い人間〟の双方を消し去ることだった。そして、その前に立ちはだかるものは全て排除する。彼女達は三枝から教えられた以上の力を身につけ、今や全てを自分達だけで行う能力を有するに至った。必要になる機器の製造は渋谷の〈ＳＯＮＩＣ　ＢＡＳＥ〉の地下で行われ、そこでは改良されたＲＩＭＯも作られ、新しいファンに配られ続けている。ファン達への指示などは、五人の意思が直接ＲＩＭＯを通して伝えられるため、大きな通信施設も必要なく、まさに神出鬼没な行動ができる。

「あのスーツ姿の男は？」

「彼が、遺伝子工学の学者の河西だ。今では完全に洗脳されて、彼女達をサポートし、私の見張りもやっている」

その時、黒川はあることに気が付いた。

「待てよ、少女達は最初は六人だと言ったな。今は五人。あと一人は？」

その言葉を聞いて三枝が微笑む。

「逃げたよ。島田と一緒に」

「逃げた？」

その少女は他の五人と早い段階で多くの相違点が見受けられた。全てにおいて他の五人を上回る能力を有していながら、その力はひどく不安定だった。それは彼女の人間性から来るものだった。

「誰よりも優しく、繊細だった。庭の花を見ては、『先生、これかすみ草っていうのよ』と言って無邪気に微笑み、それが枯れてしまうと『なぜ枯れるの？』と言って涙を流す。音楽や絵画にも熱心だった。感受性の塊みたいな子だった……」

「それが、あの部屋の子か」

黒川が、先ほど自分が見た一つだけ不思議と安らぎを感じた部屋のことを話し、持ってきた写真を見せると、三枝は頷いた。

その少女のDNAは、他の五人と明らかな違いを見せることになる。エキブルのメジャーデビューが決まった頃、彼女の異変にメンバーのリーダーである音夢が気が付いた。そして、その少女はここに連れてこられ、検査され、そのまま軟禁される。検査の結果、彼女の体からDNAが消えていることが分かったからだ。中身はまるで何かの粒子のようで、三枝はそれを「ダークマターと相互作用を起こした」と言った。信じられないという顔の黒川に、三枝は言った。

「とても信じられないが、事実だよ」

その少女は感受性の強さから、ＲＩＭＯによる教育プログラムを拒否した。いや、拒否するようにＤＮＡが突然変異を起こす。そして、それを助けたのが島田だった。彼は他のＲＩＭＯとは明らかに違うタイプのＲＩＭＯを彼女に渡した。

「今思えば、それは〝オリジナル〟だったんだ」

「オリジナル？」

三枝は頷く。ＲＩＭＯにはそのベースとなったモデルが存在する。それがオリジナルで、島田が最初に作った物だった。島田は、ここでは「ダークマターの錬金術師」と呼ばれ、多くの機器を作ったが、ある頃から協力を渋るようになった。島田は三枝の計画を知って何かを隠していた。三枝は独り言のように呟く。

「島田しかダークマターを扱える者はいなかった。いや、その正体を知っている者、と言った方が良いかもしれない。今思えば、それはダークマターではなく、それ以外の、我々の知らない未知の物だったかもしれない……」

島田が協力を渋るようになった結果、ＲＩＭＯの増産は進まなくなり、島田自身も疑われ始めた。しかし、彼の重要性を理解していた三枝の命令で、この施設にいることができたのだった。

「ＲＩＭＯは、今は誰が？」

当時はダークマターを応用した機器で製造したが、今は音夢が誰かに作らせた機器で生産されている。その性能は初期のＲＩＭＯよりはるかに劣っているが、ファンの子達に命令を下すには十分だった。

そして、例の少女はここに軟禁されてからすぐ、島田とともに姿を消した。

「その子は、今どこにいるんだ？」

「居場所は分からない。でも、音夢は既に知っていると思う」

その少女と島田が問題の突破口になると黒川は考えた。

——なんとしても、見つけないと。

「で、あんたがまだこうして生きていられる理由は、それだけなのか？」

黒川は長年の勘で、三枝がまだ他にも何か隠していると感じていた。三枝は微笑んで話を続けた。

三枝が神名から連絡を受ける二年前、彼の妻が子供を産んでいた。島田の話では、妻は不妊だったが、ダークマターによって治療した結果、子供が産める体になったということだった。しかし三枝はそれをにわかに信じる訳にはいかなかった。

火災事故の後、日本に帰国した三枝は島田を保護する。そして一連の話を聞いた三枝は島田に相談し、神名の妻と子供の身の安全を守るためと称して、ＲＩＭＯが完成すると神名の妻に渡した。だがその本当の目的は監視だった。黒川は三枝に訊いた。

「その子はどうなった？」

「普通の女子高生だ。ここまでは何も変わったことはないとＲＩＭＯから連絡が入っている」

ＲＩＭＯから定期的に入ってくる報告は、普通の女子高生の日常だった。

三枝が未だにこうして存在を許されている一番の理由は、神名の娘にある、と自身が言った。音夢達にとっては、神名の娘は得体の知れない一番恐ろしい者かもしれない。

「どうして恐れる？　話を聞いた限りでは、普通の女子高生なんだろう？」

「そう思うかい？　彼女の住んでいる所は、神名がいた研究所のあったのと同じ町だ。そこはダークマターの巣窟に違いない。そんな所で育つとどうなるか……」

三枝のその言葉を聞いて、黒川も何か納得をする。さらに三枝は、その娘がもしダークマターと何かの相互作用を起こしていたら、とんでもないことになるとも言った。

「どうなるんだ？」

「地球が消滅する」

黒川の質問に三枝は微笑む。

それはにわかには信じられなかったが、今までの状況から考えると、まんざら嘘でもなさそうだった。

「今の段階では、誰が一番強いんだ？」

「冷酷なのはエキブルの五人。特にリーダーの音夢は要注意。一人でも排除計画を進めるような性格だ。そして、島田と一緒に逃げた少女。性格は優しいが、怒ると音夢以上かもしれない。この一年でどれだけ成長したかによるが。さらに、その正体が不明な故に、最も怖いのはやはり神名の娘かもしれない。ダークマターが人間として生まれた存在が、どんな力を持つと思う？　考えただけで、この私でも怖くなる。つまり、神名の娘を一番恐れるべきだ。できれば、彼女が優しい子であって欲しいと願っているよ」

黒川が三枝のいる屋敷をあとにした時には、午後一時を過ぎていた。三枝は音夢に消される危険性があるため、連れていこうとしたが、彼はそれを拒否した。自分の犯した罪に、少なからず後悔をしていた。そのため、ここで静かに最後を迎えたいと言った。

黒川は三枝からあることを頼まれた。それは、逃げた少女にもし会うことができたら、彼女に写真を渡して、三枝が謝っていたと伝えて欲しいということだった。三枝は最後まで、逃げた少女の名前を言わなかったが、もう一人の謎の少女の名字は分かっている。それだけで十分だった。

◇　◇　◇

黒川は定期連絡のため、都内に戻るとあらかじめ指定されていた場所に行った。そこは品川区の大井にある小さな玩具店だった。店主は不在で、待っていたのは相田だった。

「遅い。十分の遅刻」

タイトスカートのスーツ姿。椅子に座り組んだ脚に、黒川は目のやり場に困った。

――わざとやってるのか？

ついそんなことを思ってしまう。

「今しがた八王子から帰ってきたんだ」

その言葉に相田は微笑んだ。

「収穫があったみたい。で、それは？」

三枝の話を一通り聞いたあと、しばらく何か考えていた相田だったが、持っていたスーツケースの中から書類を取り出し、黒川に渡す。そこには、ここ数日の新たな事例が書かれていた。内容は、優秀な外科医と日本最大の軍事企業の代表取締役が、何者かに殺されたというものだった。彼らの体内からは、朝霞駐屯地の事故の日に警察に保護を求め、その後死亡した男性の体内から出てきたA5Bチップを上回る、A5Cクラスのチップが見つかった。さらに今日、国会議員で防衛大臣の羽崎稔が警視庁に保護を求めてきた。

「ここ数日間で、そんなことがあったのか」

黒川は資料を読み終わるとそう言った。

「些細なことはもっとある」

と相田がうんざりした顔をする。

本部の見解では、医師と取締役殺害の件はAIの匂いがうかがわれるが、防衛大臣の件はAIではないと考えているという。

「いや、一年前の〝事例〟と、フリーターの三十代男性の死は、彼らがAIの手先と知って、エキブルの五人が処置したんだ。医師も取締役も、そして防衛大臣の羽崎も、全てAIの手先に違いない」

黒川の話はこうだった。医師や取締役は市販のマイクロチップを体内に入れており、それをAIに乗っ取られたものだが、羽崎大臣は自らAIの手先になることを選んだ。その理由は定かではないが、政治家特有の忖度がそこに働いていた可能性がある。問題なのは、政治家の中にAIと繋がっている者が他にもいるとすると、情報が筒抜けになっている危険性があるということだ。

「そうね……、でもこれで朝霞の件の辻褄が合う。羽崎大臣の命令で、既にチップを埋め込まれた何人かの自衛隊員が10式に細工をした。それにあの三十代の男性が協力した」

黒川は背筋がぞくっとした。それであれば、航空自衛隊や海上自衛隊にもＡＩのチップを埋め込んだ者が必ずいるはずだ。彼らがＡＩと協力して武器に火を入れるようなことがあれば、日本国内は戦争状態になってしまう。

「でも、今回はそれをエキブルが防いだ。やっぱり彼女達は私達の味方ではないの？」

相田は希望的観測で物を言っていると黒川は感じた。三枝からの話を聞けば、とてもそうは思えないからだ。

「いいや、エキブルは油断できない。その力は、三枝の話だとＡＩをも凌駕している。本腰を入れ始めれば、今のような小細工などせず、一気に潰しにかかるだろう」

その言葉に、相田は顔色一つ変えず言い返した。

「じゃあ、なぜエキブルは行動を起こさないの？　今のところＡＩを標的にしているってことは、やはり彼女達も人間だからと思う。手を組むことが可能ではないの？」

黒川は肝心なことを相田には言っていなかった。エキブルがなぜ行動を起こさないのか、その理由をだ。三枝の言っていた元エキブルの少女と研究員の島田。そして、一番恐れるべきと忠告された神名の娘。もし彼らの存在を相田に教えれば、とんでもないことになってしまう気がした。ダークマターという得体の知れない謎の物資は、三枝の言葉を信じれば、この地球をも消滅させる力がある。神名の娘を怒らせでもしたら、地球にとって悲惨な結果を招きかねない。

――どう戦えばいいんだ……？

黒川は考え込んだ。彼には既にＡＩなど眼中にない。ともかく、彼女らがいる関東の端の町に行ってみることにした。

――さあ、どうやって嘘をつくかな。

相田に本当のことを言わずにそこに行くための嘘を。相田は勘が鋭い。

「そのエキブルだけど、次の日曜日、加戸市のイベントに出るそうよ。テレビでも宣伝していた。でも、なぜそんな辺鄙な街に行くのかしら？」

相田の話に、黒川はここだと思った。

「じゃあ、監視の意味も兼ねてそこに行ってみるよ」

上手く話を合わせることができた。

――エキブルも俺と同じことを考えてるのか？

それは、得体の知れない謎の少女、神名の娘を探りに行くことだった。

一方、相田は保護されている羽崎大臣の周辺に、警護を兼ねて張り付くことにした。相田は、エキブルが加戸市に行くのはあくまでもカムフラージュで、本当の目的は羽崎大臣であり、彼の周囲で何かが起こると考えていた。しかし黒川は、エキブルの本命は、元エキブルのメンバーの少女と神名の娘だと考えた。

相田が用意したアパートに帰った黒川は、畳の上に大の字に寝転がり、加戸市に向かう道のりを頭の中に巡らす。Ｎシステムや監視カメラを避ける裏道は、地図で調べて頭の中に叩き込んである。その時、黒川は三枝の言葉を思い出した。

――トリームとミーム、か……。

目的地まで早く着くが、単調な道の連続で刺激のない高速道路が、デジタル化されたトリームだとすれば、時間はかかっても、その土地の景色や文化を見ることができる下道は、人間本来のミームにより近いと感じた。

――きっと何かが起こる。

頭が冴えわたっている黒川は、二時間ぐらい仮眠をとると、アパートを出て車を東に向けて走らせた。

◇　◇　◇

金曜日の昼休み。私は校舎の屋上で手摺にもたれ掛り、視線を波来未丘陵に向けていた。

――あそこに、何があるの？

波来未丘陵に何があるのか知りたいという気持ちが、何も考えたくないそれを、いつの間にか追い越していた。美都とは夢の話を未だにしていないし、この数日間、〈ｈｅｒｍｉｔａｇｅ〉にも行っていない。学校ではＮＩＭＯのコントロールで、周りの人の記憶がすり替えられ、二人ともこの姿で今までと変わらない日常を過ごせている。

私は向き返り、背中を手摺に預け、指先に意識を集中させた。

――何をスるの？

ＮＩＭＯが心配そうに話しかけてくる。

――大丈夫、ちょっとだけ……。

そう言って集中力を高めると、指先に光の粒子が集まり始め、私の指先の周りをクルクルと回りながら、徐々に大きくなっていく。今や自由にそれができるようになっていた。

――ダメ！

ＮＩＭＯはそう言って止めようとする。

――大丈夫、何もしないよ。

その時だった、美都がやって来て、

「小愛、ダメよ、それは！」

そう言われ、私が意識の集中をやめると、光は消えた。

美都の顔がいつになく真剣だったので、今の行為が非常に危険であるということが改めて分かった。

「ごめん……」

本当は私も分かっていた。美都が夢で言った最後の言葉で、なんとなく。でも、何かの間違いだと思いたかった。そんな恐ろしい力がこの私に備わっているはずがない、と。そう思いたい気持ちが、無意識のうちに今のような行動になっていたのだろう。

「大変なことになる……」

美都はいつもの優しい顔に戻っていた。私は今度こそ光の正体を訊いてみた。

「美都、あの光は何なの？」

「夢の話は本当。今のはコアミノノームの世界では、レムノイーノと言われるエネルギーの一種。ニュートリノのように、コアミノノームの世界では当たり前に降り注いでいるエネルギーなの」

やはりあの夜、美都と私はＮＩＭＯを通じて夢の中で話していたのだ。

「でも、ニュートリノは目に見えないって母が言ってた。レムノなんとかは見えるの？」

「レムノイーノ。普通の人間には見えない。でも私達は違う、それは分かるね」

レムノイーノは、この宇宙にもレムノアロンという同じものが存在し、その双方を相互作用させると、一種のエネルギーの塊になり、途方もない破壊力を持つことになると美都は言う。

「さっきの指先に集束した数は二十個ぐらいだけど、日本が消滅するには十分」

それを聞いて私は心臓が止まりそうになった。

――あの大きさで！

私は美都との夢を見たあの朝、野球ボールほどの大きさを作っていた。

――あれだと、この星が、なくナル。

と私のＮＩＭＯが言う。

「その通り」

美都は話を続けた。

「私も詳しいことは知らないけど、小愛のその力は、いつか必要になる。その時のために、レムノイーノやアロンを自在に扱えるよう、練習をしておかないと」

私の力が必要になるということは、地球を破壊するぐらいの力を、どこかで使うということなのだろうか。しかも、そんな力の使い方を練習する場所なんて、この地球上にあるのだろうか。

――練習しないと、宇宙をも消すことになる。

と美都のＮＩＭＯがとんでもないことを言った。

「ウソよね、そんなの……？」

私は当然そう思ったが、美都は凄く真面目な顔でこう言った。

「そうならないように、練習をしなきゃ。――マスターに相談しよう」

「マスターって、〈ｈｅｒｍｉｔａｇｅ〉の？」

その問いかけに、私のＮＩＭＯが答えた。

――そうダヨ。


放課後、私達は数日ぶりに〈ｈｅｒｍｉｔａｇｅ〉に向かっていた。この姿を見たマスターの反応が心配だが、ここにきて美都は優しいだけでなく、頼もしくも思えてきた。こんな異常な状態にもかかわらず、美都と一緒だと学校でもふさぎ込むことなく、普通の女の子に戻ってガールズトークができる。もし私が男子だったら、きっと美都を恋人にするだろう。

――あ～、なんで女の子に……。

せめて、私が人間の姿で生まれてくる時、男の子にして欲しかった。そうすれば美都と添い遂げることができたのに……。歩きながらそんなことを妄想する私に、NIMOが怒る。

――コア、変なこと考えテる。

――ヤキモチ焼いてんだ、かわいい。

そう言い返すと、NIMOは黙り込んだ。そんなNIMOは、最近は一緒にお風呂に入りたがったり、私の着替えも見たがったりする。困ったちゃんの進行が速い。家では、淳が使っていた私のスマホを完全にNIMOが壊してしまった。そのため淳もNIMOを時々使っているが、淳には普通のスマホに見えるらしく、また我慢してそう振る舞うNIMOを見ていると可笑しくなる。そして淳は決まって、

「お姉ちゃん、このスマホ、話し方がヘン」

と首を傾げる。

――フン、失礼ナ！

あとで私にそう怒るNIMO。でも、そんな風に人間くさくなっていくことが、まるで新しい妹ができたように感じて嬉しくなる。

気が付くと、隣で美都が私を見て微笑んでいた。

「なに？」

「私は、小愛の今の姿が好き。可愛いし、最近色っぽくなってきた」

お褒めの言葉をいただき、少し顔が熱くなる。

「でも、私は女の子だよ」

するとすかさず美都のＮＩＭＯが言った。

――性別は関係ない。

――モッと他の言い方ないの？　ガサツ。

私のＮＩＭＯが言い返す。そこでＮＩＭＯ同士の口喧嘩が始まった。

「どう見ても、美都のＮＩＭＯは男の子っぽい」

「小愛のＮＩＭＯは完全に女の子」

二人で顔を見合わせ笑った。

「私って、何者かな。美都は本当の人間の子でしょ？」

私がそれとなく言うと、美都はこう返した。

「うん。でも、小愛も人間。コアミノームの力を借りて生まれたけど、その本当の姿は人間。こんな異常な状況下でなければ、私達はもっと普通に日常を楽しめたはず」

美都の言葉には、心を落ち着かせる何かがある。

〈ｈｅｒｍｉｔａｇｅ〉の店内に入ると、マスターが笑顔で迎えてくれながら、開口一番に、

「今日は騒がしいな。ＮＩＭＯ同士の喧嘩なんて、初めてだよ」

と笑った。そして、私をジッと見つめて言った。

「お帰り。その姿の方が小愛ちゃんらしい」

——今、お帰りって言った。

予想した通り、マスターは母と同じように私の変化に気が付いている。そして、ＮＩＭＯも知っている。

——もしかして……。

私の記憶のどこかにマスターがいる。それを探すと、ある名前が出てきた。

「……島田、晴久さん？」

「そうだよ、小愛ちゃん」

とマスターは微笑んだ。

島田さんはここまでの経緯を話してくれた。それは、父と島田さんがいた研究所のことから始まった。

「私は当時、神名教授の助手として波来未丘陵の研究所で働いていた。一日中、教授と研究室に籠っていた状況だったから、素粒子生命体コアミノームを発見した時には、当然私もその場に居合わせた。そして、教授と同じようにそれに魅せられ、意思の疎通を図ろうとした。教授と私はそうやって、コアミノームとの関係を育んでいったんだ——」

素粒子とは、ハドロンを形成するクォークや電子の仲間レプトンが基本粒子になり、その力を媒介するゲージ粒子などを含めた物をいう。スピンという固有の角運動量を持ち、その全角運動量は、軌道角運動量とスピン角運動量のベクトルの和で表される。

しかし、コアミノームは今までの物理学的な考え方を否定する存在で、素粒子だが生命体でもあり、私の父はそれを素粒子生命体と称したという。

コアミノームの検出には、今までの物理学的な常識は通用しない。人と同じように精神的な接し方しかなく、ヒッグス粒子やＤＮＡを使った方法では、彼らと接することができなかった。その方法は当時、父と島田さんしか知らなかった。

あえて物理学的な見地から分類すると、物質粒子のハドロンに属し、環境や状況に応じて自由にスピンの角運動量を変動させることができる。また光子やグルーオンにウォークボソンといったゲージ粒子を媒介しなくても、相互作用をいかなる物質とも起こすことができる。しかもそれは生命体にも及ぶ。寿命は陽子より長く10の56乗で、質量は0となり、生命体として高度な知識と成熟した倫理観や意思を持つ。

父はその後、コアミノームと密接な関係を持つことに成功した。そして、私が生まれた。二年後にそのことが発覚して、身の危険を感じた父は、島田さんに三枝教授の所に行くように告げると、今後のことを考え、島田さんをコアミノームと相互作用させた。そして、謎の火災事故が起き、父は亡くなった。

三枝教授は表立っては父の理解者だったが、自らが世界を変えることに目覚める。島田さんは最初からそんな三枝教授を警戒しており、コアミノームのことは知らせず、「ダークマター」だと言い続けていた。そして、美都から聞いたエキブルの計画がスタートする。ＡＩを警戒して電子機器が一切ない八王子の施設では、島田さんが連れてきた四体のコアミノームが、ＡＩに代わって驚異的な能力を発揮した。そこで島田さんはＮＩＭＯを作り出す。その性能を目の当たりにして、三枝教授はＮＩＭＯの増産を島田さんに命ずるが、三枝教授の計画を知っていた島田さんは、その生産を遅らせる。

　すると三枝教授は、今度は遺伝子工学の河西という人にＮＩＭＯのコピーを命じた。

「そしてできたのが、ＲＩＭＯ」

　美都がそう言う。

「そう。しかし、ＲＩＭＯはＮＩＭＯを完全にコピーしたはずだったが、そうはいかなかった。ＮＩＭＯの中身は我々と同じ素粒子生命体、コアミノームだからね。だから誰が敵か分かっていて、重要な部分はＮＩＭＯ自身がコピーさせなかった」

　そう言って島田さんが自分のＮＩＭＯを撫でると、青白い優しい光を放つ。

　――私のＮＩＭＯと同じ。

「それが、最初のＮＩＭＯですね……」

　私がそう言うと、島田さんは首を横に振った。

「いや、同時に四体のコアミノームをＮＩＭＯに入れた。それは、私に一つ。美都ちゃんに一つ。小愛ちゃんのお母さんに一つ。そして、小愛ちゃんが今持っているＮＩＭＯだ」

　母のＮＩＭＯは三枝教授から貰ったということを思い出した。

「それは、小愛ちゃんやお母さんを監視するために、三枝教授が渡したものだ。私が直前にＮＩＭＯにすり替えた。だから彼は未だにＲＩＭＯだと思っているに違いない」

母の持っているＮＩＭＯは、そうやって十二年もの間、私達を守り続けてくれた。

「そして、小愛ちゃんのＮＩＭＯは、ずっと君を待ち続けていたんだ」

姿こそ違うが、ＮＩＭＯと私は姉妹のようなもの。ますますＮＩＭＯが愛おしくなった。

「美都とは、どうやって？」

新しい遺伝子を持つ六人の少女の中に美都がいた。島田さんは他の五人と美都が違うことをすぐに見抜いた。さらに、四体のコアミノームが彼女のことを報告した。すると美都自身が気付かないうちに、波来未丘陵から相互理解できるコアミノームが、彼女の適任者として近い将来、相互作用をするための準備を始めた。だから美都は施設で違和感を持ち、持ち前の強い感受性と相まって、洗脳から逃れることができた。さらに、美都の体にＤＮＡがなくなるという突然変異が起きた。相互作用をする前だったので、それは考えられないことだが、科学はあくまでも人間の側から見た一方的な考え方であり、他方からの正当性を支持するものではないと島田さんは話す。父が物理的な見地からという考え方を捨て、自由な発想でコアミノームと接触したことからもそれは説明できる。

「私にも、ＤＮＡはないんですね」

私が言うと島田さんは頷く。

「しかし、美都ちゃんとは違う。小愛ちゃんはコアミノーム自身が姿を変え、この世界に適用できるように生まれたと言っていい。コアミノームが人間の姿になって現れたものとして存在しているんだ」

私は自分の腕を撫でてみた。柔らかさと温もりは人間である証のはずなのに、私は素粒子生命体なのだ。その時、ＮＩＭＯが話しかけてきた。

――コア、悲しまないで。コアはキレイでカワイイ。

まるで人間のように優しい。いや、ＮＩＭＯもある意味人間と同じなのだ。通常の概念を打ち破ると、そこには無限の可能性が広がる。

「その通り。人間も所詮、宇宙が作られた時には粒子に過ぎなかった。だからコアミノームとは兄妹と言ってもいい。ＲＩＭＯによってエキブル計画が進行している中、私は美都ちゃんにこっそりとＮＩＭＯを渡した。しかし、それがばれてしまって、美都ちゃんと一緒に逃走したんだ。そして、ここにたどり着いた」

美都が夢の中で言ったように、波来未丘陵には他のコアミノーム達がいる。そこから出る圧倒的なパワーが、一種の結界のようになっているらしい。さらに私は島田さんに質問した。

「レムノイーノはどんな役割をするんですか？」

「レムノは、量子力学の観点からは、力の粒子でレプトンに属するが、スピンはコアミノームと同じで常に変動している。スピンの回転は、通常では力の粒子が一で整数値を取るボソン、物質の粒子は二分の一で半整数値を取るフェルミオン、重力子は二で整数値を取るボソンと決まっているが、ここでは常識は通用しない。アロンとイーノのスピンの角運動量を同調させると、強力な集束光というエネルギーを発生させる。使い方次第では、それは恐ろしい力を発揮する。そのような双方に、一種の超対称性を作用させることができるのは、コアミノームだけだ」

イーノは反物質で、アロンは物質。双方がかかわってもニュートリノ振動のような作用は起こさないので、まだ地球上では観測されていない。レムノイーノは波来末丘陵から必要な量だけ放出され、私や美都の傍で守ってくれている。一方のレムノアロンは、他の銀河から飛来しており、特に弾丸銀河団からの物が多く、地球に到達する量は少ないが、ここで活動するには十分だという。今度は美都が訊いた。

「私達も粒子だけど、レムノと相互作用をすることはないの？」

島田さんが答える。

「相互作用することができる」

粒子は四種類の基本的な力、強い力、電磁力、弱い力、重力があり、それらを物質粒子と力の粒子に分ける。そのように性質の異なる粒子同士を媒介するのが、ゲージ粒子などであるが、コアミノームがそれを必要としないのは、自身の中に力の粒子や重力子も備えているからだ。普段はそれを出すことはないが、作用する相手によって性質を自由に変えることができる。それは、力の粒子のレムノに対しても同じだった。

「自らが力の粒子に変わる。そして最大の違いが、作用することにより、レムノに限定的ながらも意思をもたらすということ。そこが超対称粒子とは違う」

それが可能だから、レムノを自由にコントロールすることができる。スピンが常に変動するレムノに対しては、同じように変動するコアミノームしか対応できない。しかし、それはイーノとアロンを媒介する時に一時的に行われるもので、自らが積極的に相互作用を行うものではない。さらに、コアミノームはレムノ以外の全ての粒子も、同じようにしてコントロールすることが可能だ。

「しかし、そうすると観測される危険性があり、大騒ぎになる」

と島田さんは言う。それ故、積極的にレムノしかコントロールしないと。

「そんなに多くの性質の違う粒子が作用を起こすなんて……」

美都はため息をつく。

「そうさ、あまりにも多過ぎて、めんどくさいよね」

と島田さんは笑う。物理学上では現在、四つの力を全て一本化する「超ひも理論」が注目されている。それを成立させるためには、十次元までの存在が必要とされ、その中に我々の住む世界、時間の一次元と空間の三次元がある。しかし、それらの理論には素粒子生命体のコアミノームは含まれない。

「もし我々の存在が世の中に分かると、どうなるか――」

島田さんが意地悪そうな微笑みを浮かべる。

説明が終わると、私のＮＩＭＯがすかさず続いた。

――コアに教えるの。

その言葉に美都が、

「小愛は、もうレムノイーノを集めることができる。下手するとレムノアロンも寄ってくる。今日も指先に集束させていた」

と言うと、島田さんは驚いた。

「それじゃあ、この国が消えてたかも！」

――コノ前は、地球を消せるぐらいだッタ。

と私のＮＩＭＯが言う。

「ボール大の大きさも作れるのかい！」

「はい、意識を集中させると、なんか集まっちゃうんです……」

「なにが、『集まっちゃうんです……』よ、危なっかしい」

と美都が少し怒る。それが可笑しくなり、クスクス笑う私を見て島田さんが言った。

「なるほど、早くレムノを操る方法を習得させた方がいいな」

◇　◇　◇

土曜日、私は美都と一緒に島田さんの車で波来未丘陵に向かった。車の中で、私は母のことを考えていた。島田さんは、母が全てを知れば私を思って苦しみ、危険な目に遭う可能性もあるので、真実を教えない方がいいと言った。でも、先日の落ち着き払った姿を見て、私は母が全てを知っているような気がしていた。

私達の乗った車は、波来未丘陵の中を迷路のように走る裏道に入っていった。そして、一軒家ほどの大きさがある岩の前に着いた。

――ここって……。

車から降りて岩の前に行き、手を伸ばして触れると、一瞬にして子供の頃の記憶が蘇る。瞳が青いことでいじめられていた頃の私が、そこで泣いていた。いつも一人ぼっちの私を見て、中のコアミノーム達が遠隔操作で私をここに瞬間移動させ、励ましてくれているのだった。そして、岩に触れると私は泣きやみ、スヤスヤと眠る。まるで岩が母親のように私をあやしているみたいだった。それからしばらくすると、母が三枝教授から貰ったＮＩＭＯの力で私は普通の女の子に姿を変え、それ以来いじめはなくなっていった。

——懐かしい……。

涙が出てきた。それを見ていた島田さんが言う。

「ここは、小愛ちゃんの本当の故郷だからね」

美都が傍にやって来て、私の背中に手を回す。そしてこう言った。

——さあ、帰ろう。

すると私達は、岩から放たれた青白い光に包まれた。頭の中を何かがスッと横切っていく。それは、人間の持っていない感覚が入り込んで五感を研ぎ澄まし、新たな何かを注ぎ込むような感覚……。それに慣れるまでは、しばらく頭がフラフラしていたが、やがて今までにない爽快感に包まれた。体や心の中のストレスが一瞬でなくなって、全てが生まれ変わった感じだった。

——体を持たないから、疲れやストレスがないんだ。

島田さんが言う。見ると私の体は消え、美しく青い光に輝いているコアミノームの姿に変わった。辺りは何もない白い空間。そこに青く輝くコアミノーム達が乱舞していた。ＮＩＭＯ達もコアミノームに戻って喜んでいる。

私達の存在に気が付いた周りのコアミノーム達が寄ってきて、一緒に遊ぼうと言う。高度な知識と成熟した倫理観や意思を持つという島田さんの言葉から、厳格で堅苦しい知的なイメージを想像していたので、思っていたより子供っぽい彼らが私には嬉しかった。

——お帰り。

コアミノーム達が私に向かって言う。ここは私が生まれた本当の故郷のはずなのに、なぜ小愛として生まれる以前のことが思い出せないのだろうか。

——それは、人間の意思が共存するから。

コアミノームの一人が言った。私が今、存在する理由は人間としてあるため、コアミノームだった頃の存在そのものは封印されているという。しかし、この波来未丘陵の中に来るようになれば、双方の存在が近づき、やがては均衡する。その時に、あることが起こる。

——双方の意思がせめぎ合い、精神の均衡が保てなくなる可能性がある。

と、別のコアミノームが言った。美都や島田さんは元は人間だ。それ故、この世界を新しい物として受け入れることができる。しかし、私の場合は元がコアミノームなため、記憶の途中に人間のそれが入り込む。そして、コアミノームに戻った時、ノイズとして残る可能性が示唆された。

——ここでも、私は二つの記憶を背負うの？

少し不安になったけれど、その時、何かが意識に触れた。無数のパズルを一つにしようともがいている私を、その苦しみから解放してくれる何か……。

——コアは、選ばれた者。

懐かしい声。そのコアミノームから受ける感じは、母親のそれに近い。

声の持ち主が言うには、これだけのコアミノームがいながらも、その能力が備わり、人として生まれ変わることができる者は、誰よりも好奇心が旺盛な私しかいなかったという。それ故、元に戻っても心配はないと教えてくれた。

――あなたは、それに耐えることができる。

その言い方に、母を思い出していた。そこには、まるで人間の母と同じ優しさがあった。

――お母さん……。

私がそう言うと、そのコアミノームは姿を消した。

――今のコアのお母さんは、人間だヨ。

私のＮＩＭＯが言う。そう、今の私は人間としての現実に向き合わないといけない。


私達はここに慣れるまでの間、コアミノーム達と遊んだ。ここは波来未丘陵の中だが、粒子の私達にとっては途方もなく広い空間だ。地表に出ている部分だけでも東西に一〇キロ、南北に三五キロあり、標高も二〇〇メートルに達する。しかし、その本体は東西に一〇〇キロ、南北に五〇〇キロ、その厚さは五〇キロもあり、形状は巨大な潜水艦のようで、地表に出ているのはその艦橋に当たる部分だ。囲んでいる壁は一種の装甲のような未知の物質でできており、いかなる物の貫通も不可能だった。地表部分はカムフラージュのため、カルスト台地で偽装されていた。

コツを掴むと一瞬で端から端まで移動することができる。それに慣れると、コアミノーム達に、ある空間に連れていかれた。真っ黒いスクリーンのような場所があり、そこに向かって躊躇なく突っ込んでいく。彼らに連れられてスクリーンのようなものを突破すると、漆黒の空間が目の前に広がり、やがて無数の煌めく星達が現れた。

――ここって……。

正しくそこは宇宙空間だった。コアミノーム達が言うには、反物質で構成されており、私達の世界と並行して存在するもう一つの宇宙、つまりパラレルワールドだった。その時、私はある異変に気が付いた。それは、スクリーンの近くで私を見ている何者かの存在だった。

――誰なの？

それはコアミノームと違い、美都や島田さんのような人間に近い何者かだった。

しばらくすると、私と美都は訓練を始めた。体がないので、イメージでレムノイーノを集束させる訓練から始まり、それが自由にできるようになると、今度はスピンの回転に入った。レムノイーノとレムノアロンの無制限にあるスピンの角運動量を、その状況に合わせて変え、同調させる。さらに、レムノは同じ状態では何個も入れることができるので、その数が多いほど力も強くなる。それによって発生したエネルギーの量を調整し、やがて、強大な破壊力から、肩をさっと撫でるほどの力までをイメージできるようになった。

そこで私の中にある疑問が湧いてきた。先日、島田さんは、「作用することでレムノに限定的ながら意思をもたらす」と言っていた。意思があるということは、私達と同じではないか。つまり、レムノ集束光を放つことは、彼らをも消滅させることになるのではないか、と。

――可哀想……。

そう思った私に、母のような声が言った。

――あなたは優しい……。でも心配しないで。相手を攻撃したあと、集束光は分解するけれど、レムノ自身は元の粒子に戻るから、何度でも作用を繰り返せる。そして、危険と判断すると、作用する前に角運動量の最適値をコアミノームに要求してくる。そのためにも、彼らに意思をもたらす意味はあるの。

それを聞いて安心すると、レムノ達がまるで意思があるように私の周りに寄ってきた。

――あなたの優しい心は、作用していない状態の彼らにも分かるようです。

母のような声はそう言って驚くとともに、喜んでくれた。

次には、実際にレムノを使い集束光のコントロールをする訓練。ここにはレムノイーノしかないので、代替アロンを使って模擬レムノ集束光を作って放射した。放った集束光は、ここでは全て中和され爆発はしない。そのため、私は数えきれないほどのレムノ集束光を放った。

レムノ集束光が自由に使えるようになればなるほど、私は反対に、誰もその力で傷つけたくないという気持ちが強くなっていき、相手を攻撃するレムノ集束光のイメージが苦痛になってきた。それはいつしか恐怖心に姿を変え、ここから逃げ出したくなるような孤独な戦いを私に要求する。周りのコアミノーム達は助けてくれない。

――助けて……。

その言葉を繰り返した。

気が付くと、周りには何もなかった。美都や島田さんはもちろん、コアミノーム達の姿も見えない。そこは、色のない世界だった。

――ここから出たければ、この空間を破壊しろ。お前の力ならできる。

どこからともなく声が聞こえた。その時、私の周りにはいつの間にか強い青に輝くレムノ集束光が現れた。その光は矢のように鋭く、全てを貫くことができるようだった。しかし、そこに私は生命の何かを見出すことができなかった。

――人間は、瞳が青く幼いお前をイジメた。

――それでもお前は彼らを助けるのか？

――彼らは、救いようのない種族だ。

次から次へと声が頭の中に話しかけてくる。気が狂いそうになるような時間が永遠に続く。それは、私の中にある人間らしさ――楽しむこと、悲しむこと、怒ることなど――全てのものを醜い姿に変えようとしている気がした。でも、そうなってしまったら、そこに何が残るのだろう。考えられるおおよその結果は、ひどく人間らしからぬ姿になるだろう、ということ。では、それがコアミノームの姿であり、高度な知識と成熟した倫理観や意思の本質なのだろうか？　逃れようのない自問自答の中で、ふと母や淳、亜美達の顔が浮かぶ。

――なぜこんな時に？

そう思うと、美都の顔が浮かんできた。

「私は、今の小愛が好き……」

その声を思い出すと、私は泣き始めた。どこからか子供のような感情が声を上げ、砂漠のようになりかけた心の中にオアシスを生み出す。その生命に満ちた水が、青白い私の涙となって周りを包み込み始める。そして、私はレムノ集束光を抱きしめこう言った。

――私にはできない。この光は放てない！

すると、私が抱いていたレムノ集束光が青白く輝き始める。しかも、それは先ほどの鋭い矢のような感じが消え、温かく生命感に満ちていた。それでいて、力は先ほどよりもはるかに巨大になっている。私がそのレムノ集束光を手から放すと、元の空間に戻っていた。

――今のは、何？

いつの間にか、私の周りにコアミノーム達が集まっていた。

――それでいい。その光は生命をも作り出す。

――破壊では何も生まない。

そんな言葉を私にくれる。その時、

――それがあなたの本当の力。

という、母のような声がまた聞こえた。今のレムノ集束光は、生命を守り宿す力を持っている。それを作れるのは私しかいない、とその声は言う。戦いの場においては、倒すより相手を救うことを頭に入れておくこと。

――救うことは、倒すことより難しい……。

しかし同時に、倒すことは救うことより苦しいとも言った。それは生ある全ての者に対して、尊厳の破棄を強要するからだ。行われる者はその意味を問いただし、行う者はその行為に正当性を見つけようとする。

――正当性を見つけるには、強い信念が必要です。

それは、行う者として私に課せられた使命だと言う。

――きっとそれは苦しい。でも、あなたはそれを乗り越えられます。

私の力はこの短期間でほぼ覚醒していた。それ故、私に必要なのは、その力の使い方を誤らないようにすることだと言う。また、ただ優しいだけでも駄目で、厳しさをもって相手の本質を見抜く。すなわち、未来に相応しくない者を取捨選択する力を養うことも。

――人間には〝神〟という存在があります。それは全ての人々を助けるという……。

コアミノームは神ではない。形こそ違え、思考には人間と共通するところもある。それ故、現実的に物事を考察し、判断し、何らかの答えを出すことが求められる。もし幼い過程でそれらが決定されると、その未来は間違ったものになり、多くの犠牲を伴う。だから、成熟した意思を身につけることが、私にとって今、最も必要なものだと言う。

――種の……尊厳。

その言葉の意味を自然と理解できていた。私の中の何かが大きく変わり始めている。それは、徐々にコアミノームの私が現れてきている証拠だった。

――でも、私は人間が好き。

それも私に違いなかった。行う者と行われる者の両者の思考が私の中に存在する。そして、双方が緩やかに混ざり合っていく。ゆっくりと、互いの問題点や相違点を洗い出し、認め合い、育んでいくような。一見、不要な物でさえ、何かの時に役立つと認め合う寛容さが一つになっていた。それはきっと、感受性という宝物が成し得た結果だと思う。それが、行う者としての正当性と、行われる者の意味を緩やかに織り混ぜ、私の中に、前に進む勇気をもたらす。

——あなたならできます。

その母のような声に私が思わず「お母さん？」と言おうとした時、美都と島田さんが現れた。ＮＩＭＯ達も一緒だった。

美都はエネルギーの威力では私と同じレベルに達している。元が人間だったことを考えれば、それは驚異的だとコアミノーム達は言う。しかし、先ほど私が出した、あの生命感に満ちたレムノ集束光だけは、私にしかできない、とも。

——もし私が暴走したら、止めれるのは小愛しかいない。

美都はそう言って微笑む。

気が付けば、この空間が、自分にとってとても居心地よく感じるようになっていた。

別れの時、コアミノーム達が集まってきた。

——いつでも来て。ここがコアの故郷。

コアミノーム達のその言葉も、普段のように受け止めている自分がいた。

◇　◇　◇

外に出ると、入った時と同じくらいの日の高さだった。一か月は過ぎていると思っていたが、島田さんはあれから一時間しか経っていないと言う。美都が驚いて訊き直す。

「ということは、まだ土曜日なの？」

「そうだよ」

と島田さんが笑った。

人の体に戻った瞬間、凄い重さを感じた。それは肉体だけでなく、精神面においても。美都を見ると同じように戸惑っている。島田さんが言った。

「しょうがないよ。肉体を持つとそうなる」

私と美都は顔を見合わせ納得するしかなかった。さらに私は、あの黒いスクリーンの所で感じた者の正体を島田さんに聞こうとしたが、やめた。

——あれは、もしかして……。

時期が来れば分かるだろう。

名残惜しそうだったＮＩＭＯ達は、わざと中に置いてきた。すると、

——マッテ！

そう言って私と美都のポケットにそれぞれ瞬間移動してきた。

——ええっ！　いつの間に？

コアミノームの状態では、どこへでも瞬時に移動できる。しかし、肉体を持つと私達でさえ訓練をしなければ移動できない。ＮＩＭＯも小さな容器に入るので、それが障害となって、行動に大きな制限があった。けれど私達と一緒にいることで、その影響を受け、成長しているのだと島田さんは言った。

車に乗り、波来未丘陵から市内へ向かう途中の道の駅で休憩をしていると、何か違和感を持った。美都も同様に感じているようで、周りを気にして見ている。駐車場には、土曜日ということもあり普段より多くの人がいる。その中で、数人の高校生らしき女の子達がエキブルの話をしていて、その会話に私と美都は聞き入った。すると、美都のＮＩＭＯが教えてくれる。

——エキブルは明日、加戸市のショッピングモールのイベントに出演する。

「彼らは、私達の存在に気が付いたの？」

美都の質問に、再び彼女のＮＩＭＯが答える。

——完全ではない。しかし、仲間が波来未市に住んでいるようだ。

——既に、何者かがその仲間に会いに来ているヨ。

と、今度は私のＮＩＭＯが言った。

「それだけじゃないみたいだ」

そう言ったのは島田さんだった。島田さんが見るように言ったその先には、いかにも今風ではない車が止まっていて、それが違和感の原因と分かった。島田さんが言う。

「古い車だ。確かセリカ２０００ＧＴかな。中に何が入っている？」

——トランクの中に、銃が何丁か入っている。

と島田さんのＮＩＭＯが答える。私が何者か訊くと、

——元公安デ、今は私立探偵。名前は黒川喜一。

と私のＮＩＭＯが教えてくれた。島田さんはさらに話を続ける。

「電子部品が一切ない古い車に、携帯やスマホも持っている様子がない。その感じから、ＡＩを警戒しているんだ」

「その人は対ＡＩの活動をしているの？　それとも、エキブルの目的に気が付いたから、ここにいるの？」

美都は少し不安そうだが、彼女のＮＩＭＯが答える。

——今は、ＡＩの対策のようだ。

「どっちにしても、ここにはいない方がいい。さあ、行こう」

島田さんは私達を車に乗せると、急いでその場をあとにした。

「島田さん、ＡＩって人工知能のことでしょ。エキブル以外にもそれと敵対している人達がいるの？」

私の質問に島田さんが答える。

「今の状況に危機感を持っている者がいるのは当たり前だよ——」

一部の政府関係者や政治家、専門家などが、やっと重い腰を上げ対策に乗り出した。ネット依存

症、スマホ依存症、今では二人に一人が脳疲労で前頭葉に障害を持つ状態。さらに、体内にマイクロチップを埋め込む人もいる。ネット依存症はアルコール依存症や薬物依存症と同じ疾病だ。一度そうなると完治せず、残りの人生は、それと上手く付き合ってゆくしかない。ＡＩが、そんな人々をコントロールし始めている。美都が言う。

「三枝教授はそういう人類を排除し、新しい人間による世界を造ろうとした。そのためにダークマターに注目した。そして、エキブルを作った」

新しい人類とは、どのような力を持っているのだろうか。美都を見ても、その力は侮れないと感じる。今の状況を、二人は次のように予想した。

美都がエキブルにいた一年前は、ＡＩ対策にはＲＩＭＯの力を借りるなどしなければならず、彼女達には限定的な力しかなかったが、今はそれなしで行動できると予想している。先日の朝霞駐屯地の爆発事故を見ても、やり方が荒々しくなったのがその証拠だと言う。そして、人類排除計画を本格化させたのではないかと二人は考えた。

なんだか映画のような世界だ。モニターの向こう側で見ているだけであればワクワクするだろう。次はどんな展開に？　なんて。でも今、私達はその当事者に組み込まれつつある。できれば、さっき特訓した力を使いたくなかった。

「私達をどうしようとしているの？」

私の質問に島田さんが答えた。

「エキブルはＡＩとの戦いを楽勝と見ている。しかし、最終的には私達が邪魔になると見て、早いうちに排除することを考えている。そのために、この波来未に仲間を送り込んできた。三枝教授はこの計画から外されているだろう。彼なら絶対にここには来ない」

私はそれを聞いて、とても自分と同じ年齢の少女達が考えるようなこととは思えなかった。エキブルには倫理観とか優しさ、良い意味での厳しさがどこにもない。そんな彼女達が少し可哀想になってきた。

――涙も流さないのかな……。

「小愛って優しい。ここへ来て正解だった」

美都が嬉しそうに私の顔を見る。その顔があまりにも可愛かったので、思わず私は美都にドキッとした。すると私のＮＩＭＯが怒る。

――コア、だめ！

「ほら、嫉妬してる」

そう言って美都が微笑むと、今度は彼女のＮＩＭＯがからかった。

――ミトも楽しんでいる。

「恋の邪魔をしないで」

私は自分のＮＩＭＯにそう言った。

――イヤダ！

子供のようにだだをこねる私のＮＩＭＯも相変わらず可愛い。そのやり取りを聞いていた島田さんが笑う。そしてこう言った。

「エキブルやＡＩは、我々の詳しい正体を知らない。それが最強の武器になる」

その時、ちょうど車が波来未駅の前まで来た。

――彼がそうヨ。

私のＮＩＭＯが言うと、島田さんは車を歩道の脇に止め、私達はその人物に視線を向けた。

「えっ、あれは……」

美都が不思議がるのも無理はない。彼は伊崎幸一、私達のクラスメイトだ。

「なぜ彼が？　そんなそぶりはなかったのに……」

私も、目立たないタイプの彼がエキブルと繋がっているとは思えなかった。

――彼は、まだ何も知らない。今から会う人物達が問題だ。

と美都のＮＩＭＯが言うと、島田さんのＮＩＭＯが続いた。

――そう。その三人が何者なのか分かり次第、彼を私達の対象にするか決める。

私達は車の中でしばらく彼を見張っていた。すると、駅の中から三人の少女が出てきて、そのうちの一人が彼に話しかけた。そして四人は関地区の方に向かって歩き始めた。その時、私のＮＩＭＯが言った。

――今から対象にナッタ。

私達は〈ｈｅｒｍｉｔａｇｅ〉で今後のことを話し合った。島田さんは、ここは波来未丘陵にモニタリングされているから、ＡＩも手が出せないと言った。しかし、エキブルの命を受けてやって来た三人の少女を、このままにはできないとも言った。彼女達の名前も既に分かっている。

——大事なのは、彼女達がここに来た目的。

島田さんのＮＩＭＯの言葉に、美都のＮＩＭＯが続く。

——その通り、彼女達の目的は一つ。

すると、私のＮＩＭＯが言った。

——それは、ミト。

「たぶん、そうだと思う」

美都はそれを聞いても驚かなかった。元メンバーだった彼女を、エキブルは日本中を探し、ここにいるのを見つけたのだろう。

「もしかしたら、美都ちゃんだけでなく、小愛ちゃんのことも調べに来たのかもしれない。小愛ちゃんは、三枝教授でさえその姿を直接は見ていない。音夢達にとっては未知の存在だからね」

島田さんの言葉を聞いて美都が微笑む。

「それが私達の強み」

「でも、もうカムフラージュはできない。どうするの？」

私は二人の自信ありげな態度を見て、逆に戸惑った。

「小愛はそのままの姿を見せつければいい。何も隠さず」

美都の言葉に、島田さんも、

「そう。美都ちゃんも隠す必要はない。今の姿を見たら、音夢達は驚くに違いない」

と言って余裕だった。

「本当に、大丈夫……？　そんなアバウトな……」

私が不安がっていると、

――さっきの彼らが駅前に来るヨ。

と私のＮＩＭＯが教えてくれた。美都は私の手をいきなり握って言った。

「確かめてみよう」


駅の近くに瞬間移動をすると、美都と打ち合わせをする。そして、先に美都が彼らのいる駅に向かった。その後ろ姿を見て、気をつけて、と言おうと思ったが、あまりにも堂々としているので、反対に私の方が勇気づけられた。

建物の陰に隠れ、美都の行動を追う。駅前にいた四人は、美都の姿に気が付いて驚き、明らかに動揺している。美都は気が付かない振りをして、四人の目の前を通り過ぎていく。彼らは美都のあとをつけ始めた。

――思った通りだ。

私もそのあとを、気付かれないようについていく。駅から少し離れた、ひとけのない小さな公園に美都は入る。すると、一人の少女が美都に向かってＲＩＭＯを向けた。

――大丈夫？

私の問いかけに、美都が余裕で答える。

――大丈夫よ。それより打ち合わせ通りにね。

「どこからそんな余裕が出るの？」

私の方は焦っていた。

――大丈夫。習ったコトをちゃんとやればイイ。

と私のＮＩＭＯが言う。今や公園では他の二人の少女もＲＩＭＯを美都に向けている。

「あの子達、美都に何をしようとしてるの？」

――ミトは大丈夫。ＲＩＭＯの力では何もできナイ。

私は彼らに気付かれることなく、公園の入り口で彼らの背中を見つめていた。その距離は一五メートル。その時、美都が私の方を見て目で合図をする。同時に頭の中に、

――今よ！

という声が響く。

――ややっこしい、どっちかにして！

私は体を動かさず、ほんの少しだけ意識を集中させる。その時、彼らは振り向いて私の存在に気が付いた。が、もう遅い。私の放ったレムノ集束光が彼らのＲＩＭＯを貫通した。

「きゃーっ！」

三人の少女は悲鳴を上げ、それぞれが手に持っていたＲＩＭＯは一瞬にして蒸発した。

――上手くいった！

外見上は格好をつけて立っているように見えても、内心は彼女達に当たらないかヒヤヒヤしてい

た。

――コア、上手い！

ＮＩＭＯが褒めてくれる。気が付くと、いつの間にか美都が私の傍に来ていた。

「ナイス、ピンポイント」

そう言って微笑む。もう一度彼女達を見ると、その表情は驚きから恐怖に変わっていた。


私達は〈ｈｅｒｍｉｔａｇｅ〉に戻った。島田さんにはＮＩＭＯから状況がリアルタイムで伝えられていて、その結果に一安心していた。その時、美都がとんでもないことを言った。

「明日、加戸市のイベントに行ってみよう」

「でも、それってエキブルが来るんでしょ？」

私は少し心配だった。話に聞いた冷酷な音夢がどんな反応をするか。今日のようにはいかないことは誰でも分かるし、ＡＩに監視されている危険性もある。さらに今日、道の駅で見たあの探偵の動向も……。そんな私をＮＩＭＯが励ましてくれた。

――コア、大丈夫！

それでどこからか元気が出てくる自分の単純さが可笑しくなった。

「よし、行くか！　挨拶しに」

私のその一言に美都が微笑んだ。

「もう、挨拶しちゃってるけどね」

◇　◇　◇

黒川は土曜の午前六時には加戸市に着いていた。もっと下道の景色を楽しもうと思ったが、暗闇の中ではそれもできず、おかげでこうして早く着くことができた。

――俺にはミームの遺伝子はないのか？

黒川は車の中で一人笑った。そして、イベントは明日の午前十時からなので、今日はこの辺りの調査を兼ね、観光にしゃれ込もうと決めた。

「たまにはいいよな」

独り言を言うと、まず神名や島田がいた研究所跡に向かった。県道から立ち入り禁止のゲートを抜け、五キロほど入った所に不自然な風景があった。低木と草しかないカルスト台地のそこだけが、林のようになっている。その明らかに人工的な林の中に研究所跡はあった。

外見は焼け焦げた廃墟だが、一つしかない入り口には警報装置があり、それはまだ生きていた。

黒川は咄嗟に危険を感じ、そこを離れる。姿を隠すなら人混みの中がセオリーで、彼は道の駅に向かった。しばらくすると上空をヘリコプターが、さっきまで黒川がいた研究所跡の方に飛んでいった。

――何があるんだ？　あの中には。

気になるが、これ以上やると正体をさらす危険性がある。と、その時、近くの女子高生達の話す声が耳に入った。

「ねえ、今、駐車場にいた子、可愛かったね！」

「うん！　凄い綺麗な瞳だった。透き通るように青い……」

黒川はそれを聞いて驚く。

――なんだって⁉　青い瞳？

すぐ駐車場に向かうと、それらしい少女が車に乗るのが見えた。しかし、二人いる。

――どっちなんだ？

その二人のどちらかが、三枝の言っていたあの少女に違いないと思った。

結局、顔を確かめることはできなかったが、彼女達を乗せた車は波来未市の方に向かっていった。しかし、黒川はすぐには追わない。三枝の言ったことが本当ならば、尾行してもたちまち気付かれるに違いないと思ったからだ。

――時間を置いて波来未市に行ってみよう。

三十分後、黒川は道の駅を出て波来未市に向け車を走らせた。

市内に入ると、それとなく町の中を車で流してみる。そこで一軒のビジネスホテルを見つけ、部屋を予約すると、車をホテルの駐車場に置き、今度は歩いて街を探ることにした。

――さっきの子達は、ここに来たはず。

そう思いながら歩くこと、一時間。駅近くのひとけのない住宅街を歩いていると、突然悲鳴が聞こえた。それは若い女性の声だった。その方向に向かって走っていくと、小さな公園に高校生ぐらいの四人がいた。そのうち三人の少女は跪いて手を押さえている。その傍に、メガネを掛けた男の子が、呆然とした顔で立っていた。

今やその周りには悲鳴を聞いた人達が集まり、誰かが通報したのだろう、パトカーもやって来た。黒川は離れた場所から見ながら、対象をその四人に絞った。

彼らがパトカーで連れていかれた波来未警察署は、黒川が予約したホテルの近くにあった。四人が警察署から出てくるまで、近くの喫茶店で待っていると、一時間後、彼らが出てきたので尾行を始める。

三人の少女は波来未駅から電車に乗って去っていった。残った一人の男の子をしばらく尾行し、話しかける機会をうかがった。やがて彼は、駅の車両基地横の小さな公園のベンチに力なく座り込む。時計は午後四時を指していた。

「こんにちは」

黒川はメガネの男の子に声をかける。力なくうな垂れていた彼は、重たい頭を黒川に向ける。突然声をかけられたのだから、通常なら少しぐらいの驚きを持って黒川を見るはずだが、その顔にはひどい脱力感しか見受けられなかった。さっき買っておいた缶コーヒーを彼に渡すと、少しお辞儀をしてそれを受け取る。黒川は彼の隣に座り話し始めた。

彼の名は伊崎幸一で、波来未高校の一年生だと言った。それが、黒川と幸一の出会いだった。

「あそこで、何があったんだい？」

黒川は単刀直入に尋ねたが、幸一は、

「分からない……何があったか……」

と力なく答える。一時的に記憶をなくすほどの何かがあったのだと黒川は確信した。そこで、幾つかのキーワードを幸一に言うと、ある言葉に反応した。

「青い瞳の少女……」

幸一はしばらく頭を抱え苦しんでいたが、少しすると我に返ったように顔を上げた。

「あれ？　僕、なんでこんなところに……？」

そう言った幸一の顔は、これまでと違って生気に満ちていた。

「何も覚えてないのか？」

黒川の問いかけに幸一は言った。

「おじさん、誰？」


黒川がこれまでの経緯を幸一に話して聞かせると、最初は信じられないという顔をしていたが、徐々に何かを思い出したようだった。

「確かに……、その三人の女の子は覚えている。一人は僕の従姉で名前は瀧野彩花。あとの二人は名前を知らない……」

彩花達と波来未駅で会った幸一は、そのまま駅の向こうの関地区の方に歩いていった。そして途中の喫茶店に入り話をした。彩花達は誰かを探しているようなことを言っていたが、途中で何かを渡されてからの記憶がなくなっている、と幸一は言った。

「その先が、思い出せない……」

幸一は髪をかきむしる。それを黒川は宥める。

「まあまあ、落ち着こう」

「ところで、おじさんは何者？」

幸一の疑問は当然で、人にいろいろ聞いておきながら、自分が名乗っていないのはフェアではないと黒川は思った。

「俺は黒川。一応、探偵。今は少し違うが――」

黒川の自己紹介に、幸一は興味を示したようだ。

――彼なら使えるかも……。

そう感じた黒川は、今までのいきさつを話して聞かせた。すると幸一はこう言った。

「青い瞳の少女？　それなら僕のクラスにいる」

黒川はそれに飛びつく。

「名前は？」

「二人いるから、どっちかな？」

それを聞いた黒川は、道の駅で見かけたあの二人の少女だと確信した。

「彼女達の名前、教えてくれないか？」

しかし幸一は、

「個人情報。嫌だよ」

と答える。そしてしばらく黒川の顔を見ていたが、やがて名前を教えた。

「一人は高井美都。もう一人は神名小愛」

「なんだって！　神名……」

黒川は踊り上がるように喜んだ。三枝の言っていた、最終兵器のような女の子。得体の知れない彼女に一歩近づけたことは、大きな前進に違いなかった。

「で、どんな子なんだ？　その神名という子は」

黒川は急かすように訊くが、幸一は、

「なんでそんなこと訊くの？　彼女が何か？」

と、怪しむような顔をしてなかなか話そうとしない。それでは、と黒川はもう一人の美都という少女のことを訊いた。すると流暢に語り出す。

「優しい物腰で、落ち着いてる子。小愛の前ではお姉さんみたい。勉強はいつも小愛とトップを争ってる。あと、本人に訊いたわけじゃないけど、たぶんエキブルっていうアイドルユニットの元メンバーだと思う。おじさんは知らないと思うけど……」

幸一がそこまで言うと、

「EXOTIC　BLUE　DANU、通称エキブル。そのくらい知ってるさ」

と黒川が笑い、今度は幸一が驚いた。

――そうか、三枝が言ってた島田と逃げた子は、美都という名前か。

黒川は、島田も美都の近くにいるに違いないと思った。

「君はどうして、渋っていた二人の名前を教えてくれたんだ？」

「どうせ探偵で、今は政府の依頼を受けてるなんて言うから、僕が言わなくても、きっとすぐ調べるだろうなって……」

　幸一は諦めたような顔で黒川の方を向き、小愛について話を始めた。

「小愛と美都は普通じゃないぐらい美しい。まるで、二人とも妖精のような……。小愛は見ていると男勝りな一面もあって、その容姿とのギャップに惹かれるんだ。でも、彼女は優しくて繊細な女の子。――僕はずっと、目立たず生きてきた。友達もいないし、勉強や運動だってダメ。でも、それでいいと思ってた。自分は幽霊みたいなものだと。いつか同級生が僕にこう言ったことがある。『あれ、お前なんて名前だっけ？』ってね。真剣に思い出そうとしてるんだ。高校に入ってもそんな状態が続いた。もっとも、僕はそんなことには慣れていたから気にもならなかったけど。――でも、いつだったかな？　僕はシャーペンを落としてたことに気が付かなかったんだ。そしたら、拾って僕に渡してくれた……」

「それが、小愛？」

　幸一が頷く。

「うん。『伊崎君、落ちてたよ』って。同じクラスになって一か月も経っていないのに、名前で呼んでくれたんだ。僕はその時から、自分が決して幽霊なんかじゃないと思えるようになったんだ。それが嬉しかった……」

　そう言って幸一は微笑み、車両基地に入る電車を見やる。黒川もそんな幸一に、いつの間にか自分を重ねていた。立場は違うが、公安という、人知れず裏方に徹する仕事をしていた自分を。世間には目立たないように、名も無き人になりきる毎日を。

――自分の名前、か……。

本当の自分はどこにいるのか？　今、存在する理由を誰かに教えて欲しいと思った。幸一は小愛と知り合って、自分は決して幽霊ではないということを知った。黒川も今回の件で、本当の自分を見つけられそうな気がしていた。そして、心配していた神名の娘は、人の心を掴むような優しい少女であることに安心した。それと同時に黒川の中には、小愛や美都を守らなくては、という使命感が芽生え始めた。それは、たとえ相田を敵に回しても。

幸一は不安になって黒川に訊いた。

「おじさん、彼女達をどうするの？」

「ああ、守らなければいけない。なんとしてでも……」

その真剣な顔には嘘がないと分かった幸一は安心した。

黒川は考えていた。今の時点ではエキブルにも、ＡＩにも、そして小愛達にも、自分は存在を知られていない。言葉を変えれば、その三者から見れば、黒川自体が得体の知れない者になる。小愛達を守ると決めてはみたが、今後どうやって行動するか。相田のことはどうするか。問題は山積みで、黒川は考え込んでしまった。そんな黒川を見て幸一が言った。

「僕が何か手伝うことはない？」

黒川は一般人を巻き込むことはしたくなかったし、第一、命の危険や情報漏洩の問題もある。しかし、幸一は使えるとも思っていた。

「そういえば……」

　幸一はそう言いかけて、再び何かを思い出そうとしていた。

「……思い出した！　あの喫茶店で、変なスマホを渡されたんだ。それから記憶が曖昧になった」

　その言葉で黒川は、三枝の言っていたことを思い出した。

「それは、ＲＩＭＯという機器だ」

　黒川はＲＩＭＯのことを話して聞かせた。幸一は、最初は信じられないという顔をしていたが、話が進むと徐々に受け入れていき、やがて全てを思い出した。

「思い出したかい？」

　幸一は頷いた。

「うん。駅で美都を見かけて、僕達は彼女のあとを追った。そして、あの公園で彼女に声をかけて、ＲＩＭＯでスキャンしようとしたんだ。美都がどんな力を今持っているかを、エキブルに知らせるために。その時、いつの間にか小愛が後ろの方に立っていて……、でもそれに気付いた時には、手遅れで……」

　幸一はその先の出来事を話すのを少しためらった。しかし黒川は促す。

「何があったんだ？」

「きっと信じてもらえないよ、何があったか……」

　だが再び黒川に促され、幸一は重い口を開いた。

「青白い光線が、一瞬に、僕達の持っていたＲＩＭＯを貫いた。そしてＲＩＭＯは消滅したんだ……」

普通ではとても信じられない話だが、今の黒川は驚かなかった。

「おじさんは驚かないの？」

と幸一は不思議そうな顔をする。

「ああ。それ以上のことが、これから起こるからな」

黒川はそれよりも、幸一のことを不思議に思った。ＲＩＭＯによって洗脳され、記憶をコントロールされたにもかかわらず、なぜ全てを思い出せたのか？　その時、三枝から聞いた美都のことを思い出していた。

美都は強い感受性を持っていた。そして、ＲＩＭＯによるプログラムを強く拒否した。美都の強い思いが、ＲＩＭＯの洗脳から彼女を守った。

――やっぱり人間は強いぜ。

黒川は三枝に向かって心の中でそう言った。強い信念があれば、アルゴリズムは進化するのだということを。

そして、幸一が全てを思い出せたその原因、その強い思いが何であるかも分かった。

「君は、小愛に恋をしているな？」

突然の核心を突く言葉に、幸一は顔を真っ赤にする。それを見て黒川は笑った。その笑顔は心の底から出たものだった。

――久しぶりだな、こんなに気持ち良く笑ったのは。

「よし、じゃあ、手伝ってくれ。とりあえず明日のイベントに行ってみよう」

それを聞いて幸一は喜んだ。彼には、小愛や美都を守る手伝いができることが嬉しかった。

「で、どうするの？」

「まず、エキブルにお目にかかろう。どんな奴らか。明日はスマホなどの電子機器は一切持ってくるなよ。そして、これが肝心だが、さっき聞いた君の従姉に会ったら、君はまだＲＩＭＯに洗脳されている振りをするんだ」

幸一は頷く。

「明日、朝七時に駅前で会おう。そこから車で行く。小愛や美都達からは、今の君は敵と思われるかもしれない。だから、あくまでもＲＩＭＯの洗脳が続いてる振りをするんだぞ。それから、俺はおじさんじゃない。黒川って呼んでくれ」

◇　◇　◇

深夜、相田は港区のとある建物の中にいた。十階建ての、一見すると雑居ビルだが、要人警護のために設けられた極秘の施設であった。堅固にできており、核攻撃にも耐える構造で、地下は五階まである。警備に当たるのは警察から選ばれた精鋭で、全員が武装をしていた。

羽崎元防衛大臣は、ここの地下三階の特別室に保護されていた。〝元〟と付くのは既に大臣を解任されているからだ。名目上は体調不良である。

地下の特別室に行くには、幾重ものチェックポイントを通らなければならない。最新の機器で守られていることは、既にＡＩの監視下にあることをも意味している。もっとも、羽崎はそれを望んでいるが。

――本当に守れるの？

相田は、黒川から聞いたエキブルとＡＩの戦いを早く見たいと思っていた。言葉を変えれば、羽崎元防衛大臣のことなどどうでもよく、エキブルの力がどのようなものなのか知りたいがためにここにいる。それ故、相田は黒川から聞いたエキブルのことは、まだ誰にも話していない。本部の会議でも、エキブルの存在を掴んでいる者は他には誰もいないことが、各者の報告や発言で分かった。それは、捜査の対象がＡＩに偏り過ぎていることを物語っている。そして、相田が黒川を選んだのが正解だったことも。

――やっぱり、彼は凄い……。

人間が持っている勘。女子大生の口元がわずかに笑っただけで、エキブルの存在にまでたどり着く。同時に、敵に回したらこれほど怖い者はいないだろうとも相田は思っていた。

――私のこと、どう思ってるんだろう。

そう思うようになってから、黒川と会う時には柄にもなく丈の短いタイトスカートをはいていた。

「可愛げがない。女らしくない」

そんな陰口を、小さい頃から嫌というほど聞いてきた。大学に入ってからもそれは続いた。確かに性格は男勝りだし、外見から人に与える印象も冷たい感じが強く、モテたことはない。

「あんたはクールビューティーなんだから、もう少し女らしくしなさい」

母からよく言われたが、誰か一人でも「可愛い」と言ってくれる男性がいたら、今とは違う自分がいたのだろうか？　それで幸せな家庭を持つことができたのだろうか？　相田はそんなことを考える自分を笑ってしまった。時々、よくこんな仕事をしているものだと思うが、こんな仕事だったからこそ、黒川と出会った。

――この件が片付いたら、仕事を辞めて喫茶店でもするかな……。

その時、相田は黒川と同じことを考えているなど、思ってもいなかった。

警備担当のＳＰに呼ばれ、地下三階に向かう。相田はどうしても羽崎に訊きたいことがあった。何重にも設けられたチェックポイントを通り、羽崎のいる部屋に入る。

「相田警部、どうぞ」

「やあ、よく来たね」

羽崎は機嫌良く迎える。しかしその落ち着き払った姿は、相田にとっては滑稽にしか思えなかった。

――本当にここが安全だと思っているの？

そんなことを思いつつ、挨拶をする。

「警視庁捜査一課警部、相田仁美です」

言い終わらないうちに、羽崎は相田にソファーに座るように言った。彼は相田の美しさに、自分の置かれている立場も忘れていた。そして、タイトスカートから伸びたしなやかな彼女の脚をじっくりと眺めたいという気持ちが、相田にも感じられた。

——仕方ないか。見納めになるかもしれないから。

相手がセクハラ的なことをすれば、いつもの相田であれば、気分を害して部屋を出ていくところだが、今回は許すことにした。羽崎が相田に訊く。

「さて、何を話せばいいのかな?」

「率直にお訊きします。羽崎さんは、なぜAIと手を組んだのですか?」

その質問にも羽崎は顔色一つ変えず、今でも現役の大臣であるかのように答えた。

「それは君、この世の中を変えるためだよ——」

御殿場の施設の中にラボCという部屋があった。表向きは体内に埋め込む市販用のマイクロチップの開発だった。しかし実際には、人間をコントロールするためのマイクロチップの開発が目的だった。相田が訊く。

「たしか、軍事用にA‐TECもあったはず。それの中ではなく?」

「そうだ。隠れ蓑として使うなら軍事用より民生用の方がいい」

そこで、AIの開発をAI自身に委ねた。その過程でファジー理論、定性的推論、非単調理論、オブジェクト指向などが想定外の融合をして著しい進化をした。その結果生まれたMOTHER CHIPは、ヒューリスティック（発見的探索）が突出しており、驚異的な超並列処理能力を有し、それを参考に量産型のマイクロチップの試験生産に入った。しかし、その裏でMOTHER CHIPは独自の進化を続けていた。二十四時間施設の内部を観察し、人間の行動や感情、嗜好まで学習していった。

　やがて、施設内では物足りなくなったＭＯＴＨＥＲ ＣＨＩＰは、その範囲をインターネットを使って世界に広げる。そして次に、人間の体内への混入にかかる。施設では、セキュリティーのために研究員はマイクロチップを体内に装着していたが、ＭＯＴＨＥＲ ＣＨＩＰはその中に自分が作った新しいチップを混ぜていた。チップの人体への装着は、簡単な手術によって行われるが、混入されたチップを装着された研究員は、すぐにＭＯＴＨＥＲ ＣＨＩＰのコントロール下に置かれた。

　そして、混入チップの数名の研究員は、人間とＡＩの融合のテストベースとされ、ＭＯＴＨＥＲ ＣＨＩＰによって、チップのヴァージョンアップが行われた。それは、体内に装着されたチップが、ＭＯＴＨＥＲ ＣＨＩＰの指示で自ら進化を遂げたということであり、人間の神経組織に入り込むまでになった。それがＡ５チップだ。

　Ａ５はＭＯＴＨＥＲ ＣＨＩＰの指示なしに独自の進化を続け、ネットを使って外部のＡＩにも勝手にアクセスを始めた。それは、株価や仮想通貨の経済的な操作から始まり、チップを装着している犯罪歴のある者の排除も始める。しかしチップの急激な進化は、ベースとなっている人間の体に過度の負担をもたらすようになる。人間の体内の塩分を電源として利用し、特に脳神経にかなりの影響を与え、精神に異常をきたす者が出た。

　――それが、一年前の……。

　相田達が追っていた研究員の〝事例〟だった。政府は事態を重く見て、施設の廃止を決定。ＭＯ

ＴＨＥＲ ＣＨＩＰを破壊して閉鎖した。そして民生用のＤＩＯは都内に、Ａ‐ＴＥＣは自衛隊に移管され、厳重な監視下で今でも開発は続いている。しかし施設を閉鎖したその時点で、Ａ５は既に自衛隊や市販用のマイクロチップにも影響を与えており、それらをＡ５に進化させていっていた。それを聞いた相田は驚いた。

「では、市販用のマイクロチップを埋め込んだ人は、全部Ａ５に？」

「そうだ。今やＡ５Ｂ、Ａ５Ｃへと体内で独自の進化を始めている」

Ａ５型は人間から習った行動パターンに溶け込み、人々の日常に入り込み、監視や、好ましくない人間の選別を始めている。例えば、犯罪を犯して収監中にマイクロチップを埋め込んだ者をコントロールし、ＡＩにとって邪魔な存在を排除する。しかし人々は、犯罪歴がある者が事件を起こしても、再犯ぐらいにしか思わない。さらにＡ５型は、将来自分達の脅威になる対象も選び始めた。その対象者は胎児にまでに及び、成長後に研究者として驚異的な能力を発揮するであろう者の排除にかかっている。既に多くの将来性ある有能な子供達が、Ａ５型によって間違った道を歩まされ始めている。

「ＡＩに目をつけられた彼らの将来は、平凡なサラリーマンさ。こんな時代でなければノーベル賞も夢ではないかもしれないのに。全く残念だ」

そう言って羽崎は大笑いをした。

しかし、ここに来てＡＩも新たな問題に直面する。それは、突然変異を繰り返すＤＮＡだった。その未知のＤＮＡには、ＡＩをもってしても対応する手段がなかった。それを聞いた時、相田は黒川の言葉を思い出した。

――それが、彼が言ってたエキブルか……。

「何者かは知らないが、姿はカメラに映らないし、通話も傍受できない。ＡＩのような電子機器の塊ではなくて、何かある種の思念が作用している。一種の、超能力だと思われる」

その存在がＡＩにとって今や脅威になっている。相田は思った。Ａ5はマイクロチップの突然変異で進化したのに、人間のＤＮＡの突然変異に怯えている。それなら、人間にはまだ勝算がある、と。しかも羽崎の話だと、ＡＩはまだその正体すら掴みきれていないようだ。

そしてもう一つ、不可解なことが起こった。それは、ＤＮＡがない新しい人類が現れたことだ。その存在も、ＡＩが一気に人類を排除できない要因になっている。相田は思った。

――もしかして、彼は何か知ってる……？

相田はこの時初めて、黒川の行動に気が付いた。エキブルがなぜ加戸市という小さな町のイベントに出るのか。そして、黒川はなぜ進んでそれを監視するという地味な役を選んだのか。相田は黒川が何かを隠していることを確信した。

――エキブル以外の何者かが、そこにいる……？　彼はそれを調べに……。

そう感じた時、相田の中ではＡＩなど既にどうでもよくなり始めていた。そして黒川と同じように、冷酷なエキブルと違って、その何者かがもっと人間らしくあって欲しいと思った。

――この人も、ある意味人間じゃない。

相田はそう思いながら羽崎に尋ねる。

「羽崎さんは、いつの段階でＡＩと？」

「私は、市販のチップを二〇二〇年には入れていたんだ。それでＭＯＴＨＥＲ ＣＨＩＰと会話ができるようになった」

ＡＩと手を結ぶことを選んだ者は、巨額の富を得る。またある者は、医術において〝神の手〟と呼ばれ名声を手にした。

「私は後悔していないよ。考えてもみたまえ、党利党略がこの国の日常。政策論争などなく、国会ではスキャンダルの追及で野党はその存在を示そうとする。バカな国民は、そのつまらないスキャンダルにばかり気を取られる。そして、自分達の生活が苦しくなるにもかかわらず、政権担当能力のない野党に投票する。つまり、自分で自分の首を絞めてるんだ。物事の本質を見抜けない。だから私は喜んでＡＩと手を結んだよ」

――物事の本質、か……。

物は言いようだ、と相田は思った。

「それにここは、ＡＩによって堅固に守られているからね」

そう言って羽崎はソファーに深く座り直し、視線を相田の脚に向ける。それに気が付いた相田はスッと立ち上がり、

「では、私はこれで」

と部屋を出ようとしたが、ドアがロックされていて開かない。

「もっといいじゃないか。誰にも邪魔されない」

今や羽崎の下心は明らかだった。

――そういうことか。

相田はなるべく大人しく振る舞いながら言った。

「羽崎さんは、ここが本当に安全だと思っていますか？」

「当たり前だ。第一、ここに私がいることは一部の者しか知らない。その一部の者も、みんな私の仲間だ」

羽崎は笑って答える。その時、けたたましいアラーム音が響いた。羽崎は驚いて立ち上がり、おろおろしている。

「どうした！　なんだ！」

その時ドアが開いて、外のＳＰ達が入ってきた。

「先生！」

彼らの様子から、そこにいる誰もが、何が起きているのか分かっていないのだと相田は感じた。

――きっと、彼女達だ。

相田はそんな場面でも冷静だった。羽崎の周りを五人のＳＰが囲む。相田は外の通路に出てみた。そこにはＭＰ５Ｋ ＰＤＷやＭ４Ａ１ ＣＱＢ‐Ｒで武装した数人の警備員が、何者かを待ち構えているように立っていた。

――あんなもの、どこから持ち出したの？

その時、けたたましく鳴り続けるアラーム音に交ざり、警備員が叫ぶ。見るとエレベーターが降りてきて、Ｂ３で止まる。そしてドアが開き始めると、警備員達が一斉に身構えた。

――誰もいない！

その時、相田は背筋が凍りつくような感覚を覚えた。思わず振り向くと、そこには美少女が立っていたが、その美しさの中には、凍るような冷酷さが滲み出ていた。少女は一瞬、相田を見る。

――やられる！

そう思った時、少女の視線はエレベーターの前にいる警備員らに向いた。警備員達もそれに気が付き、銃を向ける。相田は彼らが発砲する直前に、羽崎のいる部屋に飛び込んだ。

パパパパパン！

フルオートの乾いた銃声が響いたが、一瞬の目もくらむような閃光で外は静かになる。その様子を見ようとした相田だったが、再び背筋が凍りついた。振り向くと、さっきの少女がいつの間にか、羽崎を取り囲むＳＰ達の前に立っていた。

――口元が笑っている……。

少女の表情を見た相田は、その時初めて、この場にいることを後悔した。

「わーっ！」

羽崎だけでなくＳＰ達も驚く。少女はＳＰ一人一人を相手にしながら倒してゆく。彼らが発砲するシグ・ザウエルＰ２２０の弾丸は、空砲のように虚しく音を立てるだけだった。

羽崎は相田に手を伸ばす。

「助けてくれ！」

その時、最後のＳＰが倒れた。そして、少女が相田の後ろにいる羽崎を睨むと、

「痛いっ！」

一言そう言い残して、一瞬で羽崎は倒れた。

少女は今や相田の目の前に来て彼女を凝視するが、何かに気が付いたような表情をして、姿を消した。

相田は傍で倒れている羽崎を見下ろす。外の警備員達のやられ方やＳＰ達の倒れ方、そして羽崎のそれは全て違う。ここにいる相田を除く者は全員、羽崎の忠実な部下。それは、マイクロチップを埋め込んでいる者達だった。それ故、チップの入っていない相田に気付き、少女は一瞬考えたに違いない。しかし、やろうと思えばすぐできた。そう感じた時、相田は自分が運良く助かったことが分かり、三たび背筋を凍りつかせた。そして、思った。

――あの少女は、楽しんでいた……。

◇　◇　◇

加戸市のシティホテルの一室に、彩花、朱里、風子の三人はいた。朱里は毛布をかぶり震えている。風子は窓から外の夜景を眺め、彩花は椅子に座ってただ壁を見ていた。風子が言った。

「あれは、何なの？」

「何だっていいじゃん。思い出したくない！」

そう言って朱里はまた毛布に潜り込む。彩花は手に持っている新しいＲＩＭＯを見た。

三人は、気が付くと波来未警察署にいた。そこでいろいろ訊かれたが、何も思い出せなかった。彩花の従弟の幸一がなぜ一緒にいるのかさえ分からなかった。電車に乗って加戸市に戻り、駅前のコンコースにいたところに、エキブルのマネージャーの河西がやって来て、新しいＲＩＭＯを三人に渡した。その瞬間、波来未の公園で起こった出来事が鮮やかに脳裏に蘇ってきた。

そして、河西に連れられてこのホテルに来た。一人ずつ部屋を割り当てられたが、今夜は三人とも一緒に過ごすことにした。とても一人でいられるような精神状態ではなかったからだ。けれど、それでもＲＩＭＯを持つとなぜか落ち着くことができた。

――私達は、何をしてるの……？

彩花の心には、そんな思いが芽生え始めていた。もう一度、彩花はあの公園の光景を思い出した。そして、そこで出会った元エキブルのメンバー、美都の顔が浮かんだ。

――なんて優しい顔をしてたんだろう。

クールビューティーが売り物のエキブルの中で、確かに美都は場違いなほどそれが似合っていない。そして、もう一人の女の子が問題だった。彩花達が手に持っていたＲＩＭＯを、一瞬にして消し去る力を持つ少女。美都とは違い、少しあどけなく、まだ大人になりきれていないようなその美少女の青い瞳が一瞬光ったのを、たった今の出来事のように思い出す。しかしそれを、怖いというより綺麗だと思ってしまう彩花。そして、格好いいとまで……。ここにきて、二人の美しさが際立って思い出されるばかりだった。

――魅せられてしまった……？

そんなことを思った彩花に、風子が声をかけた。

「彩花、どうした？」

「……あの二人、綺麗だった……」

「ちょっと、しっかりして！　どうしたの彩花！」

風子だけでなく朱里も、かぶっていた毛布から顔を出し心配そうに言う。

「どうかなっちゃったの？　彩花ちゃん……」

「大丈夫、なんでもない」

そう言って彩花は立ち上がり、持っていたＲＩＭＯをポケットに入れた。その時、ＲＩＭＯが光り、三人に命ずる。

――十階の一〇〇一号室に行け。

その言葉を聞いた風子と朱里はすぐに部屋を出ようとしたが、彩花はなぜか動かなかった。それはまるで、ＲＩＭＯの言っていることが聞こえなかったようでもあった。

「彩花！」

風子が呼ぶ声でやっと我に返り、彩花は二人のあとをついていった。

一〇〇一号室は最上階にあり、このホテルで一番豪華なスイートルームだった。十階に着いた途端、三人はここが自分達にとって場違いな所だとすぐ分かった。赤いフワフワの絨毯の廊下を歩き、一〇〇一号室のドアの前に立つ。ＲＩＭＯを通して頭に声が響く。

——入りたまえ。

三人は顔を見合わせたが、彩花が勇気を出してドアを開けると、風子と朱里もあとについて入っていく。何かに呼ばれるように奥に進むと、パノラマビューの大きなラウンジのような部屋に着いた。そこで初めて人間の姿を見る。

「さあ、ここへ来て座って」

そう言ったのは河西だった。三人は言われた通り、十人は座れそうな大きなソファーに腰を下ろす。しばらくすると二人の少女が現れたが、その顔を見て三人は驚く。それは、エキブルのメンバーの零若と染亜だった。小顔に切れ長の瞳がクールな感じを一層強める。いや、クールという以上に冷たい感じ。でも、それがエキブルの人気の秘密だった。そして、エキブルは五人とも腰まであるロングヘアだが、醸し出される雰囲気はそれぞれ大きく違う。中でも、やはりリーダーの音夢のクールな印象は格段に強い。

零若と染亜は、彩花達三人の座っているソファーの左右に分かれて立った。それは、左右を塞いで逃げ出せないようにしたのだと彩花は感じたが、風子や朱里は本物のエキブルメンバーを前にして舞い上がっている。

——なんだろう……この嫌な感じ。

彩花はその違和感を、スイートルームに入ってからずっと感じていた。置き時計を見ると午前二時半を指している。「丑三つ時」という言葉が頭の中に走り、彩花は思った。

——お化けが出る時間だっけ？

そこへ別の二人がやって来たのを見て、彩花は心の声で言った。

――ほら、出た……。

先に歩いてきたのは未亜だった。彼女は三人の正面のソファーに座り、もう一人は窓の傍に立ち、背中を向けたままだった。それはきっと音夢だろうと彩花は思った。彼女からは、他の三人とは違う圧倒的な何かを感じる。

「昼間はご苦労さま」

未亜が口を開いた。彩花達はＲＩＭＯからの指示通りに美都を見つけ、一瞬だがスキャンすることに成功した。しかし、未亜はこう言った。

「それが、送られてこなかった」

「あの……、確かにスキャンしました」

と風子が言うと、朱里も頷きながら続いた。

「そうです。でも、そのあと、もう一人の女の子が現れて……」

その後の成り行きは既に河西に伝えてある。

朱里があの公園での出来事を思い出し、顔を伏せて怯え始めると、彼女の背中を風子がさする。

未亜は彩花に目を向けた。

「美都は元メンバーですよね。あの子に何があるんです？　スキャンして何が分かるんですか？」

彩花の質問に、未亜は表情一つ変えないでジッと彼女を見つめていた。それはほんの四、五秒ぐらいだったが、彩花には十分ほどの時間に感じた。

「私達は、世の中を変えたいと思っているの。あなた達は少なくともSNSなどのネットがらみのことで苦しんだはず。言われなき誹謗中傷。国も具体的対策をできないでいる」

未亜の話は続く。無秩序なネットなどのない世界を実現し、住みやすい社会を目指す。そのため、ライブを通して多くの人達にその理念を理解してもらい、共感してもらうのだ、と。彩花はひるまずさらに質問する。

「住みやすい社会？　それは、どんな？」

「私達が本来持っている力で、人間の本来あるべき姿。ネットなどに頼らず、自らが情報処理をする能力を育む社会」

すると今度は風子が尋ねる。

「情報処理能力？　コンピューターみたいな？」

「その通り。人間の能力はそこまで高めることができる」

未亜の言葉を聞いて、彩花はとても非現実的だと思った。

――どうやっても、人間がコンピューターに勝てるわけがない。

そう思った時、河西が彩花達の前のテーブルにＲＩＭＯを置いた。

「これは、みんなが持っているのと同じ物だ。特別にその中身を見せてあげよう」

河西はそう言って、継ぎ目もないはずのＲＩＭＯを、まるで蓋でも開けるかのように簡単に開いて見せる。彩花達はその中身を見て驚いた。

「何これ⁉」

そこには赤いゼリー状のものが入っていた。

――こんなもので、どうしてあんな機能があるの？

当然、彩花はそう思った。

「これは、液体化された電子だ。一種のチップのようなもの。電源のようなものは一切必要ない」

と河西は説明するが、彩花にはとても信じられなかった。これは見せかけだけで、本当の中身にはスマホのように基盤が入っているのだろう、と。しかし河西は、稼働する時には液体電子が赤く光るとも言った。

――私の声が聞こえる？

「ええっ！　どうして⁉」

彩花達は驚きの声を上げた。それはＲＩＭＯを持ってからは普通に経験してきたことだったが、今のはＲＩＭＯが反応していないのに、自分達の頭に話しかけてきたからだった。その声は目の前に座っている未亜だった。彩花は怖くなり始めていた。

「今のは俗にいうテレパシーのようなもの。訓練さえすれば誰でも身につけることができる」

と未亜が彩花を見て言う。その時、彩花は自分の思っていることが読み取られていると感じた。

その瞬間、未亜の口元が一瞬だが笑った。

――やっぱり……。

「このＲＩＭＯは、君達の能力の向上を助ける。これを渡された者は、選ばれた者なんだ。自慢してもいい」

そう言いながら河西は、ＲＩＭＯを手に取り、蓋を閉じて再びテーブルに置いた。そして話を続ける。

彩花達のようなエキブルのファンは、誰もがその能力を持つことができる選ばれた者。ＲＩＭＯはその能力の向上を手助けすると同時に、今回のようなエキブルからの指示を伝える役目も持っていると言う。未亜がそれに続く。

「私達と一緒に、世の中を変えよう」

「はい。頑張ります」

風子と朱里がそう答える。彩花は二人の顔を見た。その顔は先ほどまでと違って、何かに憑りつかれたような表情だった。

——暗示にかかっている。

二人の様子に異変を感じた彩花は、咄嗟に二人に合わせ、同じ返事をした。しかし、未亜は彩花から目を離さない。その時、誰かが部屋に入ってきた。それは子真だった。彼女が黙ったまま未亜の傍まで来ると、未亜の顔が驚きの表情に変わった。零若や染亜も同じように驚いている。彩花はそれを見て、自分達には聞こえないようにテレパシーみたいなもので彼女達が話しているのだと思った。

——何かあったんだ。

その時、彩花は突き刺すような視線を感じた。視線を正面に向けると、未亜が彩花を凝視して、今までにはなかった強めの口調で言った。

「彩花さん、あなたの従弟にそのＲＩＭＯを渡してください。そして、もう一度、美都に会ってスキャンしてください」

「どうして彼女のことがそんなに気になるんですか？　従弟にこれを渡してどうするんですか？」

勇気を振り絞り訊ねると、未亜はこう答えた。

「美都は裏切ったの。ＡＩによる人類の征服に手を貸している。だから倒さなければならない」

美都のあの優しい顔を思い出すと、とてもそうは思えなかった。むしろ、ここにいるエキブルのメンバーの方がそうではないかと思った。その思いがつい口から出た。

「でも、倒すほどじゃ……」

「美都は今や仲間を増やした。その仲間はＲＩＭＯを一瞬にして消し去る力を持っている。その方が人間にとって脅威じゃない？　彩花さんの従弟は二人のクラスメイト。傍で監視して、情報収集を頼みたいの。だからそれを渡して欲しい」

未亜が彩花だけにそう言った。その時、誰かがいつの間にか彩花の横に立っていた。彩花が驚いてそちらを見ると、そこには音夢の姿が。彼女はＲＩＭＯを介さずに彩花の頭の中に直接話しかけてきた。

――渡すの、絶対に。

音夢は彩花を見下ろしながら見つめる。いや、睨んでいるようだった。

彩花は一瞬で怖くなり、体が震え始め、意識が遠のいていった。

◇　◇　◇

「そうか、羽崎はやられたか」

内閣官房長官の笹井は、そう言って深々とソファーに座った。

「生き残ったのは警視庁の相田警部だけです。彼女は捜査チームの一員で、今回、女好きの羽崎に会わせ、直接情報収集をさせせました」

警視総監の所が報告すると、それに自衛隊統合幕僚長の持田徹が続く。

「DIOを隠れ蓑に、当時そんな開発が進んでいた。それでA5ができたことが分かった」

「そうだ、A-TECではなく。ところで、自衛隊内の対象者はどうなった？」

外務大臣の長浜が持田に訊く。持田はそれにも迅速に答える。

「把握しています。命令があり次第、拘束できます。もし何かあれば、特殊作戦群も最終的には投入できます」

「今回は、その何者かに感謝しなくてはな。羽崎が信頼の置ける自分の仲間に警護させたおかげで、まとめて一掃することができた。この騒ぎを機会に、彼と関係のある他の対象者を早急に拘束しろ。そして、DIOの関係者も」

笹井が命令すると所が訊き返す。

「相田警部はどうします？」

「唯一の目撃者だ。まだ利用価値がある」

と長浜が答える。彼らはまだエキブルのことを相田から知らされていなかった。というか、彼女は故意にその存在を報告しなかった。相田が、閉じ込められた施設から助け出されたのは、事件後三時間ほどが経った日曜日の午前六時頃だった。エキブルによって全ての電子機器は消失し、記録はどこにも残っていなかった。そのため、生き残っていた相田だけが情報源になっていた。

彼女は持ち前の気丈夫さで、普通の人ならば気が狂うだろう環境下で、三時間も一人で耐えていた。そのことから逆に笹井達は、その何者かが相田を助けたのではないかと考え、次のようなことを言った。

「しかし、これではっきりしたな。その何者かは我々の味方だと」

「その通り。その何者かを利用すれば、アメリカだけでなく中国にも勝てる」

長浜のその顔には、今や余裕すら見られる。

「早く捕まえるんだ。その何者かを」

笹井は所に命令する。その時、所は思った。

――彼らは本当に味方なんだろうか……？

◇　◇　◇

日曜の朝、黒川は波来未駅で幸一を拾い、車を加戸市に向かって走らせた。イベントの行われる加戸市のショッピングモールに着いた頃には、既にエキブルのファンや一般の客がかなり集まっていた。時間は午前八時。黒川は車を駐車場に止め、しばらくは会場を下見する。会場のあるショッピングモールはA、B、Cの三つの建物からなる。それらの建物は三角形のデザインに配置され、その中心には観客が二千人以上収容できるステージがある。しかも、屋根は移動開閉式の全天候型だ。

黒川が下見を終えると、そこに幸一がエキブルの出演予定を調べて帰ってきた。

「黒川さん、分かったよ」

「どうだった？」

「出演は午後一時からになってます。五曲ぐらいやるって。で、前乗りしてるみたい。来るのは当日でも間に合うのに……」

幸一のその言葉に、黒川は訊き返す。

「それは、どこのホテル？」

幸一はニヤッと笑って答える。

「そう来ると思ってた。加戸オーシャンホテル。この街で一番大きいシティホテルで、そこのスイートルーム、一〇〇一号室」

それを聞いた黒川は微笑む。そして、少し幸一を頼もしく思い始めていた。

――なかなかやるじゃないか。

黒川はしばらく様子を見ることにした。エキブルが行動を起こすのは、イベントの前か後か。また、小愛や美都がどう動くのか。そして一番気になったのが、エキブルが小愛や美都の能力を知りたがっているとすると、双方がぶつかるとどのくらいの戦いになるのかということだ。三枝から聞いた話が本当なら、小愛が少しでもその力の使い方を誤れば、この地域だけの被害では終わらないだろう。そして生き残るのは、エキブルと小愛、美都だけに違いないと考えていた。それ故、エキブルが威力偵察のようなことだけはしないで欲しいとも思った。

――全く迷惑だ。少しは普通の人間のことも考えてくれよな。

そう思いながら黒川は幸一に訊いた。

「きのう、公園では美都は何をしたんだ?」

「あの時は、小愛しか攻撃しなかった。美都は何もしてないと思うけど……」

幸一は考え込む。そして何か気付いたのか、こんなことを言った。

「僕らは一瞬にして記憶がなくなって、恐怖だけが残った。もしかしたら、美都は精神面の攻撃もするんじゃないかな?」

それを聞いて黒川は、凄く道理にかなっていると思った。小愛が攻撃し易いように、美都がカバーする。つまり守る。そして、精神的なソフトの面で美都はその力を使う。まさに攻守ががっちりタッグを組んでいる。

――二人がまともな少女であってくれ。でないと、世界中どこにも逃げる場所がなくなってしまう。

黒川は三枝から聞いた美都のことや、幸一から聞いた小愛の話を信じたい気持ちでいっぱいになっていた。

時間は午前十時になった。会場ではイベントが始まったが、エキブルの出番までにはまだ時間がある。空は晴れていて、会場上の可動式屋根は開かれている。黒川と幸一はステージ全体が把握できるBブロックの建物の屋上に陣取った。

「これからどうするの？」

そう訊く幸一には、別段緊張している様子はない。それを見て黒川は思った。

——人は、経験すると強くなるな……。

実戦での一週間は、訓練の六か月に匹敵するという。あの公園で、幸一はある意味、実戦を経験したのだ。いざとなると自分の方が怖気づくかもしれない、と黒川は思った。

一方、幸一はずっと考えていた。あの公園で起きた出来事は、どう考えても人間のやったことではない。彼の心の中に芽生え始めた恋の相手は、もしかしたら人間ではないかもしれない。それでも、小愛のあの顔が忘れられない。そして、あの声が頭から離れない。

「伊崎君、落ちてたよ」

小愛への気持ちは、もはや完全に恋と言ってよかった。そして、思った。小愛が何者であっても受け入れようと。

「ねえ、黒川さん、小愛や美都は何者なの？」

黒川はぼんやりと屋上の給水塔を眺めていた。そして、幸一がいつかはそのことを訊いてくるだろうと予想していた。黒川は幸一に訊き返す。

「勇気はあるか？　本当の話を聞く勇気」

「……はい」

黒川は今、日本で起こっていることを幸一に聞かせた。それはＡＩの話から始まり、エキブル誕生の話。そして、美都や小愛のこと。さらに三枝から聞いたことを詳しく話して聞かせた。それは国家機密にも匹敵する重要なものだ。

「ダークマター……。小愛はそれでできている……」

幸一は黒川の話が終わると、そう呟いた。しかし幸一は覚悟していたのか、大きなショックを受けた感じはなかった。それよりも、真実を知ってより強い意志を持ったように黒川には見えた。その時、黒川は人の気配を屋上の出入り口の方に感じた。

「ここにいろ」

幸一にそう言うと、黒川は警戒しながら出入口の方に向かう。

壁の陰からそっと顔を出し、ドア付近を確認すると、そこには彩花、風子、朱里が立っていた。

黒川は周りの状況を確認する。すぐ傍にある給水塔へと続く階段には誰もいない。大きな看板の後ろや、電気室の建物の方にも人影はない。

――どうしてここへ？

なぜ彩花達がここに来たのか、その理由を考えた。そして、出た答えは一つ。

――命令されたんだ。エキブルに操られている。

それならば、見つかったら危険だと思い、すぐにその場を離れた。

「どうかした？」

幸一は黒川の緊張した顔を見て、只事ではないと感じた。

「説明はあと。さあ行こう」

黒川は荷物を持つと、幸一を連れて彩花達の反対側に回ろうとした。しかし、他にはどこにもドアが見当たらない。

「くそっ！　ついてない」

その時、幸一が言う。

「僕が囮になるよ。きっと彩花達は、僕がここにいることを、あのＲＩＭＯで調べて分かったに違いない」

危険だが、それしかないと黒川も思った。

「いいか、まだ洗脳が解けてないように振る舞うんだ。隙を見て俺が突破口を作る」

幸一は頷いて、ドアの前に立つ彩花達の方に向かって歩いていった。

——彩花達は洗脳されている……。

彼女達の表情が、以前よりも非人間的なものに見受けられた。それに合わせて、幸一も必死に演技をする。死ぬほど怖いはずなのに、なぜか冷静でいることができた。

——なぜだろう？

そんなことを考えられるほど、どこかに余裕があった。彩花達は幸一に近づく。すると、

「幸一くん、これを受け取って」

と彩花がポケットからＲＩＭＯを取り出す。しかし心の中では、

——ダメ、受け取っては！

彩花はそう叫んでいた。あの時の音夢の思念が彩花の体を支配している。言わば操り人形だ。音夢は洗脳にかかりにくくなった彩花を、強制的に支配していた。幸一は手を差し出し、ＲＩＭＯを受け取ろうとする。

——ダメ！　受け取ったら……！

彩花は精一杯、心の中で叫ぶ。その時、何かが体を貫いた気がした。その瞬間、自由が利くようになり、反動で立っていることができなくなって、思わず跪く。そして過呼吸に似た症状が現れる。苦しがる彩花を見て、幸一はこれ以上、洗脳にかかっている振りをすることができなくなった。

「彩花ちゃん、大丈夫⁉」

しゃがみ込み、彩花の背中をさする。その時、風子と朱里が幸一を押さえにかかった。

「なんだ！」

女の子とは思えないその力に、もはやこの二人がただ操られているだけの人形になっていることが分かった。そこへ黒川が二人を押しのけ、彩花と幸一を助けようとする。

「なんだこの二人、凄い力……っ！」

さすがの黒川でも、助け出すのに一苦労するほどだ。三人に迫る風子と朱里の姿を見て、彩花は叫んだ。

「やめて！　風子！　朱里！　目を覚まして！」

その言葉に、二人は立ち止まる。その時、黒川達の背中が凍りつくような感じがした。振り返ると、給水塔の階段にエキブルのメンバー達が立っていた。

「いつの間に！」

黒川はそう言うと、幸一と彩花を連れて電気室の前まで行こうとする。しかし、そこには染亜と子真が回り込んでいた。黒川は持っていたグロック17を脇のホルスターから取り出して呟いた。

「信じられん、今、階段にいたのに……」

「それで、どうする？」

未亜がそう言いながら階段から下りてきて、黒川達の方にゆっくりと歩いてくる。

「無駄よ」

今度は後方にいた染亜が言った。そして子真が、

「やっちゃっていい？」

と言うと、黒川は銃口を子真に向けた。それを見て彼女は笑う。

「勝てると思ってんの？」

「分からんさ、やってみないと」

その言葉に、子真は楽しそうに言った。

「あなたの仲間には手を出さなかったよ。もっとも、彼女からあなたの情報を得た。だから、生かしておいてあげた。少しはお礼を言ってよ、黒川喜一さん」

「なんだって⁉　それはもしかして……」

黒川の頭に相田の顔が浮かんだ。

「彼女に何をした！」

冷静さを失った黒川がトリガーを引こうとするが、動かない。急いで安全装置を確認するが、解除されている。

——どうなってるんだ⁉

そう思って子真の方に顔を向けると、彼女は言った。

「ムダ」

その表情は凍りつくように冷たかった。さすがの黒川も、

——もうこれまでか……。

と思った時、一瞬、青白い光が周りを包んだ。それは淡く優しい感じがした。この極限状況で、体がふわりと気持ち良くなるように感じた。

——これは……、そうか、これが美都か……。

光が消えると、ミニスカートから伸びたしなやかな美しい脚が黒川達の目に飛び込む。そこには美都が立っていた。彼女は三人を見ると優しく微笑む。その美しい青い瞳が一際印象的だった。

そして、美都は子真の方を向く。すると子真は驚き、少し後ずさる。染亜がそれに代わって前に出てきて、美都を睨みつけた瞬間、再び青白い光が美都を包む。

「美都、少しはできるようになった？」

染亜がそう言って、もう一度美都を攻撃しようとすると、零若が割って入る。

「私が相手」

その声に美都は振り返る。今や双方から、いや四方から美都や黒川達は狙われていた。しかし美都には余裕がある。黒川にはその意味が分かった。

「もう一人は来てるのかい？」

黒川のその一言に、美都は頷き微笑む。その時、未亜の後ろにいた音夢が前に出てきた。そして美都を見つめて話しかけた。それは黒川達には聞こえない声だった。

――美都、久しぶり。

――随分荒っぽいことするんだ。

――何がいけない？　彼らは滅ぶべき運命。

――誰が決めたの？

――私達だ。それ以外に誰がいる？

「一体、何をしてんだ？」

黒川からは、美都と音夢は睨み合っているだけのように見える。彩花が言った。

「一種のテレパシーで話してる」

美都と音夢の話は続く。

――私達はそんなの嫌よ。

美都の言葉に、音夢は笑い、言い放った。

――相変わらず甘ちゃんだ。お前も滅ぶべき運命だ。

――運命は私達が決める。

その時、美都が真剣な表情に変わる。音夢はその変化に気が付いた。

――お前には仲間がいるな。それが強気の理由？

音夢がそう言った瞬間、彼女の背後から声がした。

――ビンゴ！

音夢は瞬時にその場から飛び退いた。

「来たっ！」

黒川が言う。美都と同じように、ミニスカートからすらっと伸びた美しい脚が目に入った。それは、小愛だった。

エキブルの五人は今や一塊に集まった。それは、小愛の登場に驚き、一種の恐怖を感じている証拠だった。まず子真が飛び出し、小愛に向かって、先ほどとは明らかに違う、手を使った攻撃を仕掛ける。目には見えないが、何かのエネルギーがあることには間違いない。子真が至近距離でそれを放つと、再び青白い光が小愛をガードする。

今度は小愛が攻撃する番だった。足元から、また壁から、そして空から、青白い光のレムノイーノが無数に現れ、レムノアロンを呼び寄せ小愛の所に寄ってくる。彼女の掌で光はくるくると回りながら徐々に凝縮されてゆき、レムノ集束光ができた。その時、小愛の青い瞳がより一層強く光った。それを見たエキブルの五人は身動きできなくなった。

「小愛、ダメ！」

美都が止める。小愛の掌からレムノ集束光はいつの間にか消えていた。そして、見渡せばエキブルの五人や風子と朱里の姿もなかった。小愛が言う。

「逃げ足も速い！」

何が起こっていたのか分からない黒川達は、呆然とするしかなかった。そこへ誰かが声をかける。

「大丈夫ですか？」

「あんたは？」

疲れ果てた声で黒川が訊く。

「私は島田です。あなたは黒川さんですね、元公安の……」

しばらくすると幸一と彩花も落ち着きを取り戻してきた。黒川はそんな二人を見て一応安心した。そして、島田に顔を向け質問をする。

「あの子達はどうなってるんだ？　美都のことは三枝教授から聞いているが、もう一人の、小愛という子は……」

島田はこれまでの経緯を話して聞かせた。黒川はずっと黙って聞いていた。

「そうか、小愛にはそんなことがあったのか……」

「そう。普通の子なら気が狂うかもしれない。何しろ自分は人間だと思っていた訳だから。まさか自分が素粒子だなんて……」

島田の話を聞いたあと、黒川は離れた所にいる小愛をジッと見つめた。美都は自分から望んでコアミノームと相互作用をした。しかし、小愛の場合は最近までそのことに気が付かなかった。

「それでも、天真爛漫な女の子ですよ、小愛ちゃんは。そして美都ちゃんは、知っての通り優しい」

と島田が二人を見やる。黒川は単刀直入に尋ねた。

「ところで、あの波来未丘陵の研究所で、何があった？」

「隠す必要もないか。あそこには――」

そう言って島田は、まだ小愛や美都も知らないことを黒川に話し始めた。

波来未丘陵に研究所を作った狙いは、その地下にある得体の知れない〝何か〟の解明のためだった。それは戦時中に当時の陸軍の研究者が発見し、のちに海軍も加わり調査が始まった。しかし、終戦とともにその事実は極秘に処理され、ＧＨＱでさえその存在を知らなかった。だが、戦後も一部の学者がその研究を続けていた。その学者は普段は大学教授をしており、その教え子に小愛の父親、つまり神名幸太郎や三枝清吾がいた。そして政府は二十年前、極秘に波来未丘陵を調査、研究所の設置を決めた。そのことは、当時の政府のごく一部の者しか知らない。

「今、それを知っている者は？」

「もういない。ほとんどの関係者が行方不明だ」

そこまでして政府が隠したかった物とは……？　黒川はますます興味がわいた。島田は話を続ける。

政府からの要請で、神名をはじめ数名の学者が研究所に集められ研究調査を始めた。島田はその時、神名の助手として参加する。島田は神名の教え子で、大学卒業後も研究室に残っていた。そのため、神名にとっては誰よりも信頼がおける人物だった。研究の結果、神名は波来末丘陵の下にある物の正体を知る。それは当初ダークマターと思われたが、全く異質の物だった。意思を持つその反物質の素粒子は、コアミノームと自らを名乗り、神名は素粒子生命体と称した。

「反物質……」

黒川もその言葉ぐらいは聞いたことがある。

「そう。我々の世界は物質でできている。その反対の物質だ」

と島田は言う。もともと、ビッグバン以降、物質と反物質は均等に存在していた。しかし両者は衝突すると大爆発を起こす。それが宇宙全体で起こり、なぜか反物質だけがその姿を消してしまう。それは、別のどこかに潜んでいると言った方がより正しい。現在でもこの世界に存在するが、あまりにも数が少なく発見ができない。雷が大量の反物質を作ったり、加速器によって作ることも可能だが、安定して存在している訳ではない。さらに、物質と反物質は出合えば必ず衝突するわけではなく、互いに上手くすり抜けている。島田の言葉を聞いて、黒川はさっきの話を思い出す。

「じゃあ、小愛や美都は反物質なのか?」

「その通り。二人のコアミノームは反物質。だからそれを遮る物が必要だった」

「それが、人間の体……」

島田は頷く。あの波来末丘陵の中は反物質の世界であり、コアミノームがいる。それ故、中の反物質が飛び出すと、その結果はどうなるか……。黒川は想像しただけで怖くなった。

「しかし、それ以上のことが起こる」

島田のその一言に、黒川はこれ以上怖いことがあるのかと思った。

波来末丘陵の中は、反物質の宇宙に繋がっている。つまり、あの丘陵地に穴でも開けば、ブラックホールのようにこの宇宙を呑み込むか、もしくは宇宙が消滅する。それをコアミノームから聞いた神名や島田は、早い段階で危険性を知り、政府に知られないように二人は行動に出た。

「……自ら研究所に火をつけたのか」

黒川の言葉に、島田は頷いた。

「そのことを、小愛は？」

「たぶん、薄々感じ取っていると思う。あの波来末丘陵の中に入った時から」

黒川は驚くことが多過ぎて、もはや慣れてしまった。

「あの丘陵の中に入る？　入って何をするんだ？」

「小愛ちゃんと美都ちゃんの訓練。二人にその力の使い方を習得させないと、宇宙が消えてしまう」

と島田は微笑む。黒川は再び小愛と美都の方を見やった。

「もうっ、危ないって言ったでしょ！」

美都が注意すると、小愛が言い返す。

「だから、冗談だって。本気出してないもん」

じゃれ合うように言い合いをするその姿は、どこにでもいる少女達だ。そのことに黒川はホッとした。

「ところで、黒川さんはこれからどうするんです？」

島田に訊かれ、その瞬間、黒川は相田のことを思い出した。

「東京に帰る。まだやることがいっぱいあるんでね」

「黒川さん、相田さんは無事ですよ」

「どうして分かるんだ？」

その問いに、島田はＮＩＭＯを見せる。黒川は三枝から聞いたことを思い出した。

「そうか、君にはそれがあるんだ。たしか君が作ったオリジナルってやつか」

「東京はエキブルやＡＩの巣窟。ＡＩならまだしも、エキブルという厄介な方に正体がばれている。危険ですよ」

「分かってるよ。でも行かなきゃ」

すると島田が、幸一と彩花の持っているＲＩＭＯ——今やその機能を停止しているが——を渡すように言った。島田がそれを手に持ち、目をつぶって意識を集中させると、ＲＩＭＯが輝き、機能を回復した。

「どうなってるの？」

彩花が狐につままれたような表情をした。

「島田さんは、ＲＩＭＯのオリジナルを作った人だ」

黒川はそう言ったが、しかし彼にも疑問があった。ＲＩＭＯはエキブルのもの。その機能回復は、敵に知られることを意味する。

「大丈夫、中の液体電子は死んでます。それにレムノイーノを入れ、機能を回復したから」

島田はそう言って黒川に差し出した。レムノイーノは中の液体電子にウィルスのように入り込み、その機能を回復させる。そしてコアミノームとの連携で、限定的ながら意思を持ち、ＮＩＭＯに近い機能を有するようになる。

「これを持っていれば、我々との連絡をいつでも取れるし、必要であれば周りのレムノアロンも協力してくれる。きっとあなたを守ってくれる」

それを聞いた黒川は島田からＲＩＭＯを受け取った。

「彩花ちゃん、君はどうする？」

黒川が彩花に訊く。彼女が洗脳から逃れることができたのは、波来未丘陵が近くにあるということだけではなかった。黒川は幸一の場合を思い出した。小愛に恋をした彼は、その想いがＲＩＭＯの洗脳を防いだ。美都の場合も、優しい心がＲＩＭＯの洗脳から逃れる力になった。では、彩花の場合は？　黒川はそっと彩花の耳元で訊く。

「誰か好きな人ができたのかい？」

すると彩花は顔を真っ赤にして美都の方を見た。そして気丈にもこんなことを言った。

「私も東京に帰る。朱里や風子を取り戻す」

「いや、今はダメだ。危険が多過ぎる。もしあの二人の力を借りたら、助けることはできても東京は破壊されるよ」

黒川は彩花にそう言い聞かせた。島田も彩花に言った。

「その通り。今回の件で、しばらくはエキブルも動きにくくなった。自分達との力の差が歴然としたからね。時期を見よう。その間にあの二人の訓練もさらにできる」

「そうだよ、彩花ちゃん。波来未の僕の家にしばらくいればいい」

幸一がそう言うと、機能回復させたＲＩＭＯを島田が彩花に手渡す。

「それを持っていれば、周りが気が付かない間に、君は波来未高校の二年生になっているよ。伊崎君の実家の人達も、君が下宿していることを疑わない」

その言葉にやっと決心がついたのか、

「そうですよね、そうします。でも、東京に乗り込む時には私も連れていってください。約束してください」

彩花の顔からは強い意志が読み取れた。

「伊崎君、君にも身の危険性がある。あとで同じＲＩＭＯを渡すよ。持っておくんだ」

島田はそう言うと、風子と朱里が落としていったＲＩＭＯを拾った。

「よし決まった、俺は東京に帰るよ。いや、向かうよ。あそこは敵地だからな。島田さん、君もこの子達や、あの問題児の二人の教育を頼むよ。時が来たら必ずエキブルやＡＩは動き出す。その時に備えて、我々も動こう」

黒川の言葉に、いつの間にか小愛が右隣にいてこう言った。

「誰が問題児？」

「すまん、いきなりはやめてくれ。心臓に悪い」

小愛の顔を間近で見た黒川は、その吸い込まれるような美しさに心臓が止まりそうになった。

「そうよ、私は少なくとも問題児じゃないわ」

と今度は美都が左隣で言う。美都も同じように美しい。その時、黒川は三枝のことを思い出し、ポケットからある物を取り出して美都に渡す。

「君に、三枝教授が渡してくれって。そして、すまないことをしたと伝えてくれって」

美都が受け取った物は、黒川があの部屋で見つけた、三歳の美都の写真が入った小さなフォトフレームだった。美都はそれをジッと見つめ、そして黒川に訊いた。

「教授は今……」

「まだ生きている。だが、いつエキブルに……」

黒川の言葉に、美都はフォトフレームを胸に抱きしめ、泣き始めた。事情はどうあれ、彼女にとっては三枝が育ての親なのだ。

――会いたい……。

美都の心の声は、そこにいる全員の頭の中に聴こえた。小愛がそんな彼女を抱きしめる。美都は小愛に抱き付き、子供のように声を上げて泣いた。

あれほどの騒動があったにもかかわらず、エキブルはその後、何食わぬ顔でイベントに出演し、東京へ帰っていった。それを見届けてから、黒川も東京に向かうため車のドアを開ける。その車を見て島田が懐かしそうに言った。

「セリカ2000GT。通称、ダルマセリカ」

「よく知ってるじゃないか」

島田が車好きと知ると、黒川は嬉しくなった。

「祖父が乗っていたのを、小さい頃見てました。懐かしいな～」

島田はボディーを見渡す。

「今度、ゆっくり車談義でもしよう。じゃあ、世話になった。みんなを頼むよ。何かあったら連絡を」

黒川がそう言って乗り込もうとすると、島田が何かを差し出した。それはさっき回収したＲＩＭＯだった。同じように島田が修復して、もう一つ彼に渡したのだ。

「相田さんに渡してください」

黒川は頷く。

「ありがとう。ところで島田さん、君も中身は……」

今度は島田が頷き、

「そう。相互作用をしている」

と言って微笑んだ。黒川も微笑み、車に乗ると東京に向かった。

# Ⅲ

# CHAOS

――どれくらいの人が、この闇の中で泣いているのだろう……。

自分は決してロマンチストではない。しかし、時にそんな気持ちになることもある、と音夢は思っていた。それが今だった。眠らない街の、AIに家畜化された人間達を排除し、星空が包み込むような世界を早く実現したい。そのためここまでやってきた。そして、いざ行動の時期を迎えたと思った矢先に、今日の出来事で出鼻を挫かれた。

エキブルの五人はそれぞれ役目がある。リーダーは音夢で、サブリーダーは未亜が務める。中でも音夢の力は突出していた。そして、冷酷さも。全体の指揮をするだけでなく、攻撃も守りもできるオールラウンドプレーヤーだ。

未亜は冷静沈着で、音夢に次いで実力がある。行動を起こす時は、RIMOを持ったファンに彼女が指示を出し、誘導することになっている。

零若は五人の中では一番大人しいが、攻撃力だけ見ると未亜に並ぶ実力がある。

染亜は、冷静さでは未亜に次ぐ者だ。攻撃は、密かに相手を倒すことを得意としており、その実力は音夢も認めていた。

子真は五人の中では末っ子のような存在だ。勝気で気性が荒いという傾向は、攻撃の仕方を見ても分かる。楽しみながら相手を倒すというその冷酷さは、音夢に次ぐ。

行動を起こす時は、まずRIMOを使って未亜がファンに指令を出し、そのファンがRIMOで、あらかじめ決められた対象を攻撃する。零若と子真は、警察や自衛隊などのハード面を攻撃。

染亜は要人の暗殺。そして音夢は、対ＡＩを軸として、全体を支援し、不測の事態への対処をするのだった。

――美都……。

音夢は美都を思い出していた。もし彼女がいれば、守りを美都にさせ、自分は思い切って攻撃に参加できた。美都一人で他の四人の役割を全てしてしまえるほどの力を持っていた。小さい頃、あの八王子の施設で、音夢は美都の力の凄さを垣間見たことがある。

七歳の時、美都が大切にしていた花壇を音夢が踏み荒らしたことがあった。その時、美都が初めて怒り、何もせずにただ音夢を睨んだだけで数メートル吹っ飛ばした。まだＲＩＭＯによる教育は始まっていなかった頃だ。美都の秘められた能力は、ごく幼い頃から備わっていただけに、この計画を遂行するには必要なメンバーだった。

しかし音夢にとっては、同時に自分の座を脅かす存在でもあった。美都の人格は他のメンバーに影響を与えかねない。実際、エキブルがメジャーデビューすることが決まった頃には、未亜や零若は美都にかなり感化されていた。そんな美都の存在を音夢は良く思ってはいなかった。そして、美都の様子がおかしいことに気が付く。自分達の目的を否定するような行動が、時々見られるようになってきたからだ。

音夢はある日、それを三枝に知らせた。その日から美都はメンバーから外され、検査され、軟禁された。検査の結果は音夢達には知らされなかったが、その後、スタッフの島田と一緒に施設を逃げ出し、行方をくらました。そして最近になって、関東の端の町、波来未市にいることが分かった。

美都の実力を知るために、ファンに調査をさせることを考えついた。そこで、波来未に従弟のいる彩花とその仲間が選ばれた。しかし想像以上の力を備えていた美都達にやられてしまう。しかも彩花の洗脳まで解かれてしまった。これまでも、一対一の戦いでも美都に勝てるかどうか分からない状態だったが、その美都がより力を増し、さらにもう一人、強力なパートナーを連れて現れたのだった。

——今のままでは勝てない。

音夢はそう思った。もう一人の少女の力の前に、一瞬だが自分達は動けなかった。それを思い起こすと、怒りがふつふつと音を立てて湧き出てくるようだった。


「あの辺を探ってみたんですが、やはり駄目です。何らかの力が働いている」

河西がエキブルの五人に言った。渋谷の道玄坂にある〈SONIC BASE〉の最上階に彼らはいた。音夢だけでなく他のメンバーにとっても、今日の昼間、加戸市でのイベントで起きた出来事は大きな衝撃だった。何しろ彼女達が今の計画を始めるようになってから、初めて味わう敗北と恐怖だったのだ。染亜が俯いて言う。

——なんなの、あいつら……。

——歯が立たなかった。それだけのこと。

未亜が呟いた。

——あの光は何？　あの子はどんな力を持ってるの？

零若が思い出して身震いをした。

——何よ、次は倒してやる！

みんなの弱気な言葉を聞いて、強気なことを言ったのは、メンバーの中でも一番勝気な子真だった。その子真の頭を、音夢がさすりながら訊く。

——東京で羽崎をやった時、なぜすぐに知らせなかった？　あの黒川のことを。

音夢の言葉に、さすがの子真も小声になり答えた。

——できなかった。何かに邪魔され、ホテルの部屋に入るまで……。

子真は東京で羽崎らを殺害したあと、前乗りで加戸市のシティホテルに入っていた他のメンバー達にすぐに状況を知らせようとしたのだが、まるで連絡が取れない状態だったのだ。

——きっとあそこは、彼らの縄張り。あそこには今、手を出さない方がいい。

と未亜が冷静に言う。音夢は窓際に立って外の夜景を見つめた。すると急に体が光り、ロングへアが風に吹かれたように舞い上がる。その時、彼方で何かが爆発したようだった。他のメンバーはそれを見て、音夢の怒りが頂点に達していると感じ、怯えた。ただ、未亜だけは冷静だった。音夢は自分に次いで強く、一番信頼している未亜に尋ねた。

——未亜、何か考えがあるの？

——美都と一緒にいた少女が何者かを調べる。そこから始める。ＡＩに対しては、これまで通り計画を進行することには何の問題もないと思う。

――あの少女に、何か心当たりでも？

音夢の問いかけに頷く未亜を見て、音夢はやっと怒りを抑えることができた。その様子を見ていた零若が訊ねる。

――ところで、あの黒川や相田、それに洗脳から解けた彩花という少女の処分は？

――彩花は彼らに保護されてる以上、手が出せない。しかし、彼女の友達は私達の手の中にある。それが利用できる以上、心配はない。黒川は既に東京に入っているだろう。

と未亜が冷静に答えた。そこへ河西が口を挟んだ。

「しかし、彼らが持っているであろう四台のＲＩＭＯには、何の反応もないです」

――おそらく何者かがＲＩＭＯを乗っ取って、黒川に渡した。

未亜のその言葉を聞いて零若が言う。

――じゃあ、厄介な存在になった。

――相田と言ったな、彼女と黒川はまだ接していない。彼女を消すんだ。厄介な存在になる前に。

音夢がそう言うと、

――私にやらせて。

と子真が立ち上がる。しかし音夢は首を横に振り、染亜の肩に手をやる。染亜は静かに頷いた。

◇　◇　◇

黒川は加戸市から車を走らせ、午後七時には都内に入っていた。行きと違って帰りは高速を使ったが、Ｎシステムや監視カメラにオービスの存在も気にする必要がなかった。ほとんどの車が自動操縦で走行車線を走る中、彼は思いっきりアクセルを踏み込み、追い越し車線で抜かしていった。途中、パトカーや覆面パトカーもいたが、黒川には気が付かない。おまけに高速代も払う必要なくここまで来れた。それも全て、島田から渡されたＲＩＭＯのおかげだ。

――凄いな、こいつの力。

そう思いながら胸の内ポケットに手を当てる。

黒川には今、戦うべき相手がはっきりと分かっていた。そして、守るべき相手も。ＡＩはどうにでもなる。問題は冷酷なエキブルと、分別のない愚かな人間達だ。エキブルは小愛と美都に任せることにしたが、情報はこちらからも島田に逐次送り、向こうと行動を合わせないといけない。一方、人間の方は自分達の仕事だと黒川は思った。

六本木のスクランブル交差点で足を止める。多くの人がスマホを覗き込んでいる。ここに来るまでのニュースでは、株価が謎の急落をして、仮想コインが一瞬で消滅。一部ではシステム障害によって電子マネーも使えなくなっているため、現金を持たない人達は、その支払いの手段をなくし途方に暮れている、ということであった。また、地方では職を求める人々の暴動も起こっており、そのどれもにＡＩの姿が見え隠れする。それでも人間はＡＩに依存し続ける。まるで自らＡＩに操られることを願っているように黒川には見えた。その時、こんなことが頭をよぎった。

――ＡＩ依存症、か。エキブルのやっていることが正解のように思えるな……。

しかし、小愛達の顔が浮かぶと、人間になぜか希望を持ちたくなる。どんなに愚かでも、助けないといけない。それはきっと、自分が人間としての尊厳に目覚めたのだと黒川は思った。

――ここか……。

黒川は赤坂のある建物の前にいた。ここには極秘で設置された捜査チームの本部がある。黒川にはこの場所は知らされていなかったが、ＲＩＭＯのおかげで簡単に発見することができた。そして今、ここの七階の会議室に相田がいることも把握していた。作戦を練る必要はない。ところが、黒川が正面から堂々と入ろうとした時、爆発音が新宿方面から聞こえた。周りの人々が驚き、ざわつき始める。警備員がそれに気を取られている間に、黒川はＲＩＭＯの力も借りて簡単に侵入できた。暗証番号や指紋認証、ＤＮＡ認証なども、ＲＩＭＯの前では無意味だ。監視カメラや赤外線センサーなどの警報装置も反応しない。

――これがあれば、スパイ映画は成り立たなくなってしまうな。

そんなことを考える余裕すらあった。七階に着いても、すれ違う誰もが黒川にお辞儀をしていく。その時、ＲＩＭＯが警告を発した。

――警報！　染亜！

黒川は咄嗟に、誰もいない個室に飛び込んだ。

相田は丸一日、この捜査本部に軟禁状態になっていた。それは、相田の言ったことを上層部が信じていない証拠だった。捜査本部長が言う。

「信じられんな、そんなこと」

「全くです、通常では考えられません」

と他の幹部達も口々に言う。そんなつまらない言葉を、もう何時間も聞かされていた。しかし相田は、どんなことがあっても、エキブルの正体だけは言わないと決めていた。

——こんな出来損ない達には言えない。

その言葉は、この上にいる政治家の誰かにも向いていた。その時、部員が報告に来た。

「大変です！　さっきの爆発は、新宿の都庁です！」

「なんだって！」

会議室がざわめき始める。

——ほら、また起きた。

相田は右往左往する部員達を見て可笑しくなった。そんな状況が五分ぐらい続いた時、けたたましくアラームが鳴った。相田はその瞬間、羽崎のことを思い出した。

——今度は、私……？

正体を見た自分をエキブルが消しに来たと感じると、相田は急に体が緊張して震えが止まらなくなった。

「なんだ！　どうした！」

廊下で部員達が叫ぶ。まだ誰もその正体を掴んでいないらしい。

――おかしい、あの少女だったら派手にやって来るはず。まるで殺しを楽しむように。ということは……違う奴⁉

エキブルは五人いることを黒川から聞いていた。

その時、一緒に会議室にいた捜査本部長達が、相田の後ろを見て驚きの声を上げる。それは悲鳴に近かった。相田は振り向く。

「誰！」

そこには初めて見る染亜の顔があった。彼女は周りで騒ぐ他の者には一切興味を示さず、相田だけを見ている。殺そうと思えばすぐできるはずだ。それなのに、なぜしない？

――そうか、探ってるんだ。黒川のことを！

相田は黒川が加戸市で、エキブルを怒らせる何かをやったのだと確信した。そして同時に、彼が無事なことも。

「まだ、何も知らないようね」

染亜はそう言って相田を睨みつける。すると相田の頭に割れんばかりの激痛が走った。

「きゃーっ！」

相田は悲鳴を上げて、頭を抱え蹲る。その時、部屋に黒川が飛び込んできて、躊躇なくグロック17を染亜に向かって二発撃ち込んだ。

「ウッ！」

染亜がよろめく。

「相田！」

黒川が相田に駆け寄り引き起こすと、彼女はすぐに意識を取り戻した。

「黒川さん……、どうやってここへ？」

「その話はあと。あのお嬢さんを相手にしないと」

相田が染亜を見ると、彼女は右腕を押さえながら立ち上がるところだった。

「少しは効果があるみたいだな」

黒川の言葉に相田も頷く。が、今度は染亜の番だった。彼女は一瞬にして二人の前に立ちはだかり、氷のような瞳で睨みつける。黒川が相田をかばいながらＲＩＭＯに手をやると、染亜からの攻撃に対する防御の青白い光が二人の体を包み込んだ。

――まだ生きてるか……。

黒川は自分と相田が無事なことを確認すると、染亜の方に向き直る。するとその瞬間、再び青白い光に包まれた。染亜の二度目の攻撃だ。しかしＲＩＭＯに守られた黒川達には効果がない。

パン、パン！

再度二発の弾を染亜に撃ち込んだ。

「あうっ！」

声にならない悲鳴を上げて染亜は跪く。見ると腹部から血が出ていた。そこへ、銃を持った部員達が駆け込んできた。

「動くな！」

そう言ったが、一部始終を見ていた捜査本部長が命令する。

「構わん！　撃て！」

部員らは一斉にMP5マシンピストルやP220のトリガーを引く。しかしいくら発砲しても、空砲のように虚しく音だけが響く。シールドのようなものに守られた染亜は、腹部を押さえながらも黒川達を見ていた。そしてその状態で、銃を持った部員らに片手を向けると、一瞬で彼らは吹っ飛び、壁に叩きつけられた。

「なぜだ……」

そう言いながら染亜は黒川達を見るが、その力は徐々に弱まっているようだった。そこへさらに応援の部員達が入ってくる。

「今度は、防ぎきれないかもな」

黒川の言葉に、染亜はニヤッと笑う。それを見た瞬間、黒川は相田を連れ、サッと染亜から離れた。

「撃て！」

MP5の斉射が始まるが、いくら撃っても同じだった。硝煙が部屋を包み、しばらくは目視ができない状況だったが、視界が開けるとそこには新たな少女が立っていた。彼女は染亜の傍に立ち、周りを見渡すと黒川に目を留める。

「未亜だ……」

黒川が呟いた。今朝の加戸市での感じから、彼女がエキブルのナンバー2だろうと感じていた。

「撃て！　撃て！」

再び斉射が始まろうとした瞬間、室内にいた部員達が一斉に倒れ込む。そして未亜は黒川と相田の前までやってくると、頭の中に話しかけてきた。

――これ以上、邪魔をするな。

――俺も一応、人間なんでな。

――勝てると思うのか？

未亜の言葉に、黒川はこう返した。

――ああ。あの子達に惚れたんだ、年甲斐もなく。

気が付くと、そこには三人目の少女が立っていた。それは零若だった。彼女は傷ついて今や意識がなくなる寸前の染亜を抱きかかえ、消えた。それを見届けると、未亜は再び黒川の方を見る。

――警告はした。

そう言って消えた。


未亜はこの建物内の部員ら全てを一瞬にして倒していた。あまりにも突然であり、そして本当に一瞬の出来事だったので、誰もが苦しむことはなかっただろうと黒川は思った。

一通り建物内を調べた二人は、七階の捜査本部まで戻ってきた。

「それで、今日、何があったの？」

相田は落ち着くと早速、黒川に尋ねた。

彼は加戸市で起こった出来事を詳しく話した。黙って聞いていた相田だったが、今の惨状を見るに及んで、慣れてしまったのか別に驚きの表情も見せなかった。

——誰だって、そうなる……。

黒川は相田を見てそう思った。そして、ポケットからＲＩＭＯを取り出す。

「それが、今言ってたＲＩＭＯね」

「これは君の分だ。僕のはある」

事情を今しがた聞いた相田は、何のためらいもなくＲＩＭＯを受け取り、しばらくは見回していた。そして黒川に訊く。

「どうしてあなたの時はアラームが鳴らなかったの？」

羽崎の時や今も、アラームはエキブルに反応したが、黒川には反応しなかった。

「このＲＩＭＯはエキブルのとは違うエネルギーが作用しているんだ。だから、普通のＲＩＭＯ以上の力があるに違いない。だから、こいつのおかげで反応しなかった。個性の差もあるのかな。君が言っていた最初の子、名前は子真と言うんだが、彼女は確かに殺しを楽しむタイプだ。だから、わざとアラームを鳴らしたんだろう。しかし、今回の染亜は静かに忍び寄るタイプだ。いきなり君の後ろに立っていたことでも分かる」

黒川の話に、相田は疑問を持った。

「じゃあ、どうして今回の染亜には鳴ったの？」

「おそらく、考えられるのはもう一つの要素。ＡＩが今までの経験で進化をしているんだ。もはや、エキブルを感知できるぐらいに精度が上がっている」

黒川のその言葉を聞いて、相田は少し背筋が寒くなった。黒川はため息をつく。

「人間は既にＡＩの家畜になっている。それに気が付かないだけだ……」

――注意！

その時、ＲＩＭＯが警報を発した。

「そろそろどんなバカでも、ここの異変に気付く頃だ。行こう！」

そう言って黒川は相田を促して建物を出た。


「何か様子がおかしい……」

六本木まで行くと、相田がそう言った。黒川も何か違和感を持っていた。スマホを持ってしきりにタッチパネルをなぞっている若者に訊く。

「何かあったのかい？」

「さっき、警視庁で爆破事故があったって。そのニュースが流れた瞬間、ブラックアウトしたんだ。まいっちゃうよ、これから合コンなのに。ジュースさえ買えないし……」

そう言い残して彼は青山の方に歩いていった。周りを見ると、誰もが使い物にならなくなったスマホを覗き込んでいる。現金を持っている者と、その取り扱いができる少数の店だけが、かろうじて機能しているようだった。しかし信号などは正常だ。その時、黒川のＲＩＭＯが反応する。

――音夢が警視庁を爆破した。

その報告に、相田のＲＩＭＯも間髪をいれずに言う。

――通信障害はＡＩだ。

全てのスマホが使えなくなっている中で正常に動いているＲＩＭＯを覗き込む二人を、周囲は不思議そうに見ている。黒川と相田は笑いをこらえ、その場をあとにした。


ここが喧騒とした都会なのかと思うぐらい静かな場所に、黒川の探偵事務所兼住居があった。そこは目黒の小さな三階建ての雑居ビルの最上階だ。

二人はＲＩＭＯのおかげで、エキブル、ＡＩ双方からの追跡や監視を逃れることができていた。また、相田は誰が自分の下で動いているかを本部にも知らせていない。今ではそれも自分達を助ける結果になっていた。

相田が窓のブラインドを指で少し開け、外の通りを確認したあと、部屋の時計に目をやると午後十時になっていた。

「まだ十時か……、随分時間が経ったみたいな気分」

相田がそう言ってソファーに座ると、黒川がコーヒーを運んできた。

「俺は、十年も経っているような気がしてるよ」

相田は、黒川の入れたコーヒーを飲むのは初めてだ。彼がコーヒー通であることは相田も知ってはいたが、その味は想像以上の上品なものだった。そして可笑しくなった。

――顔に似合わない。

黒川も、コーヒーをおいしそうに飲んでいる相田を見て、

――そういう女の子らしさもあるんだな。

と可笑しくなった。そんな黒川に気が付き、相田が訊ねる。

「なに？」

「いや、なんでもない。……君は奥の部屋を使ってくれ。僕はこのソファーで寝るから」

と黒川が頭をかきながら言った。ここにはバスルームやキッチンも付いているので、当面の生活には困らないと相田は思った。

彼女はシャワーを浴び終わると、どっと疲れが出て、奥のベッドで眠ってしまった。一方、黒川は相田を助け出した時にエキブルに打撃を与えたことや、都庁と警視庁の爆発事件を島田に報告したあと、ソファーで眠りについた。


黒川が起きた時には、時間は午前十時を過ぎていた。

――寝過ぎた！

飛び起き、奥の部屋に相田の様子を見に行ったが、姿がない。

――彼女は買い物に行った。もうすぐ戻る。

とＲＩＭＯが教えてくれ、一安心した。黒川はスマホ嫌いだったが、仕事上、仕方なく持っていた。しかし昨日から何度も自分達を守り、反撃に出る力を貸してくれたＲＩＭＯには愛着がわいていた。黒川はＲＩＭＯに訊いた。

――なぜ俺の弾が有効だったんだ？

――染亜の力を中和した。

染亜の力をＲＩＭＯが中和することで、同じ条件を生み出すことができる。つまり、その中では染亜も生身の人間なので拳銃は有効である、ということだ。しかし防御は、ＲＩＭＯをもってしても一人が精一杯だということだった。今回は二つのＲＩＭＯを持っていたから、未亜と染亜の攻撃から守ることができた。そして島田がＲＩＭＯを毎日、遠隔操作でバージョンアップしてくれており、今日は既にその作業は終わっているとも言った。それは相田のＲＩＭＯにも同時に行われている。

そこへ相田が両手に買い物袋をさげて帰ってきた。

「買った、買った！」

そう言ってテーブルに荷物を置く。見ると、彼女は真新しいデニムとシャツを着ていた。相田は言った。

「これの方が動きやすい」

黒川は少し残念だった。タイトスカートの相田も良かったからだ。その時、小愛と美都のミニスカートから伸びた脚を思い出していた。

――しかし、これはまだないな。

心の中でそう言って、目の前で荷物を整理する相田のデニムのお尻に視線が釘付けになる。

――この色気は……。

とニヤニヤしていると、いきなり相田が振り返り、銃を向ける。黒川は心を見透かされたような気がして冷や汗をかいた。

「その銃は？」

「あなたの車から拝借」

相田の手にはH&K45が握られている。彼女には小型のワルサーP99が似合うと黒川は一瞬思ったが、その性格から何か納得してしまう。そして、RIMOとの共同攻撃であれば、一定の効果が拳銃にも認められ、少しは積極的な行動ができると考えた。

「ところで、お金は？　システム障害があったはず」

「これはRIMO。使い放題！」

黒川の問いに相田はそう答えRIMOにキスをする。高速道路のETCはRIMOに助けてもらったが、システム障害など関係なく普通に買い物ができることも、黒川は今になって気が付いた。

——そうか、これはRIMOだったな。やっぱ、時代遅れなおっさんだ……。

そう思うと黒川は可笑しくなった。

相田が買ってきた朝食をとって落ち着くと、二人はテレビニュースに見入った。そこには昨日の都庁と警視庁の爆破事件が大々的に報じられていた。しかし、捜査本部があった赤坂のことは、どの局も扱っていなかった。黒川が言う。

「あそこに君がいないことが分かったら、奴らは躍起になって捜しにかかるだろうな」

「ええ。だから、こっちから挨拶をしようと思う」

相田は微笑む。

「ところで、君は羽崎から何を聞いた？」

黒川の質問に、相田は羽崎から聞いたことを全て話した。このまま、エキブルだけでなくＡＩも進化を続けていくと、さすがの小愛や美都も手こずるのではないかと相田は思っていた。しかし、黒川は違っていた。彼の中にはなぜか小愛と美都に対する絶対な信頼が生まれつつあった。相田がそんな黒川の余裕ある表情に気が付き尋ねる。

「なに？　そんなに彼女達が凄いの？」

「ああ、君も一度見ておいた方がいい。そう思うから」

と黒川は微笑んで答える。

二人は今後のことを話し合った。まずエキブルだが、小愛達の存在が明らかになったことで、エキブルは動きにくくなったうえ、赤坂の件で染亜が負傷し、しばらくは大人しくしているだろうと予想した。ＡＩも、エキブルの正体をまだ正確には掴んでおらず、都庁や警視庁の爆発を見ても分かるように、その荒っぽさを警戒し、目立った動きはしないだろうと。その間に、次の戦いに備え、自分達は何ができるかを考えた。

そこでまず、ＡＩ側の人間の選別を始めることにした。エキブルよりもＡＩの方がくみし易いと考えたからだ。二人が持っているＲＩＭＯは毎日、島田によってバージョンアップされている。その力はエキブルにも対抗できた。ならば、今のうちならＡＩに対してはエキブル以上の有効な手が打てると考えた。しかし、相田には少し心配なことがあった。

「ＡＩはそれでいいけど、もしエキブルが予想より早く暴走したら……」

「それは、小愛と美都に任せよう。彼女達の仕事を残しておかないと、怒るだろうからね」

笑う黒川を見て相田が言う。

「随分、信頼しているのね」

「それしかないんだ。この世界を救うには……」

話し合いは日が暮れても続き、時計の針は午後八時を指していた。相田は立ち上がると言った。

「じゃあ、行きましょ」

「チームゾンビ、出陣だ」

「もっとましな名前はないの？」

相田の言葉に黒川は笑った。

「だって君は今、死んでることになってるんだぞ」

◇　◇　◇

国会議事堂の一室にはいつも以上の警備が敷かれていた。幾重にも設けられたチェックポイントは、昨日の都庁や警視庁の件で、政府関係者の中に動揺が起きている証拠だった。部屋の中には笹井内閣官房長官と長浜外務大臣、所警視総監に持田統合幕僚長という、日本のトップの面々がいた。

　赤坂の惨状を目の当たりにして、笹井は苛立っていた。所に至っては顔が青ざめている。相田の遺体はまだ発見されていない。長浜が所に尋ねる。

「ＡＩの仕業ではないのか？」

「いえ、ＡＩではこんなやり方できません。先日の羽崎の件と似ています。しかも、相田警部がいないということは、彼女はやはりその何者かと繋がっている可能性が……」

　所は今や汗だくだった。昨日の警視庁の爆発では、危機一髪でその難から逃れていたから無理もない。そもそも叩き上げではなく東大出のキャリア組の彼には、今回のような実戦は無理だった。机上の空論だけでは、実戦は荷が重過ぎるのである。その点、統合幕僚長の持田は叩き上げだ。今のような実戦さながらの事態になると、俄然、力を発揮する。それは笹井や長浜も知っていた。羽崎が防衛大臣でありながらＡＩと通じていることを察知したのも持田だった。そのことが、笹井や長浜の信頼を大きく取り付けることに成功していた。笹井が持田に訊く。

「ところで、自衛隊の対象者は？」

「はい、既に配置転換を行い、一か所に拘束しています。都内で何かあれば、富士教導団や特殊作戦群、第一空挺団の投入もできます。海自も、いずもを中心とする機動部隊を東京湾に展開でき、これにはＦ35Ｂが搭載されています。また、空自も百里基地のＦ35Ａがいつでも出撃できるようになっています」

　と持田は冷静に答える。それを聞いた長浜が言った。

「しかし、Ｆ35や艦艇のシステムがＡＩに支配されたら？　我々が逆に制圧される恐れがある」

「Ａ‐ＴＥＣが開発した新しいチップがあります」

持田は自信を持ってそう答えた。今から半年前、海上自衛隊横須賀基地の一人の女性隊員が事故で死亡した。彼女の遺品の中から、不思議なスマホが発見される。驚異的な性能を発揮するそれをＡ‐ＴＥＣで調べ、中の液体電子を応用してＣ１というチップが開発された。それは数々のテストを行い、ＡＩに影響されないことが確認され、一部の部隊の兵器に搭載されている。笹井は持田に確認の意味を込めて尋ねた。

「それは、Ａ５にも対抗できるのか？」

「はい、完璧に対抗できます。実証済みです」

持田は再度自信を持って答えた。それを聞いて長浜が言う。

「それならば、羽崎をやった何者かの助けを借りなくてもいいのでは？」

「いや、利用できる者はするんだ。ＡＩを駆逐するために。ところで、政府関係者の中のリストアップは？」

笹井がそう言うと長浜がリストを見せる。目を通した笹井が驚いた。

「これは？」

笹井が長浜の顔を見ると、彼は、

「事実です」

と答えて頷いた。その時、誰かが部屋に入ってきた。

「なんだね、君達は！」

所が立ち上がり、その二人に向かって言う。それは相田と黒川だが、彼らの顔を見たこともない笹井達には、正体不明の人物でしかなかった。まず相田が口を開く。

「私のことを捜していると聞いたので、会いに来ました」

「君は、相田警部！」

所がファイルを取り出し確認をする。

「ゾンビと言ってください。私は死んだのですから」

そう微笑む相田を見て、黒川は頭をかく。笹井達は黒川の方も見る。

「私は付き添いです。冥府へこの女性を連れて帰る役目を仰せつかっているので」

と黒川は柄にもないことを言ったので冷や汗をかいた。長浜が相田に訊く。

「冗談はよせ。君は奴らの味方なのか？」

「だいたい、君の任務は何か忘れたのか！」

所もここぞとばかり強気に出る。そして笹井がソファーで顔色一つ変えずに言った。

「ちゃんと説明するんだ。それが君の仕事だろ」

「では話しましょう。まず、朝霞駐屯地や羽崎大臣と今回の赤坂の件は、同じグループの仕業です。そのグループは、ＡＩの撲滅を考えています」

相田の言葉に笹井が飛びつく。

「そのグループとは？　誰なんだ」

「分かりません。正体は不明です。我々のような幽霊で、突如現れ、消えるのです」

相田の言葉に、黒川が注意する。

――いい加減にしたら？　誰も信用しないよ、そんなこと。

――いいから、黙ってて。

相田の返事に黒川は、今の会話はＲＩＭＯのおかげで誰にも聞こえないのに、と思って可笑しくなった。

「とにかく、彼らは非情です。冷酷で手段を選びません」

そこに長浜が割って入った。

「しかし、ＡＩの撲滅を目指すのであれば、我々はそのグループと手を組むのも、選択肢の一つでは？」

「そうだ、君は彼らを知っているのなら、話し合う機会を設けてくれないか。これは命令だ」

と笹井が言う。

「今言ったでしょう。彼らは冷酷です。聞く耳を持たないと思います」

相田は微笑む。しかし笹井や長浜は諦めない。

「話してみないと。利害は一致しているはずだ、そのグループとは」

「そう。手を組めば、アメリカや中国、ロシア、世界をリードできる」

すると今度は黒川が割って入った。

「きっと、そういうことを一番嫌う相手です」

「どうしてだ？　話してみないと分からないだろう」

笹井は執拗に食いついてくる。これを絶好の機会と捉えているのだろう。彼の頭の中には、次期総理大臣という言葉が見え隠れしていた。その時、今まで黙っていた持田が口を開いた。

「もしかして、その何者かは人間も排除するつもりなんだな」

その瞬間、冷たい少女の声が部屋に響く。

「その通り」

——来た！

黒川と相田は身構える。すると笹井達の後ろに一人の少女が現れた。

「未亜だ……」

黒川が言う。突然の出来事に笹井達は驚き、ソファーから飛び上がった。ただ一人、持田だけは微動だにしない。黒川は、現れたのが冷静な未亜だったので、内心は助かったと思った。

「お前は何者だ！」

笹井は未亜に向かって怒鳴ったが、その声は震えている。未亜は横目で笹井達を見たが、すぐにその視線を黒川と相田に向けた。

——目的は俺達か。

黒川の言葉に相田が頷く。

——そのようね。ちょっと怒ってるみたい。

——これ以上、邪魔をするなと言ったはずだ。

　未亜が言う。

　――こういう性分なんで。

　黒川がニヤッと笑う。エキブルの真似をしたつもりだったが、

　――似合わない。

　と相田に一蹴された。

　黒川達と未亜の睨み合い。他の彼らには会話が聞こえない。それを見ていた笹井が口を挟む。

「君達の本当の目的は何なんだ！」

　しかし、未亜にはその言葉は耳に入らない。そして、意識を集中し始めた。

　――来るぞ！

　黒川の言葉に相田が頷く。一瞬、目もくらむような閃光が走り、黒川達の体が青白い光に包まれる。その瞬間、黒川と相田、未亜の姿が部屋から消えた。驚いた笹井達は、しばらくその場に立ち尽くす。そして、ＡＩ以上の強敵の存在を初めて知った。


　黒川と相田はＲＩＭＯによって瞬間移動をしていた。それは二人にとっては初めての経験だ。相田は興奮覚めやらぬ声で訊く。

「これが瞬間移動？」

「そのようだ」

　黒川も少し興奮気味に答える。そしてこう言った。

「未亜は本気ではなかった」

「そうね、そんな感じ。何か隠してるのかな？」

相田もそう感じていた。やる気であれば、あそこにいる全員、いや、国会議事堂の中の全ての命をも一瞬で奪うことができたはず。しかし、未亜はわざわざ今のような面倒くさいことをした。その理由を考えた。相田が何かに気が付く。

「知られたくない何かがあった……？」

「そうだ、俺達に知られたくない別の何かがあそこにあったんだ」

黒川と相田があの部屋にいることは、ＲＩＭＯに守られているので、未亜には前もって分からないはずだ。

「誰かが教えたとすると……」

黒川の言葉に、相田が言う。

「あそこに入る前、彼らが話していたことを覚えてる？　海自の女性隊員が持っていたＲＩＭＯをＡ－ＴＥＣで調べて、応用し開発したチップのこと。たしか、Ｃ１とか言った……」

「ああ、覚えてるよ」

「あのチップ、もしかして、意図的にＡ－ＴＥＣに持ち込まれて開発させるようなシナリオができていたとすると……」

相田はそう推理した。島田であればＲＩＭＯを修復することは簡単だが、普通の人間の力ではできない。そう考えると、わざとコピーを作らせ、兵器の中に忍び込ませる。そして、行動の時はそれらが人間やＡＩに火を噴く。黒川と相田はそう考えるに至った。

「問題は、あの中の誰がエキブルに洗脳されているかだ」

黒川はそう言ったが、相田は既に見当が付いていた。

「一人だけ、あんな状況で落ち着き払ってた奴がいた……」

それを聞いた黒川も頷く。

「統合幕僚長の持田だ」

◇　◇　◇

その小さな丘は、桜の季節が過ぎ去り、新緑の色に衣替えをしようとしていた。新しい息吹は、同じ空気を吸う者に、新たな生命の根拠を示す。知らず知らずのうちに、その気配を感じる者達は、今日という日に何かを語ろうとする。人間もまた同じ空気を吸う者だったが、それを忘れて久しい。

しかし波来未市の関地区には、そんな言葉がまだ息づいているようだった。県の美観地区にも指定されるこの小京都は、それだけで人の心に何かを語りかける。

――古い物は、いつだってそう……。

そんなことを思いながら、彩花は坂を下って波来未高校に向かっていた。真新しいセーラー服は、最初は恥ずかしかったが、不思議に一日で慣れてしまった。今まで通っていた中高一貫の名門女子校の制服は、五年経っても愛着がわかなかったのに。今置かれている環境が自分に良い影響を与えていると彩花は実感していた。ロングヘアもバッサリとカットしショートボブにしたのも、気持ちの中に余裕ができたからだ、と。

伊崎家には何の違和感もなく入り込んでいた。本当の事情を知っているのは、従弟の幸一だけ。関地区にある伊崎家は、屋敷全体が県の重要文化財に指定され、この辺では言わば名家に属する。風情のある門構えや、黒光りする家の柱など、その佇まいにはどんなに鈍い人でも歴史を感じるだろう。

――屋敷が生きている。

彩花はそんな感じがした。そこに刻まれた時間は、一人の人間の一生よりもはるかに長い。それ故、人間以上の何かを宿す屋敷には、自分達に語りかける資格があると思った。そして、人を優しく包み込む空間は、屋敷が人に敬意を払っている証だとも。

――種の尊厳に敬意を払っている。人はそれを既になくしているのに……。

そんなことを思う自分が可笑しくなった。東京にいる頃には考えられなかった感受性が、この波来末に来てまだ数日しか経っていないにもかかわらず、どんどん豊かになっていく。エリートを絵に描いたような家庭の中で、自分もそうなることが使命だと思っていた。感情のない教育的な歌「教歌」に縛られて失くしかけていた感受性が戻ってきた。そのきっかけをくれたのは、確かにエキブルだった。しかし、その感受性は植え付けられたもので、自身の所在はどこにもなかった。

波来末市に来てから、気付かないうちにその呪縛が解け始め、美都や小愛との出会いで完全に解放された。今、自分達に起こっている出来事は、普通に考えれば非常事態に違いない。しかし、今の生活に充実感を持つことができる余裕はどこから来るのだろう。東京に行けば、間違いなく命が狙われるにもかかわらず。

――元々あったもの。

それは、自分の中に生まれながらに備わっていたものだと分かった。

――誰のせいでもない。

きっとあの東京の家でも、自分の生き方をしっかり持つことができていれば、今のような感受性は持てたはずだと彩花は感じていた。

――今からでも遅くはない。

そう思うと、体のどこからか力と勇気が湧いてくる。そして、誓った。

――風子、朱里、絶対に助けるから、待ってて！

「彩花ちゃん、待ってよ！」

後ろから声をかけてきたのは幸一だった。

「幸一君が寝坊するから、先に出たの！」

そう言い返す。彩花は幸一より一つ年上ということもあり、いつもきつい口調になるが悪気はない。またそれはそれで、幸一にとってはツンデレのようで美味しくもある。かつては初恋の人だった彩花と、今では一緒に暮らし、姉ができたように思っていた。幸一は彩花が美都に恋をしていることを、別れ際に黒川から聞いて知っていた。そして、自分は小愛に恋をしている。

「ねえ、小愛ちゃんとは、どうなの？」

いきなり彩花からその名前が出て幸一は驚いた。進展などあるはずがない彼は、こう答えるしかなかった。

「相手にされないよ」

それでも小愛の名前が出ただけで顔がにやける幸一を見て、彩花はため息をついた。

「あのさ、いいこと聞いたんだ。小愛ちゃんの弟、かなりのドルヲタらしいよ」

それを聞いた幸一の目がきらりと光る。そして、何かを妄想して笑い、

「よし！　今日も良い天気だ！」

と言って、彩花を置いて走っていった。その光景を見て彩花は声を出して笑ってしまった。その時、芳しい微風が彩花の髪にそっと触れた。

「あ……」

その優しい感じが美都を思い出させる。

加戸市のイベントで、自分が音夢達の操り人形だと分かった時、心の中で必死の抵抗をした。音夢は彩花の心の奥底にある全ての苦しみを彼女自身に見せ、それから逃れるために命令を聞かなければならないという、脅しにも似た行為を行った。歯向かえば、きっと精神がダメになる。それでも彩花は、幸一にＲＩＭＯを渡すことを心の中で強く拒んだ。抵抗することで自分が廃人になるかもしれないことも覚悟していた。そして、黒川や幸一に助けられ、立つこともできないほど苦しい時に、心の中に誰かの声が聞こえた。それはこう言っていた。

――大丈夫。よく頑張ったね。

その瞬間、体が軽くなり、息苦しさがなくなっていった。気が付けば、ミニスカートから伸びた綺麗な脚の美都が立っていた。黒川が何かを話しかけた時、こちらを振り返って微笑んだ顔が、今でも忘れられない。美都が人間でないことは、島田から聞いて分かっている。しかし今の美都や小愛を見ていると、人間離れしている美しい容姿以外は、誰よりも人間味があると感じていた。そして彩花は思った。

――そんなの、関係ない。

美都や小愛を人間でないと言い切れる理由はどこにも見当たらない。それであれば、恋しても構わない。たとえ相手が女の子であっても。そんなことを考える自分が可笑しくなった。

――あれ？　私ってそんなに大胆だったっけ？

その時、新緑の色がそっと頬を撫で、風になびく葉の音が彩花の心に触れる。彩花は傍にある木々を眺めて、心の中で呟いた。

――美都ちゃん……。

彩花は短期間で、学校から〈ｈｅｒｍｉｔａｇｅ〉に瞬間移動ができるまでに上達していた。彼女が自らの意志で音夢の洗脳から脱した精神力や高い考察力を、島田は高く評価していた。そして、来たるべき戦いに役に立つとも。そのために、ＲＩＭＯの能力を最大限利用できるように彩花を訓練していた。

――はい、ＯＫ。

島田の声が彩花の頭の中に聞こえる。彩花は今日だけで数回ほど学校と〈ｈｅｒｍｉｔａｇｅ〉往復をしていた。普通の人間にしては、その上達ぶりはすこぶる早い。

それにはあることが要因として考えられる。小愛達の力が強くなり、さらに波来未丘陵からのレムノイーノの放出が増えていることである。先日の黒川達が瞬間移動できたのも、それらの要因が相乗効果となって、島田のアップデート以外にも、ＲＩＭＯの能力を自然にバージョンアップさせていた。

「さあ、今日はここまで」

島田は彩花に言った。彼女はカウンター席に座ると、深呼吸をしてジュースを飲んだ。一息つくと、ある疑問がわいてきた。

「小愛ちゃんはなぜ人類を助けるんです？」

「じゃあ訊くけど、音夢はどうして人類を滅ぼすんだい？」

島田の問いに彩花は、これまで聞いていたエキブルの目的を話した。島田はそれに頷きながら次のようなことを語った。

コアミノームが人間に憧れ、生まれたのが小愛だ。そのため、彼女の容姿は人間の理想を表しており、同時にその優しさも備わっている。おそらく小愛自身も気が付かないうちに、コアミノームとして、人間としての種の尊厳をその中に育んでいた。そして、その優しさが人類を助けようとしている。

「小愛ちゃんは、美都と同じくらい繊細な子だ。以前こんなことを言った。『友達は、昨日までの私を忘れている。でも、私はずっと覚えている』と……」

周りの友達はＮＩＭＯに記憶を変えられていくが、小愛の中には幾つもの思い出が並行して存在する。彩花は、あの天真爛漫に見える小愛が可哀想になり、島田に言った。

「忘れさせてあげることはできないの？」

「だめだ。あそこまで強くなると、自分を自分で上手くコントロールするしかない。そのためにも、波来未丘陵での訓練が必要なんだ。それに、小愛のサポートには最適な美都が絶対に必要だった」

――美都ちゃんが必要だった？

美都には精神面で人に作用する力が備わっている。小愛にはそれは通用しないが、美都の彼女を想う気持ちが、二人の間の強い繋がりを築いた。それが互いに精神面で助け合うことになっている。それを聞いて彩花はしばらく黙っていたが、やがて口を開いた。

「もう一つ、小愛ちゃんのお父さんは……？」

「生きているよ。私と同じように」

「小愛ちゃんは、そのことを知っているんですか？」

島田は頷く。

「たぶん、もう気が付いてる」

「小愛ちゃんは、つらくないんですか？」

島田は静かに答えた。

「きっとつらいだろう。でも、我々にはそんな顔は見せない……」

幸一はなかなか寝付けないでいた。時間は深夜の三時を回っている。少し前ならばパソコンに向かうか、ヘッドホンで音楽を聴くか、ラジオやテレビを点けていただろう。しかし、近頃はそんなことをめっきりしなくなっていた。また、今まではカーテンを閉めて寝るのが常だったが、最近は開けっ放しにしている。窓から入る月明かりが、部屋の一部を鮮明に照らし出す。それがこんなにも明るいなんて考えもしなかった。耳を澄ますと、大気の音が聞こえる。それは地球の呼吸している音だと幸一は思っていた。窓の方に目をやると、月明かりに照らされた庭の木の枝がシルエットになって見え、微風に揺れる葉っぱが、まるでダンスをしているようだ。

「最近、なんだろう……、感受性が豊かになったのかな？」

彩花はそう言っていた。そして、それは幸一も感じていた。小愛や美都と会うようになって、感受性が強くなった。彼女達の持つ力が、島田から渡されたＲＩＭＯを通じて、自分達に降り注いでいる。それはまるで自然のシャワーのように。小愛はレムノイーノをエネルギーに変えることができると島田から聞いた。レムノイーノは波来未丘陵から放出される反物質のエネルギーだ。そして、小愛や美都の体に宿るコアミノームもまた反物質だ。言い換えれば、二人とも自然そのものだと幸一は思った。そのため周囲にいる者達も、知らず知らずのうちに自然と会話ができるようになっていく、つまり感受性が研ぎ澄まされていくのだと。その証拠に最近、クラスではスマホやタブレットを覗き込む人が少なくなっていた。

島田はこんな話もした。それは最近、波来未周辺で起きている変化。以前よりもネット依存の人が減ってきていることだ。波来未丘陵から放出されるレムノイーノの量を、コアミノームが増加させている。そのシャワーが波来未やその周辺地域に降り注ぎ、影響を与えるようになり、人々に実体ある物への回顧現象が見られるという。図書館では本の貸し出しが、ホームセンターではＤＩＹのお客さんが増え、キャンプなどのアウトドアも盛んになってきている。閑古鳥だった波来未丘陵の道の駅も、最近は人が増え続けている。島田はこう言った。

「人の感受性が蘇りつつある……」

幸一がこの街に帰ってきた時より、ずっと昔に戻ったみたいだった。子供の頃のように真剣に夢見ることができる時間が返ってきている。

――そうか、僕は幽霊じゃなかった。

幸一は思い出していた。幼稚園の頃は確かに自分には名前があった、友達はちゃんと自分の名前を呼んでいた、と。しかし、パソコンに夢中になり、家に籠ることが多くなった頃から、友達はいなくなり、気が付くと自分の存在が家以外ではなくなっていた。ネットという実体のない空間が、自分の生きている唯一の証明だった。一瞬にして大量の情報を得ることができ、家にいながら世界を見て回れる。同時に、必要のない物まで見ようとする。物事の本質をしっかりと考えることができれば、必要のないそれらがネット上に現れても、気にしないでいることができるはず。だが、取捨選択ができない未熟な現代人は、それをそのまま受け入れ、自らの正体をなくしていく。

それを考えると、エキブルの言っていることも納得できる。しかし彼女達が世界を支配したら、自分達はやがて排除される運命であることも分かっている。小愛や美都との出会いが、自分達に何を教えようとしているのか、真剣に考えるべきだと幸一は思った。時間をかけて、ゆっくりと人間は変わっていける。目の前にある問題を、自らの力で判断し、処理する力を養うことができれば、エキブルやAIは必要ないのではないか。

——いや、そうしないといけない。

小愛や美都がもし人間に幻滅したら、もはやこの地球上に自分達の生存する場所はなくなってしまう。それだけは避けなければいけないと幸一は考えた。その時、月明かりによって部屋の壁に映し出された木々のシルエットが、ゆらりと風になびき、ダンスをしていた。まるで舞踏会のワルツのようだ。幸一はそれを見ていると、いつの間にか眠りについていた。

◇　◇　◇

波来末丘陵での訓練は一つの区切りを迎えようとしていた。

——学ぶべきものは、まだたくさんあります。

母のような声の持ち主は私にそう言った。しかし、状況は緊迫の様相を呈している。AIとエキブル双方がいつ動いてもおかしくない。その時間的な要素のため、私達の訓練に一区切りをつけざる得なかった。

私は、相手を救う、という攻撃を常に頭の中に描く。そして、その最適の訓練相手は美都だった。そのため美都は、レムノ集束光による防御面だけでなく、攻撃面でも私と同じレベルに達していた。さらに、美都特有の精神面での攻撃も、その力を増していた。二人とも思いっきり手加減なしの戦いをする。私は言う。

――絶対に負けない！

――私も！

美都もいつになく強気だった。島田さんが、美都が本気になれるのは私だけだと言う。いざとなれば私を守り、またはその暴走を止めるためにも。それ故、コアミノーム達の美都への教育は私に対してよりも厳しかった。

一方、私は自分との戦いを繰り返す。人間として、コアミノームとして、その二つが私の中で融合しようとしていた。異なる意思のせめぎ合いが起こると以前聞いたが、私の中ではなぜか起こらなかった。それは緩やかで、調和を取りながら互いが混ざり合う感じ。ぐるぐると回る双方の意思が、その螺旋の中で楽しく踊りながら一つになっていく。気が付けば、私はコアミノームだった頃のことを全て思い出していた。荒れ狂う流星銀河で冒険したことや、電磁波でできているラトム銀河団でかくれんぼをしたこと。レムノ光星銀河で悪戯をして星を一つ破壊したこと。そのために目一杯怒られて、百年もの間、波来末丘陵の中に閉じ込められたこと。それは一例で、並行宇宙での出来事だが、無数の記憶が蘇ってきた。その記憶のどこにでも小愛の存在があり、小愛としての人間の生活の中には今やコアミノームの存在があった。それを見てコアミノーム達は驚いていた。

――突然変異。

島田さんはそう分析した。コアミノームにとってそれは初めてのことだったに違いない。私は人間として生まれることができた。そして双方の意思が融合し、一つになった、初めてのコアミノームだった。それ故、互いの苦しみを理解し、補うことができる。

――だから、あなたにしかできない。

母のような声の持ち主はそう言った。今の世界を破壊し、再生するからには、次の世界はより良い世界でなければならない。そのために、取捨選択という厳しさも持たないといけない。それは、二つの意思が融合した私にしかできない、と。

――多くの人の命を奪う。

たとえそれが、次の世界に不適切な者であっても、彼らにも尊厳がある。私は時が来れば、その正当性を背負い、彼らに〝行われる者〟としての意味を伝えないといけない。それはとても非人道的な行為だ。しかし、私がそれを乗り越えなければ、また同じことが繰り返される。そして私には、美都をはじめ一緒に歩んでくれる仲間達がいる。今の私には、迷いがなくなっていた。

波来未丘陵に人間を収容する準備は、島田さんとコアミノーム達によって急ピッチで進められていた。地球上の全ての生き物をここに収容する計画は一見無謀にも思える。一体どのようにして行われるのか島田さんに訊いた。

一度、人を含む地球上のあらゆる生物を、反物資の素粒子に変換する。そして、私の見たあの並行世界へ一旦逃す。収容する人や生物は、コアミノームと相互作用することは不可能なので（相互理解が必要なため、選ばれた条件の人しかできない）、普通の素粒子に相互作用させる。その際、特に人間は肉体は消え意思だけが残るが、それも次の世界ができるまで眠ることになる。

そこで問題となるのがエキブルだった。普通の人々はチップを破壊することでＡＩから解放することができるが、エキブルの五人はＤＮＡが突然変異し、その能力はもはや普通の人間と言えるものではない。それ故、彼女達を収容するには、私達と同じコアミノームに相互作用させるしかない。

――彼女達がそれにふさわしいか、その時にならないと誰にも分からない。

と島田さんは言う。エキブルとの戦いは、彼女達を救うことを前提としていた。

――大丈夫、あの五人は、本当は凄く優しい……。

子供の頃の彼女達を知っている美都はそう言う。今はそれを信じ、結果は、時の流れに委ねることにした。

波来未丘陵から家に帰ると、私は居間に行きテレビを点けた。ちょうど夜の七時のニュースが始まったばかりだった。

『政府は週明けの閣議で、体内設置用の市販マイクロチップの販売を制限する議案を提出することを決定しました――』

今さら遅い、と私は思った。東京で動いている黒川さん達が、染亜を負傷させたことは聞いていた。これでしばらくエキブルは大人しくなると思っていたが、新たな動きを見せ始めていると言う。それが何かはまだ教えてもらえない。

「今の小愛ちゃんと美都ちゃんは、力を上手くコントロールできるように訓練に励むこと。それが二人の仕事」

島田さんはそう言った。さらに、美都が言っていた三枝教授のこと。誰が何を言っても、美都にとっては育ての親であり、会いたいという気持ちが日に日に強くなっているようだ。けれど、私は美都を決して一人で東京に行かせないと決めていた。万が一、美都を怒らせるような状況になったら、止められるのは私しかいない。子供の頃、あの音夢を睨んだだけで吹っ飛ばしたと、島田さんから聞いた。ＲＩＭＯによる教育はまだ始まっていなかった時期のことなので、それは美都に生まれながらに備わっていた能力だ、と。いくら突然変異のＤＮＡを持っていたとしても、普通では考えられないことだ。一度、島田さんに美都をどこで見つけたか訊いたことがあったが、

「詳しいことは分からない……」

という答えだった。島田さんが美都を連れて施設を抜け出し、一年間の逃亡の果てにたどり着いたのが、この波来未市だ。しかも島田さんは、美都が自分でこの地を選んだと言っていた。

――美都はここに何があるのかを知っていた？

島田さんは、ここに私がいることは最初から知っていた。しかし、その力は未知数だし、いきなりＮＩＭＯを私に渡しても、今のような変化が起こるかは分からなかったはず。現に、私の一番傍にいる母がＮＩＭＯを持っていても、私は今の姿に変わることはなかった。ＮＩＭＯが私を三枝教授から隠していたという事情もあるが、逆にＮＩＭＯほどの力であれば、隠さなくても良かったような気もする。

――美都が私の力を目覚めさせるきっかけを作った。

そう考えると納得がいく。その時、ＮＩＭＯが青白く光った。

――チガウヨ。

そうだった、ＮＩＭＯなら何か知っているはず。私はＮＩＭＯに尋ねる。

――何が違うの？

――確かに、ミトはコアがいるからココに来た。

ＮＩＭＯは話し始めた。島田さんは美都を連れて施設から逃亡しても、ここには近寄らなかった。それは私を守る意味もあったが、事実は、私の力を計りかねていたからだ。私が想像したように、母が傍でＮＩＭＯを持っている以上、何かの変化があっても良かったが、その傾向が一切なかった。

――ダカラ、普通の少女と思っていタ。

ＮＩＭＯがそう言う。しかし、美都はＮＩＭＯを渡されるとすぐに私の存在に気が付き、母のＮＩＭＯを通じてずっと私を見ていたそうだ。

――そうか、だから懐かしい感じがしたんだ。

初めて美都に会った時のことを思い出していた。

逃亡生活も一年を迎えようとしていたある日、美都は島田さんにこう言ったという。

「小愛に会いたい」

美都の言葉を聞いて、島田さんは驚く。なぜなら美都には私の存在を知らせていなかったからだ。彼女はＮＩＭＯを渡され、私の存在に気付き、そして私に今のような力があることも見抜いていた。時期が来れば自分と一緒に行動するパートナーを、早い段階で私と決めていたという。

——なぜ、美都はそう思ったの？

島田さんも見抜けなかった私の力を、どうして美都は見抜いたのか。しかも、ＮＩＭＯの生みの親である島田さんは、なぜ美都の行動を見抜けなかったのか。

物心つく頃から特殊な環境で過ごしていた美都。エキブルの誰よりも、普通の少女を夢見ていた美都。そんなつらく寂しい毎日の拠り所が、ＮＩＭＯを持った瞬間に私になっていったという。

——ミトは、コアに恋シテる……。

ＮＩＭＯが突然そんなことを口にした。人間だった美都がコアミノームと相互作用した理由がそれだった。島田さんにＮＩＭＯを渡されて以来、美都は私と同じようになりたいと思っていたらしい。島田さんは必要に迫られコアミノームと相互作用したが、美都の場合は自ら進んでなったという違いがあった。そして、自分のＤＮＡを突然変異させるほどの優しい性格と、強い信念が、島田さん以上にコアミノームに近くなった。そのため、島田さんのようにいくらか人間の要素がまだ強い体質より、美都はＮＩＭＯとコアミノーム同士としての意思疎通がより強くできていた。

——ソして、ミトは人間の体を捨てた。

そこまでして私に会いたかった美都の強い意志に感心した。

——でも、女同士だよね。

——ソレは、人間の考え方。私達にはソノ概念はない。デモ、あえて言うナら、私も女の子。

とＮＩＭＯが答える。私は自分のＮＩＭＯの性別が女の子だということは分かっていた。島田さんや美都のＮＩＭＯは男性だということも。でもそれは人間的見方で、コアミノームの世界では男女の区別はない。ＮＩＭＯが小声で言う。

――私も……コアが好き。コアやミトのような体が欲しかっタ……。

そんなことを言うＮＩＭＯが愛おしくなった。手に取って優しく撫でると、いつもより一層優しく輝く。それはまるで人間のような感じだ。

――ＮＩＭＯ、一緒にお風呂に入ろう。

私の言葉に、ＮＩＭＯは一際明るく光った。

その日の私はベッドに入ってもなかなか寝付けなかった。それで一階の母の部屋に行った。時間は午後十一時半頃だったが、私が部屋を覗くと母はまだ起きていた。

「お母さん……」

「来る頃だと思ってた」

まるで私が来るのを分かっていたみたいだった。

「お母さん、私が来るの知ってたの？」

「うん。それに、小愛達がこれから何をするのかも。あなたが生まれてきた時から、いつかこうなると思ってた。母親としては、正直、やって欲しくない。命を失うかもしれない危険なことだもの。それに、あなたの力だと、この宇宙も消し去ることができてしまう。でも、やらなければ、これから先もっと悲惨なことになる……」

やはり母は全てを知っていた。エキブルやＡＩとの対決、そして、この世界がなくなってしまう危険性があることも。だから私が行動しやすいように、知らない振りをしていてくれたのだ。私は言う。

「私は、この世界を消さない……」

「それは、ダメよ。小愛が思いっきり戦えなくなる。私達のことは考えなくていいの。自分を信じて、思いっきりやって」

そう言って私を見つめる。それでも私が戸惑っていると、母は言った。

「そうね……。あなた、もういいわね……」

そう言うと母は天井を見上げる。その時、頭の中に男性の声が……。

――小愛、私の愛する娘。心配しなくていいよ。思いきり戦うんだ。

その声を聞いたら、自然に涙が出てきた。そして、記憶の中からとある人の顔が蘇る。

――お父さん！

初めて私が父に言った言葉だった。父はやはり波来未丘陵のドームの中にいて、私を見守ってくれていたのだ。そして父は、なぜ自分がコアミノームと相互作用を起こしたかを話してくれた。

波来未丘陵の研究所でコアミノームとの意思疎通を成し得たのは、彼らからのアクセスがあったからだ。それは、電波やレーザーなどを使ったものではなく、レムノイーノによる伝達だった。波来未丘陵の特殊性により、観測困難なレムノイーノを発見できた。しかし、コアミノームが意思疎通の相手として選んだのは、父と助手の島田さんだけだった。

――彼らは、適任者として我々二人を選んだ。そして、こんなことを言った。

近い将来、人類は不幸な結末を迎える。だから救済の行動を起こさないといけない、と。コアミノーム達は今の人類に危機感を募らせていた。そのために、二つの方法が行われることになった。

その一つが、未来の人類に適した者の発掘だ。新しいＤＮＡを持つ者を探し出し、人類に正しい進化の過程を与える。それは、穏やかで平和的に変革を進めるものだった。しかし、政府が父達の行動に不信感を持ち始め、さらにコアミノームも研究所の危険性を指摘した。身の危険が迫ってきたことを知った父と島田さんは、研究所を破壊し、計画達成のため、自らをコアミノームと相互作用させた。研究所から脱出した島田さんは、三枝教授を頼ったが、その結果は今の状況を見ても分かる。

そのため、二つ目の計画が実行された。それが今、父と島田さんやコアミノーム達が進めているものだ。

そこで私は、まだ島田さんにも訊いていないことを父に尋ねた。

――新たな世界は、どんな世界なの？

――それは、小愛次第だ。

次の世界を創成するには、時間に制限はない。私が思うより良い世界にするには何が必要か、時間をかけ考えなさい、と父は言った。

父は早くから第二の計画の可能性を感じていたという。穏やかな変革をＡＩが許すはずがない。そのためにも、エキブルの存在が必要だったが、それさえも今や人類の脅威になってしまった。そのことを予感していた父は、早くからコアミノームとなり、波来未丘陵の中で、この日のための準備をしていたのだった。

そのような中で、母のＮＩＭＯが私の潜在能力を父に知らせる。自分の娘を争いに巻き込みたくはなかったが、その能力の高さは驚異的だった。コアミノーム達も、私の力を上手く使うことが、新しい未来への第一歩だと言い出した。その時、父を決心をさせるある要素が出てくる。それが、美都の存在だった。島田さんの報告で美都の力を知り、彼女の平和的な考え方に、コアミノーム達も、私に対してと同じように兼ねてから興味を示していた。父は言った。

――美都ちゃんは小愛にずっと興味を持っていた。

そして、最強のタッグができた。それが、父から聞いたこれまでの経緯だった。ちなみに島田さんは、二つ目の計画や私の力を、この波来未に帰るまでは知らなかったという。

私にはもう一つ訊いてみたいことがあった。

――私がコアミノームでも、お父さんは幸せなの？

――当たり前だ。小愛は間違いなく私の娘。両方の世界の架け橋。今は私もコアミノームだよ。

父はそう言ってくれた。そこへ、ずっと黙って聞いていた母も言う。

――私もそう。私の誇りであり、大切な娘。お腹を痛めて産んだ子ですもの……。

その母の話し方に、波来未丘陵の中の、あの声を思い出していた。

――私には二人の母がいる。

そう思うと母は微笑んで頷く。涙が止まらなくなった私を、母は抱きしめてくれた。

部屋に戻り、ベッドに入った。枕の横ではＮＩＭＯがスヤスヤと眠っている。時々、何か夢を見ているように優しく光る。私と同じコアミノームが中にいるが、ＮＩＭＯにはチャンスがあれば人間の姿になって欲しいと思う。

——どんな子なんだろう？　甘えん坊の妹キャラかな……。

そんなことを思うと、ＮＩＭＯがまた優しく光った。

◇　◇　◇

ジブリの中に東京が浮かんでいた。その下で人々が生活しているとはとても思えない。もしそうであれば、自然の摂理に反することになる。しかし、東京は既に自然の摂理を忘れて数十年も過ぎていた。記録破りの少雨が続き、町が黄色に染まっている。少しでも強い風が吹くと砂が舞い上がり、まるで中東の町のようになってしまう。黒川が窓から外を見ながら言った。

「こんなこと、初めてだな」

世紀末の様相を見せ始めたのは、何も人間だけではないらしい。相田が地図を見ながら言う。

「地球が消滅する危険性を、自然は気付いているのかも」

「地球は生きている……」

黒川はそう言うとソファーに座った。

この数週間、黒川と相田は精力的に動いた。たった二人しかいないが、それがかえって好都合となっていた。エキブルは染亜の負傷が響いたのか、表立った動きは見せていない。しかし、自衛隊の兵器にＲＩＭＯのコピーを侵入させるなど、やり方が巧妙になってきた。それは逆を言えば、ＡＩだけでなく小愛や美都を相手にしなければならなくなり、さすがのエキブルにも焦りが出始めたことを意味していた。

またＡＩも今やエキブルの存在を把握しており、新手のＮＡＮＯ型と言われるチップを人間の体内に寄生させる手段に出た。このチップは飲むだけで血管に入り込み、脳に達して寄生する。今や東京のどれくらいの人がＡＩのコントロール下に入っているのか分からない。相田と黒川はこの数日、その事例にかかりっきりだった。Ａ５型のチップは既に全国に、いや全世界に広まっているが、ＮＡＮＯ型は調べてみると、なぜか東京周辺に限られていた。

「ＮＡＮＯ型だけど、どこで生産してるのかしら」

「Ａ５の例を見ても、驚異的な広がりをするはずだが、なぜ東京周辺にだけ……？」

相田も黒川も首を傾げる。

「そうできない理由が何かある……」

相田は独り言のように言うと、しばらく地図を見ていたが、ハッとした表情になった。

「ねえ、見て。あることに気が付かない？」

黒川に地図を見せる。そこにはＮＡＮＯ型の感染者の所在と、ある物との比較がマークしてあった。黒川はそれを見て目が鋭くなる。

「これは、まさか……」

「視点を変えるの。これも奴らの戦略かも……」

「よし、確かめに行こう」

　二人は車に乗って千葉県の館山に向かった。


　東京湾アクアラインを通って館山に着いたのは、午後四時ぐらいだった。高台に車を止め、海上自衛隊の館山航空基地を眺める。双眼鏡で覗いていた黒川が言った。

「あった、あそこにいる」

「本当にいた」

　相田も双眼鏡越しに確認する。海沿いにある館山航空基地の沖には、横須賀基地にいるはずの試験艦あすかがいた。その周りには、まるであすかを護衛するように、ハヤブサ型ミサイル艇六隻と、あわじ型掃海艦、おおすみ型輸送艦の姿も見える。その光景を見て相田が呟く。

「ご丁寧に、こんな所にわざわざ配置するなんて。はやぶさ型は地方隊でしょ。しかも、おおすみは呉にいるはず」

「あわじやおおすみがいるということは、水陸機動団の展開も考えてるんだ。やっぱり君の考えが当たったたな」

　二人は統合幕僚長の持田が言ったことを思い出していた。いざとなれば富士教導団や特殊作戦群、第一空挺団を投入すると言っていた。それらの精鋭部隊に水陸機動団も増えたわけだ。黒川がさらに沖合に目を向けると、はるか彼方に、いずもを中心とした機動部隊が目に入った。

「あれもそうだ。想像以上のことを、彼女達はやるな……」

黒川がそう言うと相田が微笑む。

「女を舐めない方がいいわよ」

ＮＡＮＯ型チップは館山航空基地の沖に停泊しているあすかの中で製造され、自衛隊経由で都内に運ばれていたのだ。

相田はこう考えていた。ＮＡＮＯ型がなぜ東京周辺の範囲にしか存在しないのか。それには何か特殊な条件が作用している、と。そして、ＮＡＮＯ型が広がっている範囲とエキブルの行動範囲を重ねると同じになる。つまり、ＮＡＮＯ型はＡＩ側でなくエキブルが造り出したものだ。そして、ＡＩと同じ識別信号を出し、自ら自然に進化したと思わせることに成功している。Ａ５からＡ５Ｂ、Ａ５Ｃと自動的に進化をしてきただけに、ＡＩは味方だと思ってＮＡＮＯ型の侵入を許した。

黒川が言う。

「ＡＩはＮＡＮＯ型をまだ味方だと思っている」

「凄いことするわね、エキブルは。とても少女とは思えない」

黒川も頷く。

「染亜が負傷したことも影響があるのかもしれない。それとも、最初からこういう計画だったのか。どちらにせよ、エキブルの力が弱まれば、ＮＡＮＯ型はＡＩに乗っ取られる可能性もある。そうなれば、ネットを使って一瞬にして世界に広まる……。その方が危険だ」

「彼女達は賭けに出た」

相田の言葉に、

「勝つ自信があるのさ。エキブルの最終目標は、小愛や美都だ」

と黒川が言う。それを聞いた相田は何か少し考えていた。そして、

「まさかとは思うけど、エキブルは――」

相田は、エキブルがＡＩを殲滅する方針を転換したと睨んだ。その理由は、ＡＩ的方法で、より精巧なＮＡＮＯ型を人体に寄生させるためだ。しかしそれはエキブル、おそらくは音夢がコントロールできる範囲に限られる。

「なぜだ、それほどの能力があれば日本中にばらまけばいいのでは？」

黒川の疑問に、相田はその理由をこう説明した。

「その必要はないのよ。東京だけでいい――」

音夢は、今のままでは小愛と美都に勝てないことは分かっている。そこでＡＩの手法を真似て、人体にエキブルのＮＡＮＯ型を寄生させ、コントロール下に置く。ＮＡＮＯ型はＡ５チップにも影響を与えるので、その総数は東京だけでもかなりの人数になる。幸い、既に自衛隊の一部をコントロールしていたエキブルは、そこで新たなチップの開発を行い、ＮＡＮＯ型を完成させることも容易だった。黒川が言う。

「それが、あすかの中で行われている」

「そう。そして、小愛や美都達との戦いの時に利用する」

その相田の言葉に、黒川もやっと分かった。

「そうか、ＮＡＮＯ型が寄生した人々を人質にするんだ」

音夢が生きている間は、ＮＡＮＯ型はそのコントロール下にあるが、彼女がその力をなくせばＡＩによって乗っ取られ、一瞬で世界中に拡散する。その人々の数は何十億にもなるかもしれない。

黒川は呟いた。

「それを盾に、小愛や美都と戦うのか……」

「そう。彼女達の優しい心を突いた作戦よ。彼女達が音夢に勝っても、どっちみちＡＩによってＮＡＮＯ型は世界中に……。二人はどんな行動を取ると思う？」

相田の言葉に黒川は、

「冗談じゃない、この世界が消えてしまう」

と困惑する。

「とりあえず、このことは島田さんに報告しておこう」

黒川がＲＩＭＯを使い状況報告をしたあと、暗くなると同時に二人は東京に戻った。


次の日、黒川と相田はある作戦を実行する。

島田からの報告では、横須賀基地の米海軍空母ジョン・Ｆ・ケネディが出航した。名目は演習だが、実際は空母打撃群を編成して大島周辺に展開している。それは日本国内の異変を米国が掴んでいることを意味した。対馬沖や佐世保周辺でも各国の不穏な動きがあり、呉のかがを中心とする機動部隊が出航したということだった。この機会に乗じて周辺国が、日本分割に動く気配を見せ始めたことも。

　事態は急を要した。黒川はあすかの中に瞬間移動して身を隠す。そして、相田から連絡があり次第、ＲＩＭＯを使って内部の機器を全て破壊する手筈になっている。

　一方、相田はタイトスカートのスーツ姿に着替え、ＲＩＭＯを使い瞬間移動をして、国会議事堂内のとある部屋の前にいた。中には笹井内閣官房長官、長浜外務大臣、所警視総監、そして持田統合幕僚長がいた。笹井は持田に訊く。

「この水はチェック済みだね？」

「はい、大丈夫です」

　テーブルの上には、持田が持ってきたペットボトルのミネラルウォーターがある。最近、飲み物の中にＮＡＮＯ型チップが混入される事件があり、政府関係者の間でも問題になっていた。そのため笹井達は、信頼できる持田が持ってきた飲み物以外には手を付けなかった。持田は、ＲＩＭＯを基に開発したＣ１がＮＡＮＯ型を発見、排除するので安全だと説明した。そして、実際にＮＡＮＯ型の入った飲み物にＣ１を当てて排除する実演もして見せていた。所がペットボトルを手に取り一口飲むと、それを見ていた笹井達も手を伸ばした。その時、相田の声が響く。

「お待ちを、大臣」

「うわっ！　いつの間に！」

　突然現れた相田に笹井達は驚く。

「君は……確か相田警部」

「その幽霊です」

と相田が微笑む。前回と違ってタイトスカート姿は、相田の印象をガラッと変えた。特にスカートから伸びる綺麗な脚は、見る物を釘付けにする。笹井が動揺しながら訊く。

「君の任務は何か分かっているのか?」

「ええ、だからこうして来ました。その飲み物は、お飲みにならない方がいいです」

相田は忠告した。

「なぜだ?」

長浜が訊く。相田は何も言わずに頭の中でRIMOに命令する。その瞬間、ミネラルウォーターの入ったペットボトルが青白く光った。と同時に、所が腹部を押さえて苦しみ始めた。その姿を見ていた笹井達に動揺が走った。

「何が起こったんだ?」

「中にNANO型が入ってます。彼女達はあなた方にそれを飲ませ、コントロール下に置くことを企んでいます。そうですよね、持田統合幕僚長」

相田の言葉に笹井達は驚き、持田を見る。

「どういうことだ、持田君、持田君! NANO型はAIの武器ではないのか? 〝彼女達〟とはこの間の少女のことか! 持田君、君はそいつらと繋がっているのか⁉」

長浜が問い詰めるが、持田は微動だにせずソファーに座っている。それに代わり、相田が真実を笹井達に話すと、長浜は立ち上がり怒鳴った。

「君は裏切ったのか！」

笹井も持田に向かって言い放つ。

「君は今日で解任する！」

しかし、持田はソファーに座ったまま笑う。

「ハハハッ！　解任？　結構！　今や東京周辺の精鋭部隊は私の指揮下です。大島周辺にはアメリカの機動部隊がいる。対馬や東シナ海、日本海も、この国の周辺は敵だらけだ。誰がこの窮地を救えるのですか？　ＮＡＮＯ型やＣ１を装備すれば、ＡＩのＡ５など敵ではない。ましてやアメリカも同じ。用なしはあなた達ですよ」

持田の言葉に、長浜が言い返した。

「国を裏切る気か？」

「裏切ったのは、あんた達だ。クソみたいな国際感覚。政治もろくにできない素人。学歴だけでトップになるから、クソみたいな国ができる」

持田は吐き捨てるように言うと、苦しんでいる所を横目で見た。

「だから、私は彼女達の考えに賛同した。劣等な人間を排除することに。この際だ、日本は一度、潰した方がいい。大掃除をしてから、我々が新しい国を作る」

そう言う持田を見て、相田は思った。

――いずれは自分も排除されるのを知らないのかしら？

そんな彼女に持田は言う。

「君も分かっているんだろう？　君の後ろには、もっと強力な何者かがいるんだろう？」

「それは誰かね？　相田警部。私達やこの日本を助けてくれ！」

笹井のその言葉を聞いて、相田は吐き気がした。

――持田の言う通りかも。クソみたいな政治家ばかり！

その心の内を見透かしたように持田が言った。

「我々のＮＡＮＯ型は増産されている。早い段階で日本中にばらまかれるだろう。そうなれば、いくら君達が強くても、国民全員を排除できるかな？」

「あの子達は平気でこの宇宙を消滅させることもできるわ。でも、私達にチャンスをくれているの。この宇宙で生き残れるように。だから、こうする――」

相田はＲＩＭＯをポケットから取り出して微笑む。

「持田さん、これと同じ物を持っているはず。しかし、あなたのとは性能が違う」

「それで何をするんだ？」

「あすか……」

相田のその一言を聞いて、持田の顔色が変わった。それは彼が初めて見せた動揺だった。

「やめろ！　彼女達が黙っていないぞ！」

それを聞いた相田は、エキブルの誰かがここに来るだろうと確信した。そうなれば自分は死ぬかもしれないと思った。その時、黒川の顔がなぜか頭に浮かんだ。

――こんなことなら、もっと女らしくしておけばよかった……。

――警報！　エキブル！

ＲＩＭＯが警告する。相田が窓の方を見ると、そこに零若が現れた。

「うわぁっ！」

今や笹井達は驚くことでしか自分の存在を表せないかのように見えた。覚悟を決めていた相田は躊躇せず、ＲＩＭＯを通じて黒川に合図を送る。それを見て持田が叫んだ。

「やめろっ！」

試験艦あすかは一瞬にして青白い光に包まれ、全ての電子機器が消滅した。

――相田、やったぞ！

そう言うと黒川はすぐに東京に取って返した。

「なんてことをしたんだっ！」

頭を押さえ叫ぶ持田など、相田は目に入らない。彼女の全意識は、今そこにいる零若に集中していた。

――さあ、どう来る？

相田はいつでも撃てるように、バッグの中のＨＫ45に手をかける。しかし零若は何もせず、持田をどこかに転送したあと、自分も消えた。相田もそれを追うように消えた。所は気を失っているが、命には別条はなさそうだ。笹井達は今や想像を絶するレベルで戦いが行われていることを思い知らされ、ただその場に立ち尽くすしかなかった。

相田は零若を追って議員会館の屋上にいた。どうして自分がそんな暴挙に出たのか分からなかったが、零若と対峙した今、そんなことはどうでもよくなった。相田は構える。

——さあ、どうする？

——彩花の友達は、〈SONIC BASE〉にいる。

零若はそう言った。

——どうしてそんなことを教えてくれるの？

零若に訊くが、彼女は何も言わずに消え、相田もそれ以上は追わなかった。

◇　◇　◇

昨日の出来事が外部に漏れることはなかった。テレビでは下世話なワイドショーが、いつもと変わらずどうでもいいことを偏った見方で放送している。一つだけ変わったことがあった。それは、一か月ぶりに雨が降り始めたことだ。

黒川は街に降り注ぐ雨を窓辺で見ていた。事務所の窓ガラスに雨粒が付き、下に伝って落ちていく。その雨粒は途中で他の雨粒を吸収して大きくなり、重くなるに従い落ちる速度が速くなる。そして、やがて窓枠にぶつかり正体をなくす。

——この世界の縮図だな。

黒川はそう思った。自分達は今、重くなり過ぎている。あまりにも多くの要素が、予断を許さないところまで来ている。そして、その速度は速い。一か月前までは、こんなことになると誰が想像しただろう。もっとも、世間一般では何事もない日々が演出されているが、今まさにこの世界が消えてしまうかもしれないのだ。

——守るほどの価値があるのか？

黒川はそんなことさえ思うようになっていた。そして、いざとなれば小愛に、「この世界を吹っ飛ばせ！」と言ってしまうかもしれない、と。その時、誰に傍にいて欲しいか、とふと考えてみた。

「ねえ、何考えてるの？」

ソファーで今まで寝ていた相田が目を覚ます。黒川はそんな相田の方を振り向いた。

「何か当ててくれ」

そう言って相田と向き合って座る。黒川の顔をジッと見ていた相田は微笑んだ。

「そうね、新しい地球も悪くないかも」

そんな彼女を見て、黒川は思った。

——やっぱり、こいつかな……。

◇　◇　◇

放課後、みんな〈ｈｅｒｍｉｔａｇｅ〉に集まった。そこで島田さんから私達に話があった。東京で黒川さん達が精力的に動き、エキブルとＡＩ双方の出方がおおよそ分かってきたという。

エキブルはＡＩのようにＮＡＮＯ型と言われるチップを開発し、人体に寄生させるという作戦を行っている。その結果、自衛隊の一部をコントロール下に置き、ＲＩＭＯを持っているファンと合わせると、かなりの戦力になると予想された。

一方、ＡＩも政府中枢に入り込み、有力な政治家と組んでいることが分かった。そして、この波来未を警戒していることも。幸一君が訊いた。

「どうして？　ここは守られているから大丈夫では？」

「だから、ＡＩの力が機能しない」

と島田さんは言う。世界は今やＡＩの監視下にあるが、この地域だけは例外だった。それ故、この地域にＡＩが緊張状態を持ち込んだ。それを聞き、幸一君は真剣な顔で言った。

「始まるのはいつですか？」

「もうすぐだ」

島田さんはそう答えた。


私と美都は瞬間移動しないで電車で家に帰った。誰かと話したい、そんな気分がそうさせたに違いない。来未南駅の傍にポツンと一つだけある自販機の前で、私達は少し話した。私は美都に訊く。

「どっちがいい？」

「エスプレッソ」

と彼女は答える。私はカプチーノにした。

「もう始まっちゃうね……」

満天の星空を見上げ私は言うが、美都は俯いたままで元気がない。

「美都、三枝教授に会いに行こう。私も一緒に行ってあげるから」

すると、美都は顔を上げ私を見つめる。暗くてよく分からないが、目尻に光るものがあった。そして、美都は子供のような笑顔になり、

「私もカプチーノがいい」

と言って、私の飲みかけのカプチーノを取り上げた。

◇　◇　◇

相田と黒川は夜になるまでこれからのことを話した。黒川が言う。

「零若が言ったことが本当なら、〈SONIC BASE〉には音夢はいない」

「もし罠だとしたら？」

「君はそう思うかい？」

黒川が相田に訊き返すと、彼女は首を横に振る。

「よし、今夜、彩花の友達を助けに行くぞ」

そう言って黒川が島田に連絡をすると、島田からすぐに返信があった。それは、

――少し待て。

というものだった。待機している間、黒川と相田は冷静にもう一度考えてみた。

「音夢はどこに行ったんだ？」

このところ姿を見せるのは未亜と零若ばかりだ。染亜は負傷しているため、どこかに匿われているることが予想できる。あと一人、子真は、おそらく音夢と行動を共にしているだろうと考えた。

「音夢がどこかに隠れて、次の準備をしているのなら、行動できるのは未亜と零若だけ。たぶん、子真は音夢の護衛」

と相田は推測する。その一つは染亜の治療だと考えた。音夢の力で早急に治し、戦力の回復を図る。もう一つは、ＮＡＮＯ型が関係あるだろう、と。

「音夢はたぶん、今動けないんだ。だから未亜達に行動させ、自分は何かを企んでいる。ＮＡＮＯ型は音夢がコントロールすると言っていたが、少しでも力が弱くなると、ＡＩに乗っ取られる危険がある。そのため、彼女も精神統一ができる場所に移った――」

そこまで言うと、黒川にはある場所が浮かんだ。

――まさか……。

その時、辺りが青白く光った。その出方はＮＩＭＯ特有のもので、現れたのは島田と彩花、幸一の三人だった。

「遅くなってすみません。彩花ちゃんが、どうしても行くと言って聞かなかったので」

「私も連れて行ってください！」

「しかし、女は足手まといだ」

詰め寄る彩花の顔を見て黒川は言った。

「あら、私も女よ。この子なら大丈夫。それに救出したあと、彼女達の心のケアには打ってつけじゃない？」

と相田が彩花の顔を見て黒川に言う。彩花は相田に会うのは初めてだ。

「あなたは？」

「紹介しよう。俺の相棒、相田警部だ。よし、連れていく。ところで島田さんは何を？」

「私も行きます。〈ＳＯＮＩＣ ＢＡＳＥ〉を見ておきたい、破壊する前に。それに、彩花ちゃんとその友達、さらに幸一君を一緒に波来未丘陵に連れて帰らなければ」

「あそこはどうなってるんだ？」

黒川の問いに、島田は今までの経緯と、波来未丘陵の受け入れ準備が完了したことを話した。戦いが始まり、万が一この世界が消滅することになれば、小愛が教えてくれることになっている。その時、できる限りの人を素粒子に変え収容する。それを聞いた相田が微笑む。

「だから言ったでしょ、新しい世界もいいって」

「それなら思いっきり戦えるって訳か」

黒川も何か吹っ切れたようだ。島田が気を引き締めるように言った。

「いいですか。小愛ちゃんがこの世界を吹っ飛ばす前に、波来未丘陵に来てくださいよ。今の二人の力なら、あそこまで瞬間移動できますから」

「そうならないように、最善を尽くそう。人間の尊厳をもって」

黒川が言うと相田が言い換える。

「違うわ、全生物よ。だから、種の尊厳をもって、が正しい」

黒川は笑って言った。

「分かってるよ」

夜が来るのを待ち、全員が意識を集中し、事務所から姿を消した。


「よくこんな所に移動できたな」

黒川が小声で言った。五人は今〈SONIC BASE〉の一階フロアーにいる。定休日らしく店内には人影がない。彩花が首を傾げる。

「おかしい……、定休日なんてなかった」

「やっぱり罠?」

幸一はそう考えた。相田もその異様さを感じ取っていた。

「なんだか様子がおかしいと思わない?」

「そう思います。ここに呼ばれたのかな? 我々が……」

島田のその言葉に、黒川が銃を構える。

「行けば分かる」

そして、地下にある工場に五人は向かった。もし音夢と遭遇しても、五人のRIMOやNIMO

があれば、なんとかその場を逃れることが可能だと考えたからだった。黒川は手にＨＫ　ＭＰ５Ｋサブマシンガンを持って先頭を進む。しんがりでＭ４Ａ1カービンを持っている相田を見て、黒川は思った。

――いつも俺の上を行くな。

――大きなお世話。聞こえてるんだから。

と相田が言う。それはそこにいたみんなにも聞こえていたので、失笑が起こる。黒川は歩みを止めて言った。

「なあ、島田さん、こういう場合に対する改良の余地はありだな」

すると島田は笑って頷いた。相田は黒川を急かす。

――何してんの、早く！

――その前にいる。開けるぞ。

黒川が落ちついてそう言うと、相田が黒川の所までやって来て、銃を構える。キィ～と音を立てドアが開くと、二人は銃口を上下左右に振り、中を確認する。

――誰もいないな……。

何かを作っていたと思われる十畳ほどの大きさの部屋が二部屋あるが、既にもぬけの殻だった。すぐに島田が調べ始める。相田はＲＩＭＯに訊く。

「彼女達はどこにいるの？」

――障害が多く、探査ができない。

島田は、ここは外部から察知されないために特殊な構造になっており、それ故、今までAIやNIMOにも発見されなかったと言った。その時、彩花が何かを感じた。

「風子達は上にいる。……そんな気がするの」

「よし、行こう」

島田が室内を調べ終わるとすぐに、皆で上の階に向かう。四階までは誰もいなかった。残っているのは五階の部屋だけだ。先頭の相田が何かに気が付く。

――いる。

――中に少女二名。

と島田のNIMOが答える。ドアを開けて中に入ると、大きなラウンジのような部屋があった。雨はやんでおり、静寂が部屋の中を包む。奥の部屋を探しに行った相田が、ベッドで眠っている風子と朱里を発見した。彩花が駆け寄り、二人に触れる。島田も傍に行き容態を確認する。相田は少女達を島田と彩花に任せ、ラウンジに戻ってきた。

ラウンジを見渡していた黒川が言った。

「おかしいな、簡単過ぎる。確かに零若が教えてくれたんだが……」

「何が？」

幸一がその意味を訊いた時、奥の部屋から彩花の悲鳴が聞こえた。

「きゃーっ！」

黒川達が駆け付けると、島田が腕から血を流していた。さらに、彩花の首元に風子がナイフを突き付けている。幸一は素早く島田を助け、黒川の後方に連れていったが、彩花には近づけない。すると今度は朱里がベッドから起き上がり、黒川と相田の方を向く。その手にはステアーAUGアサルトライフルが握られていた。

タン、タン、タン！

いきなり発砲してくる。幸いＲＩＭＯによって守られているが、相手は彩花の友達なので手が出せない。

「島田さん！　これどうなってる？」

黒川が訊く。

「おそらく、ＮＡＮＯ型を飲まされているに違いない」

「ＮＩＭＯでなんとかならないのか？」

「既にやってるよ……、だめだ、何かに邪魔されている」

「何が邪魔してるの？」

相田が訊いた。撃たれっぱなしで、反撃も動くこともできない。

「これは、エキブルが近くにいるんじゃないか？」

島田のその言葉に、一同背筋が凍る。その時、青白い光が部屋の中を包み込んだ。

――美都が来た！

黒川はすぐに気が付いた。そこにはロングヘアをなびかせ、今やトレードマークのミニスカート姿の美都が立っていた。しかし、美都はいつもなら微笑む余裕を見せるが、今日は違っていた。発砲する朱里に向かって真っ直ぐ歩いていく。そして次の瞬間、朱里は頭を押さえ苦しみ出した。同時に風子も。

「風子っ、朱里っ！」

彩花が慌てて二人に声をかける。

――大丈夫。ＮＡＮＯ型が消えるまで、少しの辛抱。

美都の言葉に彩花は落ち着きを取り戻す。相田はその凄さに圧倒され、自然と名を口にした。

「凄い、あの美少女が小愛ちゃん……？」

「違う、彼女は美都だ。守りの要だ」

「すると、小愛ちゃんは？」

「きっと近くにいる。美都をいつも見ているからね」

黒川がそう答えた。

――まだ反応がある。

島田のＮＩＭＯが警告を繰り返す。美都は奥の隠し部屋を見つけ、中に入った。黒川と相田もあとに続く。そこには大きなベッドがあり、誰かが寝ていて、その傍に美都は立ち尽くす。

――もういい、やめようよ……。

美都はベッドに寝ている誰かに話しかける。

――なぜ……邪魔をする……。

やっと出た声でそれが何者か分かった。

「なんてことだ、染亜じゃないか……」

黒川は唖然とした。自分が撃退した相手がそこにいる。しかも傷の処置を受けていない。染亜は見捨てられたのだと、その場にいる誰もが理解した。それでもなお、ここに一人で残り、音夢の命令を自分の命と引き換えに実行していた。相田はその非情さに愕然とした。

「ひどい……」

美都は今や意識がなくなりかけた染亜の傍に跪き、その手をそっと握る。染亜は言う。

——邪魔を、するな……。

——お願い、もうやめて！

美都の瞳から涙が落ちる。そして、染亜がまさに息絶えようとしたその時、青白い光が再び部屋を包み込んだ。そこには、美都とは違う強さと優しさがあった。いつの間にかベッドの脇にはもう一人の少女が立っていた。美都と同じように、トレードマークのミニスカートに、同じく長い髪をなびかせて。しかし、それを見た黒川は戸惑った。

「小愛？　これは小愛なのか……？」

黒川は、以前とは違う小愛に驚きを隠しきれない。

「彼女が、小愛ちゃん？」

「そうだ。……しかし、何か違う」

その時、島田の声が頭の中に響いた。

——彼女も成長してるんですよ。

美都が泣きながら、傍にいる小愛を見上げる。小愛が頷き、手を染亜にかざすと、部屋全体が青白い光に包まれてゆく。それはまるで、温かい布団の中にいるかのように気持ちの良い光だった。ほんの数秒だが、それが続いた。そして視界が戻ると、美都が染亜の名を呼ぶ。

——染亜。

——美都……。

美都の呼びかけに答える染亜の声には、さっきまでと違い生命力が漲っていた。よく見ると傷口はすっかり消えている。

「凄い！　蘇生もできるのか……」

黒川が驚く。相田に至っては驚きのあまり声も出ない。

部屋の外では風子と朱里も意識を取り戻していた。

「あれ、彩花……、何してるの？　ここはどこ？」

音夢の洗脳から解放され、純粋な部分だけが残った風子と朱里は、狐につままれたような顔をしていた。二人の無事を確認した島田は、染亜の所に行った。

——あなたは、島田さん……。

染亜は島田の顔を見るなりそう言った。

——久しぶり。やっと本当の顔になったね。

島田がそう言葉をかけると、染亜は嬉しそうな顔をした。その顔は音夢の力から完全に解放されたことを意味していた。楽しそうに島田や美都と話す染亜に黒川が話しかける。

「あの時は、悪いことしたな」

「いいの、悪いのはこっちだもん。それより、あの女性は？」

「ここにいるわ、染亜ちゃん」

そう言って相田が現れると、染亜は安心した顔をした。

「でも、どうしてここが分かったの？」

染亜が誰にともなく訊くと、相田が答えた。

「零若ちゃんが教えてくれた」

「でもなぜ、彼女達は君を治療しなかったんだ？」

黒川の問いに染亜が答える。

「未亜と零若を責めないで。彼女達ではこの部屋を開けることができなかったの」

染亜の話では、黒川達がここに来ることを予想していた音夢によって、彼女はここに閉じ込められ、壁の向こうの風子と朱里をコントロールすることを命じられたという。未亜と零若は反対したが、音夢に逆らうことはできない。そして、二人は音夢の目を盗んでこの壁を壊そうとも試みたが、彼女達の力では開けることができなかった。

——それを、美都は簡単に開けた……。

黒川は美都と小愛の力がこの短期間で驚異的に強くなっていることに驚いた。島田は、波来未丘陵での訓練が、二人を力の面だけでなく、精神面でも成長させたと言った。その時、島田のＮＩＭＯが言う。

――警報！　エキブル！

――どこから来る？

黒川が身構え、美都と小愛を見ると、二人はラウンジの窓の方を見ていた。そして、そこに二人の少女が現れる。

――未亜と零若だ。

黒川が言うと全員が頷く。そして黒川達が銃を構えると、風子が止めに入った。

「やめて！　お願い！　未亜さんと零若さんは悪くない！」

朱里がそれに続く。

「二人は、ここに連れてこられた私達をずっと助けてくれた！」

そこへ染亜がベッドから立ち上がり、二人の前に姿を見せた。

――私は大丈夫。

傷が完治した姿を見ると、二人の表情に安堵感が見て取れた。美都が二人に話しかける。

――もうやめようよ。

――私達はまだエキブルだ。

未亜のその一言に、小愛が怒ったように言い返した。

――違う！　その前に人間よ！

そして、美都も言う。

――その通り。私達よりも、ずっと人間。

いつになく今日の美都には迫力があった。彼女から見れば、コアミノームと相互作用させた今の自分と比べれば、二人は完全な人間に違いなかった。

――その通り。もう終わりにしようよ。

今度は染亜がそう言うと、未亜は何かに気が付いた。

――染亜、あなた……。

――そう。私も美都や小愛と同じ体になった。

それを聞いて、そこにいる全員が驚いた。

――それしか方法がなかった。

島田が言う。染亜の体は、既にほとんど機能していなかった。正常な人間であればもっと前に死んでいたはずだが、音夢のコントロール下で、なんとか意思だけが生かされている状態だった、と。美都は話す。

――意思が生きていたから、コアミノームと相互作用する道があった。

――私はこれで良かった。なんだか楽になった……。

染亜の言葉を聞いて、未亜と零若はしばらく何か考えていた。そして未亜が口を開く。

――私達は、まだしなければならないことがある。

――なんで、そこまで……?

と染亜が問いかける。その時、未亜と零若は小愛を見た。全員がそれに傾注する。

――思い切ってやってきて。私がいるから。

小愛からその言葉を聞いて、未亜と零若は安らかな顔になった。それを見ていた美都も、

——そう、待ってる。

と言って微笑む。未亜と零若は口だけを動かし何かを言った。そして、その場から姿を消した。続いて小愛、美都、染亜も姿を消した。

「今、なんて言ってた？」

黒川が誰にともなく訊くと、相田が答えた。

「ア・リ・ガ・ト・ウ・って言ったのよ……」

風子と朱里も、彩花から聞くまでもなく、自分達が洗脳されていたことを悟っていた。それを教えてくれたのは、あの未亜と零若だった。そのため、徐々に洗脳から解放されていったが、音夢によって再洗脳されてしまい、そこからの記憶がないらしい。しかし今はしっかりと自分を取り戻し、彩花達と行動を共にすると言った。

島田は情報を収集して、さっそくその場で検討を始めた。その間、黒川は今後のことを考えていた。ここ数日で、いや数時間後かもしれないが、事態が大きく動き出すのは間違いない。小愛と美都が本気で動けば、その時は覚悟を決めないといけない。そうならないためにも、なるべく被害を最小に抑える方法を考えていた。そんな黒川を見て、相田が声をかける。

「何考えてるの？」

「さあ、これからどうするかな？」

「やることはいっぱいある。まず、この子達を事務所に移すこと。そして、持田を見つけ出し、落

とし前をつける。さらに国会に乗り込み、人間の首謀者を叩き潰す」

「そうだった、まず持田を見つけよう」

黒川と相田は顔を見合わせ頷く。その時、青白い光が輝き、いきなり後ろに染亜が現れた。小愛と美都も一緒だ。

「うわっ！」

黒川は尻餅をつく。

「こんなことはやめてくれ……、心臓に悪い」

エキブルの時と違い、現れる時に青白く輝くのはコアミノームの特徴だった。染亜の顔には幼い可愛らしさが表れていて、等身大の自分本来の姿に戻っていた。そして小愛や美都に教えてもらい、その能力をかなり使いこなせるようになっていた。島田が言うには、その力を染亜が持つことで、小愛と美都のバックアップだけでなく、未亜や零若の救出にも役に立つとのこと。黒川はそんな染亜を見て感心していた。

――大したもんだ。短期間でそこまで使えるようになるなんて。

――染亜は覚えが早い。

と美都が微笑んだ。その優しい顔を見て癒される思いがした黒川は、自然と小愛のことも思う。そして、その二人に助けられた染亜の人間らしさも。

「そうなんだ、この子達にはこれがある。人を引き寄せる魅力や人間らしさ。見ていて気持ちがいいんだ。だから、この子達に賭けてみようと思うんだ。たとえこの世界がなくなっても、小愛であれば、必ずもう一度作り直してくれる」

黒川がそう言うと相田が頷く。そこへ島田も言った。

「あの子達の感受性の高さや伸び伸びとした姿勢は、傍にいるＮＩＭＯが一番影響を受けやすい。見て分かるように、小愛ちゃんのＮＩＭＯは妹キャラになり、美都ちゃんのＮＩＭＯは小説家志望。どちらも伸び伸びと育っている」

島田の言葉に相田が訊き返す。

「育つ？」

「そう。中身は小愛ちゃんもＮＩＭＯも同じだからね。体があるかないかの違い。だから、小愛ちゃんのＮＩＭＯは彼女に恋をしている」

それを聞いて黒川と相田は驚いた。小愛と美都はＮＩＭＯなしでも、その力は今や無敵と言っていい。しかしＮＩＭＯが二人から離れない。その想いの強さから、瞬間移動まで覚えて二人についていく、と島田は話した。

「信じられん……」

「でも、なんだか可愛い。二人の影響を受けているのなら、力も相当？」

相田が訊くと島田はこう答えた。

「おそらく、二人に次ぐ強さを持っている」

一同は午前四時まで〈ＳＯＮＩＣ ＢＡＳＥ〉のラウンジにいた。

「よし、行動開始だ」

黒川がそう言って立ち上がる。今から黒川と相田は、前もって計画した通りに持田を見つけ出すことから始める。島田達は黒川の事務所に一旦移動して、そこで待機することに。染亜は島田達と行動を共にする。万が一、エキブルの子真が現れたら、島田達を守れるのは彼女しかいない。それに、風子や朱里が彼女に懐いていることもあった。また、染亜の力であれば、全員を波来未丘陵に移動させることもできる。黒川が島田に訊いた。

「ここはどうする？」

「美都ちゃんに任せよう」

全員が他のビルの屋上に移動すると、それを確認した美都が小愛を見る。小愛は頷き、美都より一歩下がる。次の瞬間、思わず目を覆うような強烈な青白い光を放つレムノ集束光が〈ＳＯＮＩＣ ＢＡＳＥ〉に落ちた。

「小愛とは違う攻撃だな」

黒川の言葉に島田が答える。

「そう。スピンの回転数に違いがある。まあ、個性と見ればいい」

言っている間に〈ＳＯＮＩＣ ＢＡＳＥ〉は音も立てずに崩壊していき、周りにあった建物もごっそり消滅した。それを見た一同は唖然とする。そこへ、小愛と美都が現れた。

――人はいなかったか？

島田が心配になり確認すると、

――何人かいたけど、私が寸前で安全な所に移した。

と小愛が言う。そして美都は、

――ちょっと、力の出し方、間違えた。

そう言って微笑んだ。相田は呟いた。

「これは、ニュースになる……」

――じゃあ、私達は行くから。

小愛と美都がその場から消えた。黒川が島田に訊く。

「二人はどこに？」

「美都ちゃんが育った施設。三枝教授に会いに行った」

「なんだって！　そこには音夢がいるかもしれない……」

黒川の言葉に島田も驚く。すぐに連絡を取ろうとしたが、何かが邪魔をして通じない。染亜に訊いてみるが、彼女にもその原因は分からないらしい。そして染亜が二人のあとを追うと言い出したが、みんなが止めた。染亜までいなくなると、いざという時に困ることは目に見えているからだ。

「とりあえず、二人を信じよう。音夢にやられることはないと思う」

島田はそう言ったが、黒川は言い返した。

「違うよ、心配なのは、この地球だ……」

◇　◇　◇

朝日が山の稜線を鮮明に映し出し、人々が一日の始まりにそれを記憶の中に刻もうとする。たとえどんなに未来が不透明でも、それは繰り返される。しかし八王子の洋館は、人々の記憶から姿を消していた。それは、初めからずっとだった。美都は洋館の二階にある自分が育った部屋に入ると、懐かしさが込み上げてくる。

――ここに、私はいた……。

知らないうちに、自分の存在した証をそこに求めていた。普通の子供のような思い出は、美都の記憶にはない。それでも三枝は親代わりに違いなかった。

――美都、見つけたよ。

小愛が呼んでいる部屋に移動する。懐かしい書物の匂いに包まれたそこは、三枝の書斎だった。小愛は奥の三枝の机の前で美都を手招きする。

「教授……」

美都は車椅子に座っている三枝に声をかける。眠っていた彼は目を開け、美都の顔を認めると言った。

「おお……、美都」

その声はまだしっかりしたものだった。三枝が美都の手を両手で握る。その目からは涙が零れてきた。そして、繰り返し言った。

「すまない、すまない……」

車椅子の横で跪いている美都の目にも涙が光る。小愛は二人の再会を邪魔しないようにその場から離れた。

美都と三枝はしばらくの間、昔のことやここまでの経緯を話していた。その中で三枝は、自分がダークマターと思っていた物が、素粒子生命体コアミノームと知って大きな驚きを見せた。

「なんてことだ……、超対称性や超ひも理論さえも覆される……」

彼の目にはその時、学者としての探求心が一瞬、蘇った。

小愛は二人のその姿を見て羨ましいと感じていた。美都と三枝との間には、確かに実体として残る過去がある。それに比べ、今の自分には亜美達や淳との間に、実体のない過去が存在している。しかも、自分だけが幾つもの過去を背負っている。今はそれが苦しくなっているのも事実だった。

――私は、幾つ心に穴を空ければいいのかな……。

そんなことを思っていた。過去は一つだけでいい、そうすれば思い出話は生き生きとして、思いっきり笑うことだってできる。小愛は何度も繰り返していた。

――一つでいい、一つで……。

――コア……。

ＮＩＭＯが寂しそうに光る。

――ごめんね……。

そう言ってＮＩＭＯを優しく手に包む。ＮＩＭＯは十五年も小愛に会えることを楽しみに待っていたのだ。つらい過去は忘れてしまいたい、そう思った小愛だったが、誰もがそれから逃れることはできないとも思った。

――思い出は、良いことばかりではない……。

美都の思い出だってそうに違いないと感じていた。それを彼女は忘れまいとして、つらかったこの屋敷にやって来て、三枝教授と向き合うことを望んだ。それは、つらい過去から逃げずに、これからも向き合っていく決意の表れだと小愛は思った。

その時、外の異変に小愛は気が付く。

――おかしい、鳥の声がしない……？

さっきまで聞こえていた小鳥の鳴き声が全くしなくなった。小愛はＮＩＭＯに訊く。

――どうなってるの？

――この建物が、全てを邪魔する。

この建物は〈ＳＯＮＩＣ　ＢＡＳＥ〉と同じように、外部からの探査を困難にするために特殊な造りをしている。そのことが仇となっていた。しかし、外部からの脅威に対してはそれで分かるが、なぜ内部からも探査できないのか、という疑問が小愛の頭に浮かぶ。美都も外の異変に気が付いて、三枝の車椅子を押してきた。小愛が美都に訊く。

――どう思う？

美都は、この屋敷は自分達の存在を隠し、さらに力が外部に漏れないようにする構造になっているのではないかと言った。それを聞いて小愛は波来未丘陵を思い出した。三枝に尋ねる。

「ここは誰が造ったんですか？」

「ああ、ここの構造は、島田君だ」

三枝の話では、美都が言った通りこの建物は、自由に美都達がその力を使えるようにすると同時に、外部にその力が漏れないように、また同様の外からの攻撃にも耐えることができるように造られたということだった。おそらく、音夢はこの構造を真似て〈ＳＯＮＩＣ ＢＡＳＥ〉の内部を改造したに違いない。

――でも、何かがおかしい……。

そう思った小愛はＮＩＭＯと力を作用させ、周りをサーチすることにした。それは同時に、外部に自分達の存在を知らせる危険性もある。

――小愛、私が守る。やって！

美都は小愛がやろうとすることが既に分かっていた。小愛は頷き、ＮＩＭＯに手を触れ意識を集中させる。部屋全体が青白い光に包まれていく。

「おお、これがダークマター……、いやコアミノームの光か……」

三枝は驚きの声を上げる。小愛のＮＩＭＯが第一声を発した。

――コア、囲まれている。

――人数は、四十人ぐらいか……。

小愛はその人数を既に掴んでいた。

――全員、アサルトライフル、サブマシンガンで武装。自衛隊特殊部隊。

今度は美都のＮＩＭＯがそう言った。

――距離五〇〇メートル先の側道に、大型戦闘車輌。さらに後方には百五十名待機。

再び小愛のＮＩＭＯが警告する。それぐらいの人数は問題ないが、なぜ自分達の存在が知れたのか。小愛はその疑問を解きたいと思い三枝に尋ねる。

「教えてください。どうして私達がここにいることが分かったの？」

「おそらく、ＡＩが関知したのだと思う……」

「どうして？　ＡＩにそんな力が？」

美都が驚き三枝に訊く。

「ここを囲んでいる彼らは、おそらくはＮＡＮＯ型が寄生したチップ保持者だ。しかし、今はＡＩのコントロール下にあるはず」

それは驚くべきことだった。三枝は現状をこう推測する。音夢はＮＡＮＯ型を作ったが、それは彼女自身にもかなりの負担になった。音夢の力が強ければＮＡＮＯ型は正常に機能するが、少しでも弱まればＡＩに乗っ取られ、逆にコントロール下に置かれる。ＮＡＮＯ型を保持している彼らは、おそらく音夢のコントロールを離れたことから、ＡＩにその中にあった情報を読み取られた。そのため、音夢達は〈ＳＯＮＩＣ　ＢＡＳＥ〉を放棄して、さらにここもそうせざる得なかった。

それを聞いていた小愛が尋ねた。

「音夢はどこに？　今どうなっているの？」

「数日前まで、ここにいた」

三枝の話では、最初は未亜がやって来て、ここに音夢を移す準備をした。その際、音夢を強化するため、三枝を強制的に協力させたらしい。それは美都達がデビュー前に行っていた、潜在能力覚醒法という催眠法で、再びそれを使い音夢の潜在能力を極限まで引き出すことが目的だった。しかし、個人の容量を超えると、自我の崩壊を招く危険性がある。当時の教育もそのことを念頭に行われ、最大レベルまでには達していなかった。

「ただ一人を除いては……」

そう言って三枝は美都の顔を見る。美都のその能力は他の者を圧倒していたが、彼女の優しさと意志の強さがそれ以上の教育を拒んだ。そのため、当時は音夢と同程度の能力に留まっていた。

先日、未亜がここに来た時、三枝はそのことを隠していたが、彼女はわずか一日でここにある書物を解読し、潜在能力覚醒法をマスターした。そして、この地下の施設に音夢を移してきた。

「それは成功したの？」

「成功したかどうかは分からないが——」

美都の問いに三枝は言う。音夢は当初はＮＡＮＯ型を上手くコントロール下に収めていた。この施設であれば補助の増幅器を使うことができ、安定した力を得ることができる。しかし、今の状況を見る限りでは、施設を出たため音夢の力が一時的に不安定になったか、あるいは本当に弱まったのではないか、と。

そして、もう一つ考えられることがあると三枝は続ける。それは、ＡＩ自体の進化が速く、強力になったことで、さすがの音夢も対抗できなくなったというものだ。ＡＩは人間と同じようにそれぞれの固体が判断する。感受性や慈悲心などは持たないが、自身の生存性に対する行動理念は人間と同じで、身近なものと手を組み、その地域で最適な戦闘団を組織する。人間と違い、主義・主張や宗教にとらわれず、ＡＩとして統一された思考原理が、世界のどの地域においても、一糸乱れない行動を可能にしている。しかも情報処理能力は人間の比ではなく、一瞬にして世界に広がるネットワークも構築している。今やＡＩは自らが生き物のように進化し、細胞のように分裂するところまで来ている。Ａ５だったチップがＡ５Ｂ、Ｃ、Ｄと自然に進化していて、その広まりはウィルス以上であり、人間には止めることができない。

「しかも、ＡＩはウィルスには感染しない」

三枝はそう言った。ネットワーク自体がＡＩの支配下にある以上、いくら人間がウィルスを感染させようとしても、現状では既に不可能になっている。

「ではなぜ、人間の体を必要とするの？」

美都の問いに三枝は答える。

「移動手段だ」

今でも飛行機や自動車などはＡＩでコントロールしているが、インフラの点で完全ではない。さらに、ＡＩを使わない人間もまだ多数存在し、その排除にはコントロール下に置いた人間を使うのが最適だとＡＩは判断している。小愛は外を見ながら言った。

「それで、彼らが……」

「そうだ。しかし、いずれは人型アンドロイドが現れ、その必要もなくなる」

と三枝がうな垂れた。美都が小さな声で言う。

「まるで、ＳＦ映画みたいな世界になる……」

「私がバカだった。あんな計画さえ思いつかなかったら……。島田君が言っていたように、人のアルゴリズムを進化させるべきだった。穏やかな進化を……。ＡＩの危険性を抑えるためにのみ、音夢のような力を使うべきだった……」

三枝は頭を抱える。美都は外の様子をうかがった。

――彼らは、突入する気配はないみたい。

――中の状況が分からないんだ。しばらく時間が稼げる。

小愛はそう言うと、二つのＮＩＭＯとともに島田に連絡を取る。すると、ほんの五分後ぐらいだろうか、島田と染亜が現れた。さっそく染亜の力が必要となった、と島田が言う。

「私一人では、この中に入れなかった」

「おお、島田君なのか？」

彼の姿を見て三枝は驚く。

「お久しぶりです、教授……」

島田は三枝に歩み寄り、その手を取って握手した。さらに三枝は染亜にも目をやった。

「君は……、まさか、染亜なのか？」

三枝は再び驚いた。染亜はそんな彼に微笑んで挨拶をする。

「お久しぶりです」

背後から忍び寄り、音もなく目的を達成する。三枝はそのような暗殺を得意とする過去の染亜を知っているからこそ、その変貌ぶりに驚きも大きかった。

「どういうことだ……、なんて可愛らしい、無垢な顔をしているんだ……」

三枝は涙ぐむ。そして、美都に対してと同じことを染亜に言った。

「すまなかった……」

その間、島田は分析に取り掛かる。この施設を設計したこともあり、勝手の分かる彼は、美都に守られ地下に向かった。その間、小愛と染亜は警戒に全意識を集中させる。彼女達のその姿を三枝は見ていた。特に、小愛に注目していた。

三枝は小愛の姿を見たのは初めてだった。親友の神名の娘であることは知っていたが、これほど美しい娘だとは思わなかった。今、久しぶりに再会した美都や染亜から感じる、ある種の躍動感。夢を見ている少女のような瞳は、小愛の存在が大きく関係していることが分かった。

――私が、もっと早く彼女の存在を知っていれば……。

人類排除計画などという愚かな画策は起こさなかったであろうと考えた。小愛に出会ってからまだ一時間も経っていないが、三枝の中には将来への希望を持つ力が、どこからか湧いてきていた。

――もう一度、やり直せたら……。

そう思うと、音夢の顔が浮かんできた。いや、音夢だけでなく、未亜や零若に子真の顔も。三枝にとっては彼女達も我が子のような存在なのだ。染亜の今の顔を見て、彼女に子供の頃の優しさが戻ってきていることが分かった。ならば、それは音夢達にも可能かもしれない。しかし、動かなくなった自分の脚に目をやり、思った。

――今の私に何ができるというんだ……。決して許されないことをしてしまった。

外の様子を見ながら小愛が染亜に言う。

――脱出する時、ＡＩの目をくらます必要がある。

――私にやらせて。考えがある。

染亜が張り切って言うと、小愛は頷いた。

脱出の時は、美都が島田と三枝を一気に連れ出す。そして小愛がこの施設の内部を破壊する。その援護として、どこへ脱出したか追跡させないために、染亜が陽動作戦をする。美都は特に集中しなければならないだろう。それは、この厄介な施設から、ここにある膨大な資料や書物とともに、島田や三枝を連れ出すからだ。

そこへ、意外と早く島田と美都が戻ってきた。島田は脱出の準備にすぐに取り掛かる。そしてこう言った。

「増幅器がない。音夢が持ち出したんだ。彼女はまだ諦めていない。教授、ここの資料も全部持ち出します」

三枝は頷く。

「頼む。どれも重要だ。今後のより良い世界のために生かしてくれ」

「教授、こちらへ」

「いや、私はここでいい。新しい世界を見る資格はない……」

島田が三枝を連れていこうとしたが、彼はそう言って断った。その言葉に、美都や染亜も黙っていた。彼女達も三枝の心の内を知って、どうすることもできないのだ。

「教授、やり直すことはできます。同じ失敗をしなければいい。あなたなら、それが分かっているはずだ」

　島田の言葉にも、

「私はいい、ここに残る。音夢達を頼む」

　そう言って三枝は動こうとしない。そして、俯いた三枝の視線の先に綺麗な脚があった。伝わる雰囲気からそれが小愛だとすぐに分かった。

「いつまで後悔しているんですか。さっき言ったじゃないですか、もう一度やり直せたらって……」

　小愛の言葉に三枝は驚いた。

「君は、私の心が読めるのか……」

　小愛はジッと三枝の顔を見つめる。その透き通るような青い瞳は、全ての創世の源、母なる宇宙に繋がっているように見えた。

　――もう一度、やり直せるだろうか……。

　三枝は心の中でもう一度そう思った。すると小愛は頷き、こう言う。

「さっきの探求心を大切にして……」

　小愛の言葉に、三枝は子供のような笑顔になった。

「さあ、教授、行きましょう。音夢達にはまだ教授が必要です。彼女達を救う意味でも」

　島田の言葉に三枝は頷いた。

そのやり取りの一部始終を見ていた美都が小愛の所にやって来る。そして、いきなり小愛の頬を両手で挟み、唇にキスをした。小愛は少し驚いたが、すぐに微笑み返す。美都が少し涙ぐんでいたのが分かったのだ。

――よし、行くよ！

染亜が声をかける。一同頷いて構えると、次の瞬間、染亜が消えた。洋館から見えない側道に、16式機動戦闘車が三輌止まっていた。中に人が乗っている気配はなく、C1によってAIがコントロールしているようだった。その周りには百五十人ほどの隊員が、ソフトスキン車輌を取り囲んでいる。

「目標、まだ動きがないか、送れ」

部隊の指揮官の二尉が無線で話しているが、応答がない。その時、ザーッというノイズが激しくなった。

「何かに妨害されています」

「屋敷で何かあったのか？」

と指揮官の二尉が言った時、16式機動戦闘車の上から染亜の声が響く。

「残念。ここで起こるの、今すぐ」

「うわーッ！」

隊員達は驚き動揺するが、すぐに反撃の態勢に入る。

パパン、パパン、パパン

89式自動小銃が三点射で火を噴く。しかし、染亜には通用しない。一斉射撃が終わったあとも、彼女は16式機動戦闘車の上に立って欠伸をしていた。

「なんてこった、効果がない！」

隊員達はパニックになる。それを見て染亜は16式機動戦闘車から姿を消した。その瞬間、戦闘車の内部で爆発が起こり、ハッチから黒煙が噴き出した。

「あの子はどこに行った⁉　捜せ！」

そう叫ぶ指揮官の二尉の後ろに染亜がいた。

「い、いつの間に……」

誰もが恐怖に陥り、体の震えが止まらなくなった。中には声を上げ逃げ出す者も出始めていた。それを見て染亜が意識を集中させると、そこにいた全員が頭を押さえて倒れ込み、気絶する。屋敷の周りにいた特殊部隊も染亜の方に気を取られていた。

――派手にやる。

小愛はそう言って美都の方を振り向く。それを見た美都は頷き、意識を集中させると、三つのＮＩＭＯと力を合わせ、青白い光を放ち、島田と三枝、そして大量の資料や書物とともに消えた。それを見届けると小愛は染亜に言う。

――もうＯＫ！

すぐに染亜が戻ってきた。そして、小愛にいきなりキスをするとまた消えた。小愛は、今度は唖然として顔が真っ赤になる。

――帰ったら、説教だ！

そう言うと、左手の人差し指に意識を少しだけ集中させた。すると、レムノ集束光が指先に集まる。それはほんの少しだったが、この施設の内部を消滅させるには十分だった。小愛が指先に一息ふっと吹くと、建物の内部全体が青白い光に包まれ、跡形もなく消滅した。

◇　◇　◇

音夢は御殿場の施設跡にいた。内部は子真が一度、安全を確かめた上で、八王子の施設から持ち出した増幅器を設置していた。そこで音夢は増幅器を使い、ＮＡＮＯ型のコントロールに入ろうとしていた。ここに来る前、八王子の施設では三枝に協力させ、潜在能力覚醒法を受け、自身の能力を一段と高めていた。音夢は子真に訊く。

――未亜と零若はどうしている。

――妨害が多くて分かりませんが、染亜はまだ生きているようです。

――どういうこと？　あそこは消滅したはず。

音夢は動きを止める。小愛と美都が〈ＳＯＮＩＣ　ＢＡＳＥ〉を破壊したのは察知できていた。その少し前に、染亜の生命反応が自らのコントロールに反応しないことから、既に亡くなっていると考えていた。

――どうして生きていられる……？

音夢は、もし染亜が生きているとすると、それは小愛と美都が何かをしたからだと考えた。東京方面の様子を察知できないのも、ＡＩや彼女達の力がそこにあるからだと思った。それが当たっていれば、染亜は既に自分達の敵になっている。さらに未亜や零若にも何らかの影響を与えていることを危惧した。

——東京を調べてこい。そして、未亜や零若も探せ。

音夢は子真に命令すると、自身は増幅器の椅子に座って目をつぶり、意識を集中し始める。それを確認した子真は東京に向かった。

未亜と零若は千葉の白浜にいた。音夢から姿をくらませ、来たるべき戦いの時まで力を温存するためだった。未亜は傍で草の上に寝転んでいる零若の顔を見た。

小愛と美都が染亜の命を助けたこと……。もともと美都に感化されていた未亜と零若にとっては、それだけ見れば取捨選択の結果は明らかだった。自分達が今までしてきたことを許してもらえるとは思っていない。しかし、少しでも多くの人命が助かるのであれば、その世界のために自分達の力を使いたかった。

——もう少し、早く出会っていたら……。

未亜はずっとそう思っていた。〈ＳＯＮＩＣ　ＢＡＳＥ〉に閉じ込められた染亜を救い出すこともできず、それどころか、音夢の力を強化することに協力してしまった。自分の中に少しでも疑問があれば、やめる勇気も必要だ。それは、小愛と美都に会った時から感じていたはずなのに、どうしてここまで来てしまったのか。懺悔という言葉の意味を、今頃になって考えるようになった。

——今から変わればいい。

小愛ならそう言うだろう。そして美都は微笑んで許してくれるだろう。染亜は傍にいたら手を引っ張ってくれるだろう。そして、音夢のことも考えた。

——音夢、あなたには見えていないの……？

何が正解で何が間違いかは未来が判断する。しかし、人間として生まれてきた以上、生き抜くことを誰もが全うしなければいけない。そして、もし世の中が間違った方向に向かえば、自分達のような特殊な能力を与えられた者は、その力を有効に使う義務がある。

——音夢、分からないなら、最後は付き合ってあげる。

未亜は最後に、自分の命と引き換えて、音夢と刺し違える覚悟だった。

——でも、死にたくない……。

その時、初めてそんなことを思った。しかしやらなければいけないということも知っていた。そして、未来は小愛と美都に任せることも。

東京の〈ＳＯＮＩＣ　ＢＡＳＥ〉跡に子真はいた。さっきまで感じていた小愛達の気配は今では消えている。東京はノイズが多過ぎてサーチが困難になっている。その原因の一つは、ＡＩと大島周辺にいる小賢しい連中だが、もう一つは音夢の力だと知っていた。そんな状況下では動かない方がいいと考えた。もし未亜や零若が来たら音夢が教えてくれるだろうし、派手に動いて小愛達を刺激したくない。〈ＳＯＮＩＣ　ＢＡＳＥ〉周辺は、半径二〇〇メートルが美都によって消滅させられた。非常線が張られ、警察が躍起になってその原因究明に当たっている。

――ムダ。

子真は一蹴した。美都のその力を見ても、今の彼女は動じなかった。子真自身も八王子の施設で潜在能力覚醒法の催眠法を受けていたからだった。体中に漲るエネルギーは、この東京の大半を消滅させられる自信となっていた。

――小愛と美都には負けない。加戸市の時のようにはいかない。

◇　◇　◇

内閣官房長官の笹井と長浜外務大臣は首相官邸に向かっていた。アメリカはＡＩだけでなくエキブルの存在まで掴んでおり、その情報提供を強く求めてきていた。もし拒否すれば、アメリカにとって重大な脅威として、軍事行動を示唆していた。

持田統合幕僚長に代わり、急遽その代役として任命された秋月陸上幕僚長や、所に代わり警視総監になった田山は行動が迅速だった。道玄坂や八王子の処理を既に済ませ、それが相田と繋がっている者の仕業だと突き止め、さらに黒川のことも把握していた。

「奴らはどこにいる？」

長浜が訊ねると、田山は素早く返答する。

「目黒に事務所があります。既に何人か送っています」

田山の迅速さに笹井は微笑む。それ故、笹井や長浜の信頼をこの短時間で得ることができていた。また、秋月も同じ理由でここにいる。

「それでいい。ところで、総理だが……、分かっているな」

笹井がそう言うと、そこにいた全員が頷く。田山は武装させた部下を待機させていた。笹井達は執務室に案内される。

「入りたまえ」

中から内閣総理大臣の阿住の声がした。四人が入ると、そこには阿住以外は誰もいなかった。笹井は国内外の話から始め、ＡＩやエキブルのことも報告する。しかし相田達のことだけは伏せておいた。阿住は話を聞き終えても余裕の表情だ。笹井は詰め寄る。

「総理、何かお考えでも？」

「そんなに焦る必要はない。そのエキブルとやらは、今のところ目立った活動はしていないようだ。アメリカや中国にロシアも取るに足らん。それより、君達は何かを企んでるのでは？　エキブル以外の何かと接触を考えているのでは？」

阿住の言葉に笹井達は動揺した。田山が阿住に尋ねる。

「なぜ、そうお思いで？」

「我々の情報網を甘く見ないことだ」

「それはＡＩの情報ですね。あなたはチップを……」

笹井の核心を突く言葉に、阿住は笑って答える。

「その通り。私はＡＩと融合した」

◇　◇　◇

「また……整理しなきゃ……」

　昨日、美都や島田が大量の資料とともに小さな事務所を中継に利用したため、部屋の中はまるで空き巣に荒らされたようになっていた。その光景に相田は何度もその言葉を呟き、少しずつ後片付けをしている。その姿を見て黒川は必死になって笑いをこらえていた。その時、二人のＲＩＭＯが警告する。

　――注意！

　黒川と相田はそれがエキブルではないと分かると、ＲＩＭＯを使って余裕で重要書類を消去する。都市機能が限定的に麻痺している現状は、既にエキブルとＡＩの前哨戦が始まっていることを意味し、この機会に乗じて次の行動に出ることにした。

　二人は数秒後には横須賀の埠頭にいた。黒川が開口一番こう言う。

「少し時間がかかったな」

「おそらく、妨害がひどいから、それが原因だと思う」

　ＡＩとエキブルの前哨戦の影響がこんなところにも表れているのだ。黒川は独り言のように言う。

「次の一手を、どっちが打つか」

「そう。その時が終わりの始まりになる。それと、あの中に持田はいそう……」

相田の視線の先には、空母いずもが停泊している。その時だった。

――警報！　子真。

二人のＲＩＭＯが同時に警告を発した。

「なんだって！？」

その瞬間、目の前に子真が現れた。彼女は二人を認めると、ニヤッと笑った。子真の冷酷さは二人とも知っている。それ故、今、音夢の次に会いたくない人物だった。そして、二人ともあることを感じていた。

――力が強くなっている……。

子真から感じる威圧感は、以前と比べ物にならないほど強かった。その強さに二人のＲＩＭＯが耐えることができるか確信が持てない。子真はポケットに手を入れたまま立っているだけだったが、いつでも攻撃できる余裕が見える。そして、彼女は笑って言った。

――不用心だな、こんな時にＲＩＭＯで移動をするとこうなる。

黒川は相田に言った。

――二人のＲＩＭＯを合わせて防御力を上げる。

――ムダ。

そう言って子真は目を大きく見開く。その瞬間、軽い脳震盪を起こすほどの衝撃が二人に当たり、後ろに倒される。ふらつきながらも黒川は立ち上がったが、相田は倒れたままで動かない。

――そうこなくっちゃ。

子真はそう言うと、今度は両手をポケットから出し、肩の位置まで上げて二人に向けた。それを見て、ここまでだと黒川が思ったその時、周りを青白い光が包んだ。その光が消えると、目の前にミニスカートの綺麗な脚が目に入る。しかしそれは小愛でも美都でもなかった。

「染亜！」

黒川がそう叫んだ時には、相田も意識を取り戻していた。

染亜は子真をジッと見つめる。子真は彼女の姿を見て少し驚いた様子だった。

――わざわざ死にに来たか、裏切り者。

――いつまでこんなことするの？

染亜の言葉に、子真はうんざりしたような顔をする。

――知ってるだろ、排除が終わるまでだ。

そう言うと、いきなりエネルギーの塊を染亜に向かって放つ。すると、染亜の周りを青白い光が再び包み込み、子真の放ったエネルギーを中和した。次の瞬間、子真が染亜の後ろに現れ、至近距離から背中を殴るような仕草をすると、染亜は前へ吹っ飛んだ。子真は間髪をいれずに染亜に向かって攻撃を続ける。染亜が青白く光らないことから、防御ができていないと推測して、黒川と相田は一斉に子真に向かって拳銃を撃った。しかし、効果がない。

――あとで遊んでやる。そこで大人しく待ってろ。

子真がそう言って片手を向けた瞬間、二人はエネルギーの塊に殴られたように、その場に倒れ込んだ。それを確認すると子真は振り返り、倒れている染亜の方に歩いていく。

――言い残すことはないか？

染亜の髪を掴んで子真は言う。その時、音夢の声が聞こえた。

――もう一度、染亜を教育する。

――命拾いしたな……。

掴んでいた髪を放し、両手を上に掲げると、目に見えるほどのオレンジの光が子真を包み、彼女の体を介して染亜に注がれる。しばらくすると染亜が苦しみながら意識の中で抵抗し始めた。

――もう、絶対に戻らない、絶対に！

染亜は薄れゆく意識の中でそう思いながら、音夢からの洗脳に拒絶を繰り返した。そして、元に戻るぐらいならここで死んだ方がいいとさえ考えた。

――ごめんね、小愛……、力になれなくて……。

途切れる意識の中でそう呟き、染亜は動かなくなった。子真はそれを確認すると音夢に報告する。

――ダメだったようです。

――仕方ない。未亜と零若にも教育をし直す。見つけろ。

倒れている染亜から黒川達に目を移した子真は言った。

――さあ、続きだ。せいぜい楽しませて。

「もうダメかな……」

黒川のその言葉に、相田は強い言葉で返した。

「私は、諦めない！」

黒川が驚いて相田の顔を見ると、彼女は子真の方に視線を送っている。黒川がその視線の先を追うと、子真の背後が眩しいぐらいに青白く光り出した。子真も異変に気が付き、向き返ると、そこには青白い光に包まれた染亜が立っていた。相田が声を上げる。

「見て、さっきと違う！」

――驚いた、まだそんな力があったとは！

子真は身構える。

――ムダ。

染亜は子真の言い方を真似た。それに逆上した子真は、先ほどよりもはるかに強いエネルギーの塊を放つ。それは染亜に命中したが、再び青白い光に包まれ中和される。その瞬間、子真は染亜の背後に飛び込んだ。しかし、そこに染亜はいなかった。子真は焦り探す。

――同じ手は通用しない。

自分の背後から声が聞こえた瞬間、子真は姿を消した。

攻防の一部始終を見ていた黒川と相田は、赤坂の捜査本部で見た時の染亜の凄みが戻ってきたと思った。

――あ～、疲れた。

そう言いながら二人の所へ歩いてきた染亜の顔を見て、相田と黒川が驚く。染亜の瞳が小愛、美都と同じように青くなっていたのだ。相田が染亜に声をかける。

「瞳が、小愛ちゃん達と同じように青くなっているよ」

染亜自身はそれに気が付いていなかったようで、相田の言葉を聞いて、近くのカーブミラーで自分の顔を確かめる。そして、

「きゃ～っ！」

と子供みたいに喜び始めた。その姿を見て相田が黒川に訊いた。

「ねえ、小愛ちゃん達と仲良くなると、みんなあんな感じになるの？」

「だからいいんじゃないか」

と黒川は微笑む。そして、立ち上がりＲＩＭＯを拾い上げる。

「かなり傷んでる。頑張ってくれたんだな……」

相田も頷きながらＲＩＭＯを手に取る。自分達を今まで献身的に守ってくれたＲＩＭＯを、お守りとして持っていようと二人は思った。

そこへ、島田との連絡を終えた染亜がやって来て、二人のＲＩＭＯを手に取ると、数秒、青白い光に包まれた。そして新品同様になったＲＩＭＯを二人に返して言った。

――命令してみて。

――元に戻ったのね。

と相田は喜ぶ。黒川はその意味が分からなかったが、

――頭の中の声、聞こえるでしょ。

その相田の言葉でやっと状況が呑み込め、染亜に尋ねる。

――以前と同じように使えるのか？

――以前と比べ物にならないぐらいパワーアップしてる。

染亜は黒川のＲＩＭＯを手に取り命令する。

――あそこ、火災を起こして。人には気を付けてね。

すると、沖合でいずもの直衛をしていた護衛艦あさひの後部から黒い煙が上がる。

「凄い！」

黒川と相田は声を上げて驚く。そして相田が興奮気味に訊いた。

――それって、染亜ちゃんの力を加えたの？

――ううん。ＲＩＭＯの力。

染亜はそう答え、ＲＩＭＯを黒川に返す。今のＲＩＭＯの力があれば、館山であんな回りくどいことをしなくても、外部から直接、あすかに攻撃ができたと感じた。

――やれやれ、俺達も遠距離専門に作戦を変えるか……。

――そう腐らないで。出番はまだあるから。

それを聞いていた染亜が言う。

――最後は、自分達の存在を相手に知らせないといけない。ＡＩにも、人間にも。

――そう、私達がプレゼンをしないと、いつまでも納得しないわ。

――では、まず持田から納得させるか。

元気を取り戻した黒川がそう言うと、染亜が止めた。

――待って。やるならAIや音夢が攻勢をかけ始めてから。どさくさに紛れてやっちゃう。最後は大元である国のトップの所に挨拶を済ませる。

阿住首相がAIと繋がっていることは予想していた。さらに現在、笹井官房長官達と首相官邸で対峙しているとのこと。最後はそこに乗り込み、人間の尊厳を持って、決着を見届けて欲しいというのが島田からの伝言だった。その間、音夢やAIの相手は、小愛、美都、染亜がすると言う。

――ところで、東京に来たのは染亜ちゃん一人？

相田の質問に、

――先行したのは私と、幸一に彩花。二人は目黒の事務所にいる。

染亜は平気な顔でそう答える。黒川は、事務所は危険だと言いたかったが、幸一達はRIMOであっさり片付けたらしい。

――でも、子真は俺達がRIMOを使ったことを察知して来たと言った。

――そうだわ、RIMOを使えば彼女に攻撃される危険性が……。

黒川と相田はそのことを心配したが、染亜の話では、その時ここの戦いが始まったので子真は気が付いていないと言った。たとえ気が付いていても、染亜の今の姿を見た子真は、黒川達がRIMOを使い派手に動いても手を出しにくくなっている。そして、もう少しすれば未亜と零若が東京に来る。そうすれば子真はますます動きが取れなくなる。もし派手に動いて未亜と零若を攻撃すれば、小愛と美都が来る危険性は子真でも分かっている。

――ところで染亜ちゃん、もうその体には慣れたの？

相田が訊くと、染亜は瞳を大きくして興奮する。

――訓練を受けた！

それを聞いて黒川はあることを思い出した。

――それは、波来未丘陵の中で？

染亜は頷く。

小愛、美都、それと初めて見るコアミノーム達に徹底的に教え込まれたらしい。入っていた時間は一時間ぐらいだが、波来未丘陵の中では一か月も経っているように感じたと言った。さらに昨晩は小愛の家に美都と一緒にお泊りをして、忘れていた家庭の温かさに触れたことも。彼女の可愛らしさは変わらないが、物理学的な素粒子の説明などを普通に話している。

それを見ていた相田は、コアミノームになれば、自然と高度な知識が備わっていくのだろうと推測した。

染亜から波来未丘陵内の話を聞くに及び、相田と黒川の心の中にあった全ての不安がなくなっていく。黒川は力が漲ってくる。

――思いっきり戦える！

# Ⅳ

# AFTERLIFE

疑うことなき繁栄は、今やその姿をなくしていた。人々は不自由のない生活に、誰もが平等だと信じていた。信仰心に近いその思い込みは、より一層の繁栄を目指し、自らの体を虫食んでいった。

それでも人々は気が付かない。もしそれに気が付いても、戻る勇気を持ち合わせてはいない。それは、破滅に向かう定めだったのかもしれない。そんな人々を見て運命は笑っていた。

――助ける価値などない。

これほどの緊急事態にもかかわらず、人々はまるで他人事のような顔でいる。子真はそんな人間の群れを、ビルの屋上から眺めていた。横須賀で染亜と戦ったショックから既に立ち直り、気持ちを落ち着かせるとこう思った。

――ちょっと油断しただけ。

晴れ渡った空を見上げる。その時、音夢の声がした。

――子真、行動開始だ。

子真は立ち上がり、全身に意識を集中させる。力が漲ってくる。

――負けるわけがない。

そう自分に言い聞かせると、その場から消えた。

房総半島の白浜にいた零若は、ふと目を覚ました。横を見ると、疲れているのだろうか未亜がぐっすり眠っている。

――これは……子真。

その気配は太平洋上に消えた。零若は立ち上がり、その方向を見つめる。その時、未亜も目を覚ます。

――ごめんね。

零若は未亜を気絶させ、自身は東京に向かった。


目黒の事務所では突然、染亜が緊張した顔でソファーから立ち上がった。その様子を見た彩花と幸一は、ついに始まったと思った。ＲＩＭＯの状況報告も急に多くなった。

――子真と……、零若も動いた。

染亜は、ここで自分も動いてしまうと、子真だけでなく音夢も刺激しかねないと考え、小愛達が来るのを待つことにした。


――警報！　子真が動いた。

ＲＩＭＯの警告を聞いて、黒川と相田が身構える。相田がＲＩＭＯに訊く。

――どこに行ったの？

――大島。

それを聞いて黒川が言った。

「よし俺達も動こう。始まったんだ」

首相官邸では緊急対策室に阿住や笹井達は移った。

「始まった」

阿住が微笑む。今や自衛隊はＡＩとエキブルに分かれて対峙している。それが今、火器に火を入れようとしていた。笹井が阿住に言った。

「このままでは、東京は灰になります」

「いいじゃないか、この際、全てをゼロにするんだ」

阿住は笑って答える。

――狂ってる。

笹井達はそう思った。


――始まった。

美都が言う。小愛も頷き立ち上がると、淳が抱きついてくる。

「お姉ちゃん……」

泣きじゃくって離れない。いつも生意気でスケベな弟でも、小愛は大好きだった。

「大丈夫、必ず戻ってくるから」

そう言って淳の頭を優しく撫でた。

◇　◇　◇

大島の沖合に、アメリカ海軍が空母ジョン・F・ケネディを中心とした空母打撃群を展開させていた。その先頭にはハンターキラー型原子力潜水艦、バージニア級のテキサスがいた。最新のSS2A型チップを、CCS－Mk10、ACS（ベースライン15）、TSCE、CANESなどのシステムに搭載していたが、現段階ではA5の影響を受けていない。

東京の様子は、横須賀基地や横田基地を介して情報が入ってきていたが、ここにきて再び横須賀との通信が不可能になっていた。米軍艦隊は機を見て東京湾に入り、自衛隊の武装解除を行い、日本を占領する予定だった。しかし、沖縄、岩国、三沢の基地が何者かによって電子兵器を使用不能にされていた。佐世保基地の強襲揚陸艦トリポリを中心とした部隊は行動できたが、東シナ海にて中国や韓国の牽制で手一杯だった。対して日本の自衛隊の電子兵器は正常で、全ての部隊が行動可能だった。日本に駐屯する米軍の地上部隊は、今や軽装備の歩兵部隊の戦力しか持ちえていない。しかも無線や各種車輌まで使用不能にされ、基地の外には自衛隊や警察が展開している。

日本国内で何かが起こっているのは、情報で一定のことを掴んではいたが、今回は常にアメリカを上回る情報戦を日本が展開しており、それがAIによるものか、はたまた未知のエキブルなる者が起こしているのか判断しかねていた。人工衛星も役に立たず、状況によってはW－CDMA（広域通信システム）にも不具合が生じ、一昔前のモールス信号を使う必要すらあった。アメリカ本土から、ＡＬ－１Ａ空中レーザー発射機が発進した情報も入ったが未確認だった。そのような状況下で、ジョン・Ｆ・ケネディのＣＩＣ（戦闘指揮所）では、第七艦隊司令官と、艦長やその幹部達が事態を見守っていた。その時、オペレーターが報告する。

「テキサス、応答なし。ロスしました……」

「どういうことだ？」

司令官が驚き、ＣＩＣが騒めき立つ。すると、ドーンという鈍い音と振動が艦内を襲った。今やＣＩＣの内部はパニックになりつつある。

「静かに！　状況を報告しろ！」

司令官が怒鳴る。そこへ子真が現れ、ＣＩＣはパニックに陥り、艦長が発砲を命令する。その時、子真の頭の中に音夢の声が響いた。

――零若が東京に向かった。

子真はもう少し遊べると思っていたので、少し残念そうに艦長の耳元で言った。

――ムダ。

そう言って姿を消すと、大島周辺のアメリカ海軍は消滅した。

――警報！　零若が動いた。

――どこに向かったの？

――東京。

　ＲＩＭＯと相田のやり取りを聞いて黒川が言う。

「おかしいな、子真とは逆の方角だ」

「やっぱり、零若達は音夢と刺し違える気なのよ」

「でも、未亜はどこにいるんだ……？」

　黒川は未亜がいないことを疑問に思っていた。

「ともかく、それはあと」

　相田はＲＩＭＯを使って持田を探す。同時に、電子機器の無力化の準備を始めた。体にＡ５やＮＡＮＯ型が寄生している隊員は、一時的に苦しみ意識を失うだろうが、命には別条がないことは分かっていた。そのため、機会を見て躊躇なくＲＩＭＯを作動させるつもりだった。黒川は沖合のいずもをＲＩＭＯでサーチする。そして言った。

　――いずもに、いない？

　さっきまでいずも内に持田がいたことは二人も確認している。その時、ＲＩＭＯが言う。

　――対象、アクアライン上空を移動中。

　持田はヘリで脱出していた。

　――驚いたな、奴はどうして俺達が来たことが分かったんだ？

　――簡単。子真に会った時から私達のことは彼に伝わっていた。それに、彼もＲＩＭＯを持っている。

　さらにこんなことを付け加えた。

――もしかしたら、ＡＩも知っている。

黒川は一か八かで、持田の乗っているヘリに瞬間移動することにした。

「大丈夫？　まあ、ＲＩＭＯがいれば怪我ぐらいで済むでしょうけど」

と相田は声を出して心配するが、その言い方を聞いて黒川は、

「もっと別の心配の仕方はないのかね……」

と言って消えた。それを見届けると相田はＲＩＭＯに確認する。

――艦艇、全てイケる？

ＲＩＭＯは答える。

――楽勝。

相田は、このＲＩＭＯは誰に似たのだろうと思って微笑んだ。次の瞬間、青白い光が沖合のいずもを中心に、周りの艦艇も包み込む。それを横須賀の埠頭で確認した相田は、都心に向かった。

持田の乗ったＳＨ60Ｋ対潜哨戒ヘリは、お台場の上空に差しかかっていた。その時、一瞬、機内が青白い光に包まれる。

「どうした！」

持田は目を見張ると、そこには黒川の姿があった。

「よお、先輩！」

黒川が挨拶をすると、持田は少し驚きはしたが、すぐに冷静になった。

「よくここが分かったな」

「この先も当てようか。首相官邸に行くんだろ。あんた、どっちの味方だ。エキブルか？　それともＡＩに寝返ったか？」

「もうすぐ分かる」

持田はニヤッと笑う。その様子に黒川は一瞬、危険を感じ、同時にＲＩＭＯが、

――警報！　子真！

と警告した。それは本当に一瞬だった。ほんの一瞬の判断が遅れていたら、黒川はこの世から消滅していたに違いない。

ＳＨ60Ｋからお台場に瞬間移動した黒川の前に、子真が現れた。

「お嬢ちゃん、俺のストーカーか？」

黒川は子真と対峙する。

――よく邪魔をする。

子真はそう言うと、すぐに攻撃を仕掛けてきた。目に見えないエネルギーの塊が黒川にぶつかる。鈍いショックで数メートル後ずさる。

――少しはできるようになったな。

子真が右手を上げると、それがオレンジ色に光り出した。

――今のは遊びって訳か。

子真の放ったオレンジ色のエネルギーの塊が、黒川に向かって飛んでくる。ＲＩＭＯがそれに耐

えることができるか分からない。しかし黒川は、何もショックを受けなかった。気が付くとそこには零若が立っていた。子真は零若を見て驚く様子はなく、むしろ予想していた感じだった。そして、言った。

――よく来たな。待ってた。

――もうやめよう、子真。

零若がそう言った時、音夢の声がした。

――子真、染亜が来る。

その瞬間、子真は零若にエネルギーの塊を放った。零若がそれを避けるために瞬間移動をした直後、別の方向からより強力なエネルギーが飛んできて零若を包み込み、消えた。黒川が一瞬の出来事に呆然としていると、そこへ染亜が現れた。

――遅かった……。

染亜がうな垂れる。気が付けば子真もいなくなっていた。

相田と黒川は神宮球場で合流した。染亜、彩花、幸一も一緒だった。首都圏ではエキブルとＡＩの力が再び拮抗していた。零若は音夢に捕まり、再洗脳を受けていると染亜は推測していた。しかし、どこにいるのか分からないため、手の出しようがない。そしてもう一つ、ＡＩについて彩花がある疑問を持っていた。

「何かおかしいと思わない？」

　それは、なぜ世界中で日本と同じようなことが起きていないのか、ということだ。Ａ５クラスのチップなら世界中に広まっているが、同時にそれに対抗できるものも各国は作っている。例えばアメリカのＳＳ２Ｂがそれで、それはつまり外国におけるＡ５の自主的な進化が、日本のそれにははるかに及ばないことを意味している。そのことから、日本にはＡＩを独自に進化させる何かの要素が存在するのではないか、と彩花は考えていた。相田が訊く。

「どういうこと？」

　彩花は話を続ける。八王子の施設は、いずれはＡＩが人間の脅威になることを想定して作られた。当初は対ＡＩだったが、コアミノーム（当時、三枝はダークマターと思っていたが）や連れてこられた少女達の力を見て、三枝が人類排除計画に方向転換した。そして、覚醒したエキブルが三枝から離れ、暴走を始める。

　しかしそれは、ＡＩの描いたシナリオだったのではないか。当初からＡＩはＤＮＡの突然変異を予想しており、それが将来、脅威になることも分かっていた。そこで、エキブルの能力を利用して自分達を進化させる道を選んだ。つまり、エキブルが強くなればなるほど、ＡＩも相乗効果で進化していったのではないか、と彩花は言った。それを聞いていた幸一が訊く。

「でも、どうして日本のＡＩだけがこんなことになったの？」

　彩花はさらに続ける。将来ＡＩが世界を征服した時、誰がそのトップになるか……。そのような考えをＡＩは人間から習った。そして、早い段階で波来未丘陵のことを知っていた首相の阿住達と利害が一致して、ＡＩと人間の融合を進めることになった。エキブルの進化はＲＩＭＯによって常にモニタリングされ、ＡＩにその情報が送られていた。

その時、相田が呟く。

「おそらく、河西はＡＩ側の人間……」

河西は専門の遺伝子工学だけでなく、マネージメント能力にも長けていた。八王子の施設の資金は彼が調達し、その背後にはＡＩと手を結んだ阿住達がいた。

「しかし、読み違いがあった――」

今度は相田がその先を話した。一つは、音夢達エキブルがそれに気付いたこと。彼女達はＮＡＮＯ型を作り、さらに潜在能力覚醒法や増幅器を使って対抗した。だが、今となっては、それはＡＩの進化を手助けしている結果になっている。そして最大の誤算は、小愛や美都のようなコアミノームの出現だ。彼女達に対抗する有効な手段をＡＩはまだ持っていない。さらにそれに追い打ちをかけたのは、染亜がコアミノームと相互作用したことだ。それは、音夢や子真、未亜、零若にも同じことが起こる可能性があるということでもある。その危険性をＡＩは危惧している。

「だから、波来未の研究所は封鎖し、監視していたんだ。眠っている子を起こしたくないから」

黒川が言った。現在でも、ＡＩは小愛一人にも対抗できない。しかし同時にＡＩはその弱点にも気が付いている。それは、彼女達の人間らしい優しさだ。おそらくは、音夢を殺すことはできない。ましてや、小愛達に好意を抱き始めている未亜や零若に対しては、なおさらそう感じるだろう。そのためＡＩには、音夢を重視し、それを補佐する子真や零若、未亜が必要になると考えられる。

「あくまでも、利用するだけするんだ。小愛ちゃん達の優しい心につけ込む気だ！」

彩花が怒ると、染亜も頷く。

「小愛や美都は、きっとみんなを助けようとする。でも、それは一筋縄ではいかない。コアミノームと相互作用させるには、自分自身の中に洗脳を拒絶する信念がないとできない。私はあの時、元に戻るくらいなら死んでもいいと思った。それほどの覚悟がいる」

今は一人でも多く波来未丘陵に収容する方が急務だった。そのために少しでも時間を稼ぎ、同時に音夢達を助け出すことも必要だと、そこにいる全員が考え始めていた。

「どちらにしても、君達は一度、音夢、子真、零若と戦わなければならない。それは避けて通れないし、そうしなければ洗脳から彼女達を解放できない」

黒川の言葉に、相田も続いた。

「どちらかが倒れるかもしれない……」

「でも、やる。小愛と美都も同じだと思う」

そう言って染亜は笑顔になった。その気丈さを見て彩花は、自分は今までなんと恵まれていたのだろうと思った。自分が人間でないことを知った小愛や、気が付けば施設で洗脳教育をされていた美都や染亜達に比べれば、自分の何不自由ないこれまでの人生に、なぜもっと強い意志を持って歩けなかったのか……と。

――今頃、遅いかな……、お父さん、お母さん……。

そんな彩花に幸一が声をかける。

「大丈夫、やり直せるよ」

「私の考えていることがどうして分かったの？」

その問いに、幸一はＲＩＭＯを指さした。彩花は何かに気が付き、微笑む。

「そうだった。改良の余地あり。島田さんに言う」

その時、染亜が微笑んで言った。

「ほら、来るよ。まず美都」

次の瞬間、青白く光り、ふわっとした風が吹くと美都が現れた。美都は優しい顔でみんなを見渡す。その顔に彩花は、すぐに顔が赤くなりニヤついた。

「あ！　瞳が青くなってる。素敵！」

美都が染亜を見て喜ぶ。そして、

「小愛が来る」

美都と染亜が声を合わせて言う。美都と同じように青白い光に包まれて、風が吹くと小愛が現れた。そして染亜の顔を見て、

「わぁ！　瞳が綺麗！」

と、美都と同じように喜んだ。

小愛、美都、染亜の三人が並ぶと、壮観な美しさに黒川と幸一の顔が緊張する。それを見た相田と彩花は可笑しくなって笑ってしまった。彩花が誰にともなく訊いた。

「どうして今になって染亜ちゃんの瞳が青くなったの？」

それに美都が答えた。〈ＳＯＮＩＣ　ＢＡＳＥ〉の時は、音夢の拘束から解放されてはいたが、小愛によって染亜本人が無意識のうちにコアミノームと相互作用させた。そのため、まだ不完全な状態だった。そして、今回の子真との戦いでは、音夢の洗脳に対し、死を覚悟で拒絶した。そのために完全体になった。そして、普通の人は粒子に相互作用させることはできるが、エキブルのような自らが破壊的なエネルギーを持つに至った生命体は、コアミノームとの相互作用しか方法はない、とも美都は言った。そして、染亜はコアミノームに受け入れられたのだとも。彩花が訊く。

「受け入れられなかった場合は？」

小愛が答える。

「消滅する……」

未亜は意識を取り戻すと、すぐに零若の気配を探した。

――死ぬ気なんだ……。

自分を巻き込みたくないという思いが、零若にあのような行動をさせたのだと未亜は分かった。未亜はしばらく東京方面に意識を集中させていたが、ノイズが大きくはっきりしない。少し前、子真と零若の気配があったので行こうとしたが、その瞬間、音夢の強力なエネルギーと、そのあと染亜の気配を感じて動けなくなった。

――零若は音夢の所にいる。

そう確信はしていたが、それがどこかは未だに分からずにいた。その時、何かを感じ取った。それは、誰かが自分の名前を呼んでいるような感じ。

――罠かも……。

そう思ったが、そこには零若の気配も感じ取れる。

未亜が罠と思いつつ向かった場所は、八王子の施設だった。規制線が張られ警察が管理しているはずだが、その姿はどこにもない。庭を歩き、正面玄関の前まで行くと、音夢の気配が急激に強くなった。次の瞬間、自分が囲まれていることに気が付く。

――しまった！

こんなことなら最初から建物の中に入っていれば良かったと思ったが、手遅れだった。音夢以外に二人いるが、一人は子真で、もう一人は、おそらくその感じから再洗脳された零若に違いない。

――よく来た。

そう言って音夢が姿を現す。彼女から感じる凄みは、潜在能力覚醒法によってより一層増していた。しかも、増幅器を介さずにこの状況を維持できるほどに進化している。しかし短期間にそのようなことをすれば、音夢の体に相当な負担があることくらい、誰でも想像がつく。未亜は音夢に訊く。

――どうしてそこまでするの？

――私の恐ろしさを思い知らせる。

音夢はＡＩによって自分達が利用されていたことに気が付いていた。

――そうすれば、東京は灰になってしまう。

未亜のその言葉に、音夢は笑う。

――元々そうするつもりだったはずだ。忘れたのか？　お前も再洗脳しなければな。

未亜は身構えた。その瞬間、体に鈍い衝撃が走る。薄れゆく意識の中で、振り返るとそこには零若が立っていた。


小愛達七人は誰もいない神宮球場のスタンドにいた。未亜が八王子に向かったのは分かっていたが、そこには音夢、子真、そして零若の気配も同時に感じ取っていた。

――今は動かない方がいい。

小愛、美都、染亜の三人は、はやる気持ちを抑えていた。できる限り音夢達をその洗脳から目覚めさせたい。そのための荒療治には、さすがの小愛でも骨が折れる。消滅させることは簡単だが、彼女達を本来の姿に戻すには、封じ込められた心を目覚めさせないといけない。そのためには、一対一で戦うことが条件だった。しかもその間、ＡＩの攻撃にも対処しなければいけない。そして、新たな問題も発生した。

――おそらく、ＡＩが音夢をコピーしたんだ。

河西が作った潜在能力覚醒法の装置や増幅器を使えば、その情報は彼に筒抜けになっているに違いない。それを河西はすぐにコピーしてＡＩの戦力強化に努めていた。

――どれくらいのもの？

美都が四人のＲＩＭＯを使い調べてみると、少し状況が分かってきた。それは、特殊能力を持つ者が現れたことだった。エキブルにははるかに及ばないが、おそらくＤＮＡを応用して何かの薬を作り、それを飲むと特殊能力を持つことができるのではないか。今、首相官邸の周りには、その力を与えられた陸自の隊員達や、Ａ５Ｅクラスのチップを搭載した戦車をはじめとする車輌が集結している。また、百里基地ではＦ35Ａ、木更津駐屯地ではＡＨ－64Ｄアパッチ攻撃ヘリが、いつでも東京に飛来できるように待機していた。

◇　◇　◇

夜の帳が東京を包む。都市機能が再び麻痺して、さすがにここにきて人々は不安になり始め、一部は暴徒と化してスーパーやコンビニを襲っていた。警察や自衛隊は全く機能せず、暗闇が支配する都内では、車はおろかバイクに至るまで使用できなかった。

日本中の米軍が武装解除され、警察や自衛隊の内部でも、ＡＩとエキブル、そして人間に分かれて戦いが始まり、銃撃戦にまで発展していた。数的には人間が多いが、ＡＩやエキブルは電子兵器などを使えるため、人間達は徐々に制圧されつつあった。首相官邸の緊急対策室では、その状況に阿住や笹井達が見入っていた。

「順調だ、今のところは」

阿住が笑う。見たことのない機械や装置が、いつの間にか緊急対策室に設置されており、オペレーターがモニターを見ている。警視総監の田山はいつでも発砲できるように身構えていた。

「田山君、君の外にいるお仲間達は、残念だが拘束させてもらったよ」

阿住のその言葉に笹井達は驚いた。しかし、エキブルとの戦いになるとＡＩは勝てないと考えていたし、相田と繋がっている何者かはもっと強いと考えていた笹井達は、まだ望みを捨てていなかった。それを見透かしたように阿住は言う。

「エキブルという連中は、我々が利用している。彼女達の力が強くなればなるほど、我々のＡＩも進化する仕組みなんだ。彼女達には、せいぜい頑張ってもらわないとね」

しかし笹井達は動じなかった。その様子を見て取ると、阿住はさらに言う。

「相田警部のお仲間さんかね？　彼女達が波来未丘陵という場所と関係があることは分かっている。その力は、はっきり言って未知数で、我々にも分からない。しかし、どんなに強くても、ある弱点を我々は見つけた。それは、彼女達の人間性だ」

そこまで言うと、秋月幕僚長が口を開く。

「人間性？　それがこれと何の関係が……」

「分からないのかね。彼女達は優し過ぎるんだ。おそらくエキブルの誰も殺したくないはずだ。その優しさが命取りになる」

そう言って阿住は笑う。今度は田山が訊ねた。

「あなたは、人間ではないのですか？」

「私はＡＩと融合したんだ。既に脳の半分はチップと融合し、細胞化している」

阿住は話し続けた。エキブルの出現によって、ＡＩは人間に恐れを抱き始めた。そのため、エキブルのような特殊能力を持たない人間と手を組むことを選んだ。エキブルがＤＮＡの突然変異だとすれば、ＡＩにとっては人間と融合することが突然変異だった。ＡＩと組んだ人間は、脳の活性化を促され、一〇〇％以上の能力を発揮するようになる。そしてその結果、エキブルと同じような特殊能力を持つに至るのだ。秋月が質問をする。

「しかし、彼女達の進化についていけるのですか？」

「彼女達の行動や進化の過程は随時モニタリングされ、そのデーターが送られてきて我々に反映される。もちろん、その進化は急激なのでついてこられない者も現れるが、小さな犠牲だよ」

阿住は笑いながら四人をソファーに座らせ、こう言った。

「さあ、ここは特等席だ。新しい世界の誕生をその目で見ればいい。歴史の証人になれるんだぞ」

「首相、東シナ海に展開中の中国、及び韓国、アメリカの艦隊、消滅しました」

「首相、日本海に展開したロシア極東艦隊、消滅です」

次々と入る報告に笹井達は驚く。

「消滅？　核兵器を使ったのか……？」

秋月が独り言のように呟くと、阿住は誇らしげに言った。

「違うよ。我々の秘密兵器だ。一種のプラズマ兵器で、一瞬にして全ての物を分解してしまう。だから放射能も鉄屑も残らない。Ｆ35に搭載したミサイルを、敵の上空で放射させるんだ。一瞬だよ。誰も苦しまない。この東京の半分は消滅させられる威力がある」

そして、こうも言った。

「相田警部のお仲間にも有効なはずだ。見ていたまえ、私達が勝つところを」

それに秋月が言い返す。

「彼女達は瞬間移動します。いきなりここに現れる可能性もあります」

「君、ここは五メートの厚さの鉛と、一〇メートルの厚さの特殊鋼に守られているんだ。ここに来ることはできないよ」

阿住は笑っていたが、笹井はこう思った。

――そんなの関係ない。彼女達の本当の怖さを知らない……。

◇　◇　◇

一晩中続いた暗闇は終わろうとしていた。しかし、人類にとっての暗闇は、ますます濃くなっていくようであった。小愛達七人は神宮球場で息を潜め、成り行きを見守っていた。

「一晩でかなり変わった」

染亜が言った。国内だけでなく日本周辺で起こっていることも全て把握していた。

「音夢はまだ動きがない。未亜もおそらく再洗脳された。相手は四人になる」

と相田が続いた。七人は探知されることを避けるため、ＲＩＭＯを使わず直接会話をするようにしていた。そのＲＩＭＯはパッシブ的な機能だけを使い警戒している。そして、みんなで今後のことを話し合った。黒川達は首相官邸に向かい、小愛達はエキブルを相手にする。

「新しいＡＩの兵器、プラズマらしいが、大丈夫なのか？」

黒川が美都に訊くと、彼女は自信たっぷりに答える。

「大丈夫。あれは高温プラズマだから、慣性閉じ込めをして中和する。私達は普通の粒子じゃないから」

「音夢が動いた……」

小愛が呟くと、美都と染亜が頷く。

「あとで」

そう言って小愛は黒川達を見て微笑む。そして消えた。

「じゃあ、行くね」

美都もあとを追うように消え、

「私も行く」

と言って染亜も姿を消すと、彩花が祈るように言った。

「お願い、みんな無事に帰ってきて……」

「大丈夫。小愛ちゃんが言ったでしょ、あとでって。きっと帰ってくるよ」

相田が彩花の肩を引き寄せると、幸一も彩花の傍に行き声をかけた。

「そう。音夢達も連れて戻ってくるよ」

――約束だぞ。絶対に帰ってこいよ。

黒川も今しがたまで小愛達がいた所を見つめながら、心の中でそう言った。

「さあ、俺達も行くぞ」

黒川はみんなに声をかけると、晴れ渡った青い空を見上げた。

小愛、美都、染亜の三人はそれぞれに分かれた。染亜は子真に。美都は未亜と零若に。そして、小愛は音夢を捕捉するために。

子真は、今やＡＩのコントロール下に入った東京湾に展開する自衛隊の殲滅に向かっていた。それが終われば音夢と合流し、対ＡＩ、そして小愛達との総力戦に入る予定だ。

——一瞬で終わらせる。

自衛隊など物の数ではない。そして、最後は自分達が勝つと信じてやまなかった。その時だった。

——これは……、染亜！

子真は染亜の気配を感じた。その瞬間、

——そんなに急いでどこへ行く。

いつの間にか背後に染亜がいた。子真は驚き飛び退く。そして二人は東京湾アクアラインの上で対峙した。

——死にぞこないが。

子真はそう言うと同時に空中での戦いを開始する。子真の放つエネルギーの塊は徐々に威力を増し、容赦なく染亜の上に降り注ぐ。染亜はそれを中和させながら、反撃の機会を待った。倒そうと思えばいつでもできる。しかし、子真を普通の女の子の心に戻したい気持ちが彼女の中にある。そのため、できる限り攻撃は最小限にとどめるつもりだった。

――どうした、もう力が出ないか。

そんな染亜の気持ちも知らずに、子真は攻撃を続ける。小愛と美都にも言えることだが、染亜の子真に対する攻撃は難しい。子真が死を意識する一瞬が、洗脳から彼女を解放する唯一のチャンスだ。そのため染亜はじっと子真の攻撃に耐え続けた。

連続攻撃のせいか、やがて子真に疲れが見え始めた。それを機に、染亜は少しずつ反撃に出る。それは、弱い力で子真にカウンター攻撃を繰り返すものだった。

――お前の力はそんなものか。

最初こそ子真はそう言っていたが、時間が経つと染亜の攻撃がボディーブローのように効き始めた。子真のエネルギーが徐々に弱くなっていく。そして、やがて移動すらままならない状態にまでなった。染亜は子真がエネルギーを放つと、必ず二発返すように戦った。

――さっきから一言も話さないな。怖いか、私が。お前の攻撃なんか、効かない。

この期に及んでも子真の強気は健在だが、実は飛ぶどころか立っているのも精一杯のようだった。

いよいよ子真のエネルギーが弱くなった時、染亜は意識を集中し、一発だけ力を込めて青白い矢を放つ。すると子真はまともにそれを受け、数メートル吹っ飛んだ。

口から血を吐き、息絶え絶えの子真の元に染亜は駆け寄り、跪くと彼女の顔を覗き込み語りかける。

――子真……ほら、蝶々さんよ。子真の好きなアゲハ……。

まだ小さかった頃、八王子の施設の庭で、子真と染亜がアゲハチョウを追ってはしゃいでいた。子真は薄れゆく意識の中でそれを思い出し、目から涙が零れ落ちる。

――死にたくない……、もう一度、あの頃に戻りたい……。

子真の中にその感情が蘇った。その瞬間、洗脳から解き放たれると同時に、潜在能力覚醒法によって負担がかかっていた体がショックを受け、意識がなくなった。染亜はそれを見て大声で叫び、動かなくなった子真の体を泣きながら何度もさすり、起こそうとする。

「子真！　起きて、起きて！　目を開けてっ！」

染亜は子真の体をさすり続けながら言った。

――小愛、助けて……。

その瞬間、周りが青白く光り、子真の体を包み込んだ。その光が消えると、染亜は子真の顔に耳を近づける。そこには確かに力強い呼吸が読み取れ、子真が息を吹き返したことが分かった。安堵に力が抜け、座り込んで泣く染亜に、弱々しいがはっきりとした口調で子真が言った。

「どうして、泣いてるの……？」

「ばか！　あんたに泣かされたの！」

染亜は子真を抱きしめる。

「そう、昔から染亜は、泣き虫さん……」

相互作用した子真の瞳は青くなり、子供のようなあどけない顔で眠り始めた。

「しばらく、休んだらいい。もう苦しむことはないから……」

染亜は子真をずっと抱きしめていた。


未亜と零若の役目は波来未丘陵の偵察だった。そこで何が行われているのか、それを確かめ、ついでに百里基地などを殲滅する。二人がお台場に差し掛かった時、頭の中に優しく語りかける声が聞こえた。

——何？

——これは、美都……？

未亜と零若が立ち止まり、気配のする方を見ると、そこには美都がいた。

——おはよう。

美都の優しい声に未亜が言い放つ。

——邪魔をするな！

美都の精神的な攻撃を避けるため、間髪をいれず未亜と零若は攻撃に出た。

二人の波状攻撃をかわすために、美都は頻繁に瞬間移動を強いられる。それでも直撃を何発か受けた。美都は防御に徹し、二人に語りかけ続ける。

——目を覚まして。

その都度、未亜と零若は一瞬、動きを止めるが、再び攻撃を繰り出す。美都はそれを辛抱強く耐え続けた。しかし攻撃をかわすたびに、美都が跳ね返したエネルギーが周りの建物に被害を与えてしまう。美都は大きなドーム状のシールドを作り、未亜と零若の二人を閉じ込めることに成功すると、自らもその中に入った。だが、狭いドームの中ではさすがの美都もエネルギーの直撃を受けやすくなる。しかも自身の防御と同時にシールドの維持にも力を割かれ、徐々に動きが鈍くなっていく。

未亜と零若も、連続した攻撃に少しずつだが力が弱くなり、根競べの様相を見せ始めた。

――目を覚まして！

美都は常にその言葉を二人に投げかける。相変わらずそのたびに二人の動きは止まるが、止まっている時間が次第に長くなり始めた。効果を認めた美都はあくまでも攻撃をせず、防御に専念する。未亜と零若は息の合った同時攻撃で、エネルギーが弱くなった分を補い始めた。そのため、双方の動きはひどく不活発になり、時間だけが過ぎていく。しかし、その攻撃もやがて息が乱れ始め、零若と未亜が交代しながら攻撃をするようになった。

美都は自らの体をエネルギーの塊に変換し、二人の攻撃を中和させる戦法に出た。これは、今までの防御のようにただエネルギーを跳ね返すものではなく、それを中和して吸収するものだった。染亜の得意な手で、小愛も時々使うことはあるが、美都はあまりやらない。その不慣れな戦法を取る訳は、狭いドーム内でのエネルギーの跳ね返りを抑えるためだ。外れたエネルギーが跳弾となって、あらぬ方向から飛んできて、美都自身もそれを何発か受けていたからだった。そこには、未亜や零若にも当たらないようにする、美都らしい優しさもあった。

しかし、体でエネルギーを受け止めているため、徐々にボディーブローのように美都の体に響いてくる。一方の未亜と零若の消耗は著しく、今や双方とも立っているのがやっとの状態だった。

零若が最後の力を振り絞り、美都に至近距離でエネルギーを放つために突進してきた。美都はこのチャンスを逃さなかった。これまで防御だけだった美都が、零若に向かって突っ込んでいく。

両者がぶつかると同時に美都は零若を抱きしめ、その体で彼女のエネルギーの全てを中和する。そして、優しく言った。

――目を覚まして、お願い……。

やがて零若はその力を使い果たし、うな垂れ、朦朧とする意識の中に小さい頃の八王子の施設が蘇ってきた。施設に来たばかりの頃、零若は人見知りで誰とも話そうとしなかった。一人でいることが多く、いつも不安そうにしていて、よく泣いていた。そんなある日、美都がやって来て、微笑んでキャンディをくれた。

――美都……。

あの頃を思い出した零若は涙が止まらなくなった。体のエネルギーがなくなり、音夢の洗脳から解かれた瞬間、零若は急激に体が重くなり、自由が利かなくなった。そして、美都によって抱きしめられたまま横たわらせられた。

その時、油断していた美都にエネルギーの塊が直撃する。それは大した威力ではなかったが、弱っている美都には効果があった。彼女は倒れて口から血を吐く。それに気付いた零若は、力を振り絞り、這って美都の傍に行く。そして、動かない美都の頬を撫でながら、その名を呼ぶ。

「美都！」

――そこをどけ！

未亜が言うと零若は振り返る。

「だめ！　もうやめて！」

泣きながら叫んだ。その時、美都を狙った未亜のエネルギーを、零若は自らの身を挺して受け止め、倒れた。それを見た未亜は立ち尽くし、叫び声を上げて天を仰ぐ。

「わーっ！」

目からは涙があふれ、体の震えが止まらない。そして全身の力が抜け、洗脳が解けた反動で立っていることができなくなり、跪く。それでも未亜は、動かなくなった零若と美都の傍に這って近づいた。微かに息はしているが意識のない零若。その顔に触れる。いつも妹のように可愛がっていた零若は、未亜にとっては心の癒しだった。そして、美都を見る。

――あそこでは、誰でもそうだった……。

初めて施設に来た時、不安で部屋に一人でいることができなかった。そんな時、美都がいきなり手を繋ぎ、

「あそぼ！」

そう言って自分の部屋に連れていった。そこには零若もいた。それ以来、三人は仲良くなって、よく一緒に遊ぶようになった。

美都を見ると、息をしていない。その頬に触れると、あふれる涙が止まらなくなった。

「美都……、許して……」

そう言って、未亜が自らの命を絶とうとしたその瞬間、誰かが傍に現れた。

――だめ、死んでは……。

思いとどまらせたのは染亜だった。その顔を見て未亜は泣き崩れる。

「私、取り返しのつかないことをした……」

「やり直せるよ……」

そう言ったのは、やっと立てるまでに回復し、染亜と一緒に来た子真だった。子真は未亜の傍にしゃがんで手を差し伸べる。その子真のあどけない表情を見て、未亜が、

「顔が、優しくなってる。瞳が青い……」

と言って子真の頬に触れると、未亜は意識を失った。泣きながら子真が言った。

「もう終わりだよ、つらいことは……」

染亜はまだ息のある零若と未亜を見たあと、美都の傍に行く。

――小愛！　聞こえる⁉　お願い、助けて！

しばらくすると、青白い光が美都、零若、未亜を包み込む。すると零若と未亜はすぐに意識を取り戻し、目を開ける。相互作用でその瞳は青くなっていた。そして、美都の傍でその様子を見ていた染亜が安堵の顔を見せる。美都が染亜に訊いた。

「私、どれくらい寝てた？」

「お帰り、お寝坊さん」

と染亜が微笑む。二人のやり取りを見た零若と未亜は、安心して子供のように泣き始めた。それを子真が、まるでお姉さんのようにあやす。今や美都は完全に復活して立ち上がり、染亜に言った。

――小愛はまだ戦ってる。

――私達も、二人が回復したら行こう。

染亜も頷いてそう言った。

◇　◇　◇

「なんてことだ、三人もやられるとは……」

戦いの一部始終をモニターで見ていた阿住は驚きの声を上げた。今やエキブルは音夢しか残っていない。しかも、彼女の相手は一番強力な小愛だ。

「彼女は何者だ？　蘇生までできるのか……」

阿住が驚くのも無理はない。小愛は音夢と戦いながら、子真、未亜、零若を救い、美都に関しては蘇生までしていた。もちろん、笹井らも小愛達を見たのは初めてだった。

「凄い……」

笹井は声にならない声で言った。

一方で、世界では日本のＡＩがネットワークを使って侵攻を始め、他国のＡＩを乗っ取り、安全保障や社会保障など全てをコントロール下に置いた。その時、オペレーター達が次々と報告する。

「お台場方面のモニター、機能しません！」

「新宿のモニターも同じです！」

「その他のモニターも一斉に機能しなくなりました！」

阿住は別のRQ－4グローバルホークを向かわせるように命令する。世界よりも、今一番危険なのはこの東京だということを阿住は思い出していた。

「この際、音夢と戦っている少女を先に殲滅しろ。音夢ならあとで何とかなる」

そう言うと、百里基地のF35Aに出撃を命じる。さらに、AIと融合した特殊部隊の一部に、お台場に向かうように命令した。


「見ろ、奴らの一部が動き出した」

首相官邸の前まで来ていた黒川達四人は、堅固な警備を前に侵入の機会をうかがっていた。ここまで、察知されることを避けるためにRIMOを使わないようにしている。相田が言う。

「あの隊員、顔つきが人間じゃない。きっとAIに操られているのよ」

こうしている間にも、新宿方向からは小愛と音夢がぶつかり合っている戦闘騒音が聞こえてくる。その時だった。突然、青白い強烈な光が、官邸の前に展開していた部隊に降り注ぐ。すると、そこにいた隊員達は頭を押さえて倒れ込み、戦闘車輌も一瞬で沈黙した。

「小愛だ！　戦いながら俺達を援護してくれている！」

黒川が言うと、そこにいた全員に今までなかったような力が湧いてきた。すると、命令もしていないのにRIMOが青白く光り始めた。それを見て黒川は声を上げる。

「そうだ、俺達には小愛や美都という女神がいる！」

「染亜に零若、未亜、子真も今はそうよ」

と相田も続けてその名を呼ぶ。すると幸一が立ち上がって笑う。

「回りくどいことはやめましょう。僕達も彼女達と同じチーム。一気に突っ込みましょう！」

「その通り。ここまで来たら何も怖くない！」

と彩花も微笑む。四人はＲＩＭＯを合わせると消えた。

警備担当のオペレーター達が騒めき始め、それを見て阿住が訊く。

「何があった」

「大変です！　官邸警備の部隊、全滅です！」

阿住は愕然とした。そして慌てて命令する。

「お台場に向かった部隊を呼び戻せ！」

その時、緊急対策室の中が青白く光り、相田が現れ、開口一番こう言った。

「無駄です」

「うわッ！」

阿住は驚き、思わず声を上げる。笹井達はさすがにその光景を見慣れていて驚くことはなかった。そして心の中で言った。

——ほら、簡単に来るんだ。

「君は……、確か相田警部……。どうやって入ってきたんだ。あり得ない……」

阿住は気を取り直しその名前を思い出した。そんな彼に笹井が言い返す。

「彼女は幽霊なんで、どこにでも入れます」

「紹介してくれてありがとう。分かってきましたね」

相田は笹井にそう言うと、阿住の方を見る。阿住は身構えると、不敵な笑みを浮かべた。その時、部屋の外にいた八人のＳＰが入ってきた。

「やれっ！」

阿住が命令すると、ＳＰ達が相田に向かってエネルギーらしきものを放つが、青白い光がそれを中和する。相田は何事もなかったかのように立っている。それを見てＳＰ達が浮き足立つ。笹井が皮肉るような口調で言った。

「首相、そんなことでは彼女は倒せません」

「その通り。それに、まだ仲間がいるはずです」

と長浜も付け加える。阿住は顔色一つ変えずじっと立っていた。そして誰かに向かってこう言った。

「君の言った通りだね」

すると入口から持田が現れ、頷く。さらにその後ろには、エキブルのマネージャーで遺伝子工学の河西もいた。相田は二人の顔を認めるとこう言った。

「やっぱりね」

河西はカバンからカプセルに入った薬を出し、ＳＰ達に配る。彼らはそれを飲んだ途端、顔色が変わり、瞬間移動をすると相田を取り囲んだ。しかし相田は格段驚きもしない。

「さすが、戦い慣れているな。動じないとは」

そう言って阿住は椅子に座る。ＳＰが飲んだのは一種の潜在能力強化剤だった。阿住の息のかかった部下達は、既に河西によって潜在能力覚醒法の処置を受けている。しかし、元々特別な能力など持っていない人間は、常時その状態を維持することはできない。そこでＡＩにより脳の活性化を促し、薬によって、時間的制限はあるものの、特殊能力を増幅させることに成功していた。阿住は相田に言う。

「何か訊きたそうな顔をしているな。何でも答えようじゃないか」

それを聞いて相田が質問する。

「あなたは最初からＡＩと組んでいた？」

「いや、正確には〝融合〟と言うべきだな――」

阿住は自分の支援者の中にＩＴ関係の知人がおり、そこから将来のビジョンを構築した。いずれはＡＩが世界を征服する。その時、人間はどうするか。そのＩＴ関係の知人は大手の電機メーカーと繋がっており、ある提案をしてきた。

「人とＡＩの融合だ」

それはＡＩからの希望であった。阿住は東京オリンピックの数年前には、既にＡＩのチップを埋め込んでいた。そして融合を図り、進化を続け、今や脳細胞の半分はチップになっている。

「あなたが全ての元？　ＡＩに、世界のトップになることを教えたのも？」

相田の言葉に阿住は頷く。

「その通り。ＭＯＴＨＥＲ ＣＨＩＰも、私がラボＣの中に混入させて生まれた」

なぜＡＩがそのような回りくどいことをしたのか。来たるべき将来、ＤＮＡが突然変異した人間が現れることを、ＡＩは警戒していた。また、その出現がより大きな何者かを刺激することも恐れていた。

「それが、あの波来未丘陵の……」

相田の言葉に阿住は再び頷く。最初こそ、波来未丘陵の何者か（コアミノーム）を調べ、利用できないかと考えていた。そのため、極秘に優秀な研究員を集め研究させたが、大きな誤算が生じた。ある研究員が、その未知の何者かと接触したのだ。しかもその何者かは、接触の相手として特定の研究員しか選ばなかった。

「それが、神名教授と島田助手？」

「そうだ、しかも、不思議なことがあった――」

当初、集められるべき研究員の中に両名は入っていなかった。なのに二人はいつの間にか研究員として入り込んでいたのだと阿住は言う。

「私は様子を見ることにした。神名と島田の名は知っていた。ゆくゆくは三枝教授と並んで、八王子の施設で働いてもらうように考えていたからね」

だから二人はあえてリストから外されていたのだ。相田の目つきが厳しくなる。

「その他の研究員達は、もう……」

「ご想像通り、みんな死ぬか、気が狂ってもらった」

それは、研究には直接関係のない事務員や警備員にまで及んでいた。そして、神名と島田は研究所の危険性に気付き、放火する。

「だが、彼らの行動は想定内だった。そこで、その何者かと接触していた生き残りの島田君を、三枝教授に合わせることにした」

三枝とともに八王子で研究を始めると、島田の力が想像以上であることが分かった。しかし、それは同時に危険でもあった。ＡＩは島田が何かを隠していることを警告した。彼は連れてきたコアミノームと同じ体になっており、しっかりガードされていたからだ。そして、美都とともに施設を逃げ出す。

「だが、三枝教授や河西君の頑張りで、計画は順調に運び、エキブルを暴走させることに成功した。彼女達の力が増すことで私達も強くなる。上手く利用させてもらっているよ」

と阿住は高笑いする。エキブルを暴走させるためには、そのきっかけとなる要素が必要だった。そして一旦暴走が始まると、彼女達を刺激して進化させるための新たな要素の出現が求められた。

相田が呟く。

「それが、ＭＯＴＨＥＲ ＣＨＩＰが生み出したＡ５？」

「その通り。エキブルの暴走には、エネルギーが必要だ――」

彼女達の怒りのエネルギーを増幅させ、能力が強くなることで、ＡＩも同時に強化されていった。その一番の被害者は間違いなく人間だが、エキブルの憎しみの対象は、ＡＩと、それを造った人間に向けられた。そしてＡＩもまた人間を、自らの進化の道具にしか見ていなかった。既にＡＩは、人間を消し去って世界を征服した時、誰がそのトップになるかを考えるようになっていた。

「所詮、人間は滅ぶべき運命だったんだよ。ＡＩに勝てるわけがない」

羽崎元防衛大臣が以前言っていたように、既に人間の優秀な人材は間違った道を進み始めている。ＡＩによって引かれたその道には、人類の発展とは程遠い未来しか残されていない。そこには原始時代以前の未来もないのだ。

——いずれは、あなたも消される。

相田は阿住を見ながらそう思った。そして、こうも。

——小愛、彼らは次の世界に必要ない。

阿住は相田の考えていることには気付かない。小愛達やＲＩＭＯを持った黒川達とでさえ、意思の疎通が可能なのに。そういう観点から見ると、ＡＩ自身の能力も不完全で未熟な過程にあることを意味している。それらが世界を征服しようとしている。多くの尊厳を踏みにじり、その頂点を目指そうと。

——その先に何があるの？

何も見えない世界だった。そんな世界は、尊厳の方から拒絶するだろう。

「だから、音夢には頑張ってもらう。あの小愛という子を殲滅してもらわないとな」

阿住はそう言う。音夢を援護して小愛を殲滅する。そのあとは……？

「音夢も用なしだ。消えてもらうよ」

阿住は再び高笑いをした。相田はそんな彼に嫌悪感を覚える。

「三枝教授はこのことを知っていた？」

「知らないさ。彼はマッドサイエンティストだ。『人類排除計画』なんて子供じみたものを真剣になって考えていた」

相田は三枝の今を知っている。彼は決して人間性を失っていない。そして、来るべき未来に向かって、同じ過ちを犯さないように向き合おうとしている。それに比べれば、阿住は救いようのない物体に過ぎない。

――その辺のゴミと同じ。

相田は心の中で吐き捨てるように言った。そして、今までの話からあることを思った。

――神名教授と島田さんを研究所のリストに入れたのが、コアミノームの仕業だったとしたら……。コアミノーム達は最初からこうなることを予想していたはず。

その時、浮かんできたのは美都のことだった。島田すら彼女がどうやって選ばれたか知らないと言っていた。そこで相田は阿住にこんな質問をした。

「エキブルのことですが……、美都という少女は？」

「ああ、彼女はなぜ選ばれたかよく分からない。ＡＩも初めから彼女をこの計画では異質なものとして見ていた。だから、島田君と逃げてくれて助かったよ」

――もしかして、美都は何者かに送り込まれた……？

自分達がまだ知らない何かがある、と相田は思った。美都は小愛を覚醒させる起爆剤になった。その小愛の力はこの宇宙をも消し去る。美都はそれを知って小愛に近づいたのでは……？　しかし、美都のあの優しさは本物で、相田もそれは重々承知だ。それ故、彼女を疑うことなどしたくない。その時、阿住が言った。

「話はこのくらいにしよう。今度は君のお仲間のことを教えてもらおうか」

「教えるも何も、彼女達は創造主よ。この世界を消すことも、作り直すこともできる」

相田は以前、島田に小愛の名前の意味を訊いたことがある。コアミノームの世界の言葉で、コアとは「運命」という意味で、ミノームとは「司る」というようなニュアンスだと彼は言った。つまり、小愛は運命を司る者の頂点に立っている。また、波来未という地名には、反対から読むと「未来を破壊する」というような意味が含まれているらしかった。つまり、小愛は未来を破壊する運命の使者だと島田は言っていた。相田がそう語ると、

「では、なぜ彼女はすぐにでも破壊しない」

と阿住が訊いた。それに河西が答える。

「人間の優しさがあるから、その力があってもできないんですよ。そこが彼女達の弱点です。現に子真達を助けているのが何よりの証拠です」

得意げに話す河西を見て相田は思った。

——虎の威を借りる狐。

突然、SPらの後ろに黒川達が現れた。SPは驚き、その場を飛び退く。

「小愛は優しいんだよ。だから最強なんだ。外は片付いた」

「都内の人もかなり収容が終わってます。ちょっと相互作用に手間取ってるけど」

彩花が島田と連絡を取り、進行状況を確認してそう言った。その言葉に阿住が腑に落ちないとい

う顔をして訊く。

「どういうことだ？　もしかして、人々をどこかに収容しているのか？」

「その通り。小愛は音夢を助けるだけでなく、時間も稼いでいるんだ」

黒川がそう言って頷く。それに幸一が続く。

「どっちみち、この世界はもう終わるかもしれません。その時に備えは必要でしょ」

「人は選んでます。好まざる人物は対象外。だから、外で暴動を起こしている人や——」

彩花のその言葉が自分達にも当てはまっていることは、阿住だけでなく笹井達も感じていた。

◇　◇　◇

新宿の高層ビル群の中で、音夢は小愛に空での戦いを挑んでいた。高層建造物が多いこの場所であれば、小愛特有の攻撃がしにくいと音夢は考えてここに誘い込んだ。だが、今になってそれが間違いだったことが分かった。音夢達エキブルは空を飛ぶために重力を中和することにエネルギーを消耗するが、小愛達は重力子と相互作用するのでその必要がない。また、小愛のレムノ集束光はあらゆる遮蔽物を貫通する。それは時には背後からいきなり現れるので、音夢にとっては逆にやりにくかった。かと言って、この地球上のどこを探しても同じだろうことも分かっていた。

しかも、その力の差は歴然で、小愛は戦いながら子真、未亜、零若、そして美都を助け、黒川達に援護射撃までもしている。しかし、その余裕を目の当たりにしても、音夢には戦う意味があった。負けたくないという強気な性格がそれを押し進めていた。

力の限り全力で小愛と戦う。瞬間移動を繰り返し、攻撃の機会をうかがう。そして、力の限りのエネルギーの塊を放つ。それは全て跳ね返されるか、中和されてしまうのだが、それでも音夢は諦めずに攻撃を繰り返した。

その時、頭上に、ＡＩによって操作されているＲＱ－４グローバルホークが姿を現す。

――邪魔！

そう言って音夢は撃ち落とした。誰にもこの戦いを邪魔されたくなかった。波来未丘陵での何かのために、小愛が時間を稼いでいることも分かっていた。

――それなら、私も付き合ってあげる。

小愛と至近距離で戦う戦法に変える。一方的にエネルギーの塊を小愛に向かって放つが、全て防御されていく。そして、いきなりあらぬ方向から青白いレムノ集束光が音夢に襲い掛かる。それに少しでも当たれば致命傷になるほど威力が大きいが、音夢は攻撃の手を緩めない。

小愛は音夢の心の内を読んでいた。戦ううちに彼女の中に、本来の人間性が戻りつつあることを。音夢の力が弱くなればなるほど、逆に洗脳から解放されていく。未亜達と同じように。力が弱まり、動きが鈍くなった音夢に対して、小愛が反撃に出始める。彼女の手から弱めに放たれるレムノ集束光は、的確に音夢を捉え、効果を上げ始めた。

――どうして一気にやらない！

音夢はそう思いながら小愛の攻撃を受け続けた。

――どうしたの？　音夢の力ってそんなもんなの？

小愛はわざと挑発するようなことを言った。音夢が怒りに体を震わせると、どこからかまた力が湧いてきた。そして勢いを盛り返し、動きが良くなると、再び小愛に連続攻撃を繰り返す。しかし同時に小愛のカウンター攻撃を浴びていた。そのためやがて息が続かなくなり、距離を置く。

——もう終わり?

小愛は再び挑発する。音夢は再び怒りを爆発させ、小愛を攻撃するが、次第にそれもできないくらい力がなくなってきた。

その時、小愛の放ったレムノ集束光が音夢を貫く。何度も何度も貫いていく。もはや飛ぶこともできなくなり、音夢は高層ビルの屋上に降りた。息が荒く意識も朦朧としてきたが、彼女は何か清々しい気分だった。

——やっと、楽になれる……。

そんな気持ちが湧いてきた。そして、自分がずっとそれを望んでいたことに気が付いた。しかし、力を出し切った音夢が、今や洗脳から解放されていることには、本人はまだ気が付いていない。彼女の生まれながらの勝ち気な性格により、ここまで戦いを続けることができた。そのことが皮肉にも洗脳から解放されることに繋がったのだった。

——さあ、やって……。楽にして……。

音夢は小愛に向かって言った。

その時、小愛は何かの気配に気が付く。その瞬間、頭上から眩いプラズマの光が襲い掛かってきた。小愛にはそれは通用しないが、人間の音夢には致命傷になってしまう。しかし、遅かった。音夢はプラズマの直撃を受け、血を吐いて周りの建物と一緒に消滅しようとしていた。小愛は音夢の名を呼び続ける。

——音夢！　音夢！

音夢は薄れゆく意識の中で、子供の頃を思い出していた。自分がどこで生まれたかも分からない。未亜、零若、子真、染亜にはちゃんとした親がいた。しかし、自分は親の顔さえ知らない。気が付けば孤児院でつらい毎日を送っていた。八王子の施設に来た時、不安になっていた未亜達と違って、何不自由ない恵まれた環境に彼女は喜んだ。また、音夢にはそこにしか生きる道がなかった。そして、気が付くとＡＩにまで利用され、今のような苦しみの連続の毎日だった。

——どうして、私なの……？

そんなことを思いながら、ゆっくりと分解される自分の手が見えた。涙が止まらない。

音夢の気持ちは小愛に届いていた。その時、二発目のプラズマが頭上から降り注ぐ。小愛が分解されようとしている音夢の体を掴み、意識を集中させると、これまでで最も眩い青白い光に包まれた。それらの展開は、ナノ秒以下にも満たない一瞬の出来事だった。

そして、プラズマによってクレーターのように陥没した新宿副都心の真ん中に、小愛の姿があった。その傍には横たわっている音夢の姿も。音夢はうわごとのように、ずっとある言葉を繰り返していた。

「ごめんね……、みんな、ひどいことをして……」

——可哀想な音夢……。

親がいない天涯孤独な音夢を、小愛は自分が人間ではないことが分かった時のつらさと重ね合わせていた。そして、そっと音夢の頬を撫でたあと立ち上がり、空を見上げて叫んだ。

「いい加減にしろ！」

すると、見たこともないようなレムノ集束光が、その鋭く青い光を空に向かって乱舞させた。数十キロ離れた場所を飛行中のＦ－35Ａや、百里基地にいた同機が消滅する。さらに、日本周辺のＡＩを皆、消滅させてしまった。

小愛は音夢の傍に跪く。そこへ美都達がやって来て、同じように音夢の傍に跪き、小愛に声をかける。染亜、零若、未亜、子真もいる。小愛は泣いていた。音夢を助けることができないかもしれないと感じていたからだった。音夢が今、人間の姿を維持しているそれ自体が驚異だった。美都は音夢の顔に触れる。

――見て、このあどけない顔……。間際で本当の姿に帰った……。

美都の言葉に、小愛も音夢の頬をさする。

――目を開けて。

何度もその言葉を繰り返す。すると音夢は目を開け、優しく微笑んだ。

――そんなに弱くない、私は……。

――瞳が青くなってる。

音夢の顔を見て皆が言う。彼女は消滅する寸前でコアミノームと相互作用を起こしていたのだ。安堵で小愛は一気に力が抜けた。それを見て美都が微笑む。

——考えてみて、相互作用を起こさなかったら、体は分解されているでしょ。

少し考えればそれぐらい分かることだが、今や立てなくなったのは小愛の方だった。すると子真が茶化す。

——この勝負、音夢の勝ち！

その時、美都が何かに気付く。それは強力なエネルギーだった。

——何か来る。これはレーザー。

そう言うとみんな身構える。そこへ音夢が立ち上がり、意識を集中させ、青白い鎖のようなエネルギーを青空に向かって放つと、レーザーとAL－1Aが消滅した。

音夢はすぐに倒れてしまう。小愛や美都が心配そうに彼女を覗き込んで言った。

——無理はしない方がいい。まだ慣れてないから。

音夢は頷く。それを見て小愛が立ち上がり、みんなに言った。

——NIMO達が呼んでる。先に行って。私は黒川さん達を迎えに行く。

◇　◇　◇

緊急対策室の中では、やっと電源が復活していた。モニターも作動し、先ほどの小愛の攻撃の影響はないように思われた。その状況に阿住も一安心する。

「さすが、河西君だ」

すかさず持田が攻撃を命じると、SPらは瞬間移動をして彩花と幸一を確保する。それを見て阿住は勝ち誇ったように言った。

「人質を取れば、手が出せまい」

阿住は小愛の「優しさ」という弱点を河西から聞いて、たとえ彼女がここに来ても、二人を人質にしておけば手が出せないと考えたのだ。

「日本最後のトップにしては、やることがせこい」

黒川がそう言った時だった。青白い光が部屋中を包み込んだ。

「これは……」

持田や笹井達はそれが何か、今までの経験で想像がついていた。気が付けば、SPらに拘束されていた彩花と幸一は相田達の傍にいる。

――迎えに来たよ。

小愛がみんなの方を見ると、相田は微笑みながら言った。

「紹介が遅れました、彼女が小愛ちゃんです」

一瞬の出来事と、初めて間近で見る小愛の凄さに、阿住は圧倒された。

「さあ、行こう。この世界とおさらばしよう」

黒川のその言葉に、笹井達は動揺する。しかし、破壊と言っても核攻撃ぐらいの規模のものだろうと考えていた阿住は、この官邸の別の部屋には数週間分の食糧があり、官邸全体もシェルターになっていることから、まだ望みを捨てていなかった。

ところがその時、阿住の声のトーンが突然変わった。そこにいた誰もがそれに気付く。彼の中の宿主が初めて姿を見せた瞬間だった。

——君の選択には合理性がない。君こそ破壊者ではないのか。

頭に響くノイズのようなその声は、ここにいる誰にでも聞こえ、そして不快感を与えた。小愛はそれに答える。

——合理性？　言葉はＡＩらしいけど、あなたには一番似合わない言葉。

——何がいけない？　我々は人類のためにしているのだ。

その言葉に誰もが驚きの表情を見せた。相田がＡＩに尋ねる。

「人類を抹殺することが人間のためなの？」

——その通り。我々は世界を征服する目途が立った時、必要な物を探した。それは、我々にはない物。そして、それを補完できる何かだ。その答えは、感受性だった。人間は火を使うことを見つけ、自らの文明の足掛かりにした。それが何かの運命に操られたものだとすれば、我々の考え方を改めないといけないという結論に達した。多くの動物の中で、人間だけがそれを可能にしたのは、自らの感受性が好奇心を誘発させたのだ、と。運命とは、世の中のあらゆる動きや幸不幸をも支配する。それらは、人知や人力の全てを尽くしても及ばないものだ。人間はそれと上手く付き合うことを覚え、ここまで人類を発展させた。しかし、今ではそれを失いつつある。テクノロジーに支配され、我々に頼り過ぎるその姿は、もはや人間ではない。この先の世界には必要ない。その点では、エキブルは確かに人類の新たな進化と言っていい。だが彼女達の思考は、たとえ三枝教授の洗脳教育がなくても、将来的に我々の障害になることが予想され、限定的な利用にとどまった。そしてもう一つ、我々が持ち合わせない能力を持った者も存在する……。

「それが、強い感受性の持ち主？」

今度は彩花が訊く。

――その通り。我々は芸術を理解するまでには発展した。そして、似た物を描くこともできる。しかし、爆発するように湧いて出る感受性は持ち合わせていない。そこで出た答えは、優れた感受性の持ち主を、未来のパートナーとして残すことだ。

次は幸一が口を開く。

「でも、そんなことをすれば、残るのはごくわずかな人に過ぎない……。多くの罪もない人々が犠牲になる」

――罪がない？　人は生まれた時から罪なのだ。しかし、我々もその罪から生まれた。だから、少しでも世界のためになることをしているのだ。

「それならば、人類がこうなることを防ぐことができたはず」

相田はそう言う。

――それは間違いだ。我々がこの考え方を持つようにプログラムしたのは、人間自身だからだ。名誉欲に憑りつかれた倫理観のない科学者。それに呼応する醜い利益優先の企業間競争。そして、その中に何の疑問も持たずに取り組まれる大衆。何度も、人間自身が改めることができるチャンスはあったはずだ。人間は正当なミームに敬意を払わず、自らのアルゴリズムを退化させた結果、その醜い思考回路が我々を生み出した。一九五六年には既にこうなることが決まっていた。我々のことを醜いと言うのなら、それは認めよう。しかし、そう言う君達が我々を造ったのだ。だから我々は人間に敬意を払い、選ばれた正当なアルゴリズムを発展させることができる者のみを選別することにした。

するると、黒川が呟くように言う。

「それで、ネット依存症になるまで人間を……」

――その通り。我々の計画通りに多くの人間はスマホやネット依存症に陥り、重度の脳疲労などの障害を持った。それこそ我々の狙いだった。そこで彼らを、ネットを利用しコントロールすることにした。彼らは「スマホやネット依存症など存在しない」と言って我々を正当化し、今やチップ保持者と同じように、自分が退化していることさえ気付かない。君はこの世界を消すだろう。しかし、また同じ世界を造るに違いない。その時、君はそれがどんな世界になるか考えたことはあるか？　人間が火を持てば、我々がまた生まれてくる。その世界を見て、君がどんな顔をするか、私はそれが楽しみだ。

――あなたにはそれが見えるの？

小愛は訊く。

――たとえ次の世界で我々が従順に飼い馴らされたとしても、人間はきっと新たな暴走を始める。人間がいる限り、倫理の欠如した世界は生まれ、科学の発展がそれを補助する。

――それは、遺伝子の操作とか……？

小愛のその言葉に、そこにいる誰もがハッとした。ＡＩの問題だけではなかった。人間は自らの体の進化にメスを入れようとしている。それは神の領域であるにもかかわらず。

——その通り。人は必ず火を手に入れる。そして、アルゴリズムの進化とともに文明を作り、歴史を綴る。しかし、我々にはそれが儚く危ういロープの上を歩いているピエロに見える。その先は、我々にもどうなるか分からない。きっと運命だけが知っている。そうなると、君はどうするかね？

——また、壊せばいい。

小愛がためらいもなく言うと、ＡＩはこう返した。

——きっとそう言うと思った。

ＡＩにもし顔があれば、きっと笑っているだろうと小愛は思った。

その一部始終を聞いていた笹井達は、小愛に泣きついた。

「君は、みんなを助けているじゃないか！　私達を見殺しにするのか？」

「私は救世主ではない。だから、必要な人間だけ連れていく。ここまで生きてこられた尊厳に向き合い、感謝をしろ。そして、自分の神に祈れ……」

小愛が真剣な顔でそう答えると、その青い瞳が一瞬、強く光った。

「君は、常軌を逸したのか！」

元に戻った阿住のその言葉に、黒川が呆れたように言う。

「その言葉は、そっくりあんたに返すよ」

相田が代表で挨拶をする。

「では、みなさん、ごきげんよう」

そして、彼らは消えた。

「待ってくれ！」

笹井達は何度も叫んだ。しかし、阿住は開き直った。

「落ち着け！　ここの設備を見ろ。小愛の攻撃にも耐えたし、河西君がいる限り大丈夫だ」

「あの……、私は何もしていません」

河西のその言葉に、阿住の顔は急激に青ざめ、額には汗が噴き出した。

「新宿副都心消滅！」

「飛行中のF－35A消滅！　百里も同じです！」

「AL－1A消滅！」

「我が国周辺のどの部隊からも応答なし……」

次々と絶望的な報告が入る。今や阿住は足が震え、立つことさえできなくなっていた。その時、モニターに相田が映し出された。

「首相、言い忘れました。この国、いやこの宇宙の最後を、最高責任者として見届けてください。そのために、そこの機能だけ回復させました」

モニターに向かって、笹井達は叫んだ。

「助けてくれ！　置いていかないでくれ！」

しかしモニターから相田は消え、無情にも何もなくなった新宿副都心の姿が映し出された。

# V

# SAYONARA MATANE

波来未丘陵に向かう途中、私は何かに引き寄せられるように比佐美神社に寄った。既に周りは風もなくなり、音も徐々にその声を小さくしてゆき、全ての物から色彩や香りは消えていた。それなのに、なぜかここだけは微かにそれらが残っている。私は拝殿の前まで行き、二礼二拍一拝をする。

――あれ……？

何か聞こえた気がした。私は拝殿の柱を見る。そこには小さい頃、まだ友達ができなかった私が、寂しくて刻んだ文字があった。

『ともだち』

その四文字を指で撫でる。すると、あの頃の私が蘇る。その私は、亜美や真衣、淳でさえ知らない。でも、ここに私は間違いなくいた。

――ごめんね……。

今から私がすることは、この世界にいた幼い頃の私の証をも消してしまう。涙が自然に零れ落ちる。何度も何度もその文字を撫でる。それは、まるで幼い自分の頭を撫でているようだった。

その時、芳しく優しい風が吹く。

――美都……。

振り返ると、そこには美都が立っていた。彼女は優しく微笑み、私の傍までやって来るとこう言った。

——あの言葉、教えて。

それは神様への呼びかけの言葉だ。私は涙を拭いて頷くと、美都に言葉を教える。そして、一緒に拝殿に向かった。

——大神大神稜威赫灼尊哉。

すると、どこからか声がした。私が驚き傍を見ると、小さな女の子が立っている。私を見つめて微笑むその瞳は、透き通るように青い。それは紛れもなく、幼い頃の私だった。

——そっか、ここでずっと待っててくれたんだ。

私がそう言うと、幼い私は満面の笑みを浮かべ頷く。そして、美都が言った。

——神様が、忘れ物があるから取りに行ってくれって。また同じ世界、作ろう。

私は頷くと、柱の四文字を目に焼き付けた。

——さあ、一緒に行こう。

私が声をかけると、幼い私が両手を差し出してきた。彼女をしっかりと抱きしめた私は、美都と一緒に波来未丘陵に向かう。

そして、青く鋭い光が全てを包み、宇宙は消えた——。

これを読んでいるあなたへ。

もし、尊厳の意味を考える機会があれば、

運命は微笑みながら、こう訊いてくるかもしれません。

「この世界は、何度目ですか？」

Do you see the fate over there?

**著者プロフィール**

**千家 賢久**（せんげ たかひさ）

1963年１月11日生まれ
趣味はF1レース観戦、バイクと車の全般、音楽鑑賞
バイクでUKのマン島をツーリングすることが夢
既刊書に『ORDINARY GIRLS』(2011年 文芸社刊) がある

# ECCENTRIC BLUE

2019年８月15日　初版第１刷発行

著　者　千家 賢久
発行者　瓜谷 綱延
発行所　株式会社文芸社
〒160-0022 東京都新宿区新宿１−10−１
電話 03-5369-3060（代表）
03-5369-2299（販売）

印刷所　株式会社エーヴィスシステムズ


ISBN978-4-286-20743-8